U0570288

國家清史編纂委員會·文獻叢刊

呂留良全集

8

俞國林 編

中華書局

呂子評語正編卷十一

論語泰伯第八

子曰泰伯其可謂至德也已矣章

論語兩至德正當參看。

論文王至德，便譏武王非聖人；論泰伯至德，便要周全太王不曾翦商。連此章註語，亦老大不以爲然。此正後儒滿肚皮後世私心，不可與論聖人也。三代以前原無謀取天下之事，無論聖人，如太王、武王，卽當時庸衆諸侯，曾有謀取天下不成而事敗伏誅者乎？固不必以此疑太王也。翦商二字，是就周家功德人材與太王作爲規模而言。三代聖人，皆以天命人心爲重，有天下爲輕。行一不義、殺一不辜而得天下，皆所不爲，太王、武王同也。得百里之地，皆足以朝諸侯有天下，泰伯之所同，而泰伯不爲，此泰伯之所以爲至德也。故太王翦商。武王伐紂。與後世取天下心腸。天懸地隔。豈儒先看得翦商伐紂。與後世取天下無異故朱子與陳同甫論漢唐之君。不可以接三代。寧可千年架漏正爲此也。若謂太王遷岐。在小乙之世。高宗復興者六十年。不可謂衰。此皆後世取天下議論也。殷之衰也。始於雍己。而興於太戊。至仲丁外壬復衰。而再興於祖乙。至南庚復衰。而三興於盤庚。小辛復衰。而四興於武丁。至祖庚祖甲。一衰不可復矣。此商家興衰始末也。然則太王遷岐之時。商已四衰矣。武丁雖賢僅足以支六十年。周家積功累仁。其興勃焉。天命人心之際。聖如太王。有不知之者乎。且古之興衰。論德不論勢。德盛而歸之者多。則爲興。德失而歸之者少。則爲衰。文王三分有二。原是紂之天下。未嘗割據而有也。然則太王德盛而人歸。其爲翦商何疑。善乎朱子之言曰。泰伯之心。即夷齊之心。天地之常經也。太王之心。即武王之心。古今之通義也。聖人未嘗說一邊不是。須見得二者並行而不相悖。乃善。此義非特今之庸儒不知。其誤實始於元儒金仁山。仁山又得之王魯齋。魯齋求其說而不得。則曰朱子用古註未及改也。及語錄與註脗合。則仁山又曰語錄出門人所記。恐不足以證集註。嗚呼。朱子之學之失傳。豈待今日哉。

金聲文事固有出聖人之獨見。而未一一明言者。千載後誠不必臆爲說而反以舛。**評**詩經左傳。不是千載後臆說。翻案者自成舛耳。**文**太王遷岐九十年而文王始生。季當是時。固未始有神聖之胤也。**評**此金仁山說要之未有文看太王王季氣局也定翦商矣。**文**承父志於幾先。不憚飄然長往。則季之賢既無以加於伯。而傳幼全屬私愛。古公肇基王迹。必不懷此敗法亂紀之心也。【評】此之謂以庸腹度聖人。太王翦商。不是謀叛。傳幼亦非私愛。伯與季亦不在賢否。只志業不同耳。【文】夫子知其微。而却侯封。乃曰天下。勾吳一往。乃曰三讓。【評】可知天下二字如何。【文】在聖人必有以稱之。而吾與今之人皆民也。當時既不知。夫子復不言。又安以庸夫之腹度聖人。以千百載下橫臆千百載前。嘵嘵焉爲之說也哉。【評】正謂有不民者。其說可信。正希自信不及。一槩作民觀耳。【文】况稱其子而寃其父。漫爲太王翦商之說乎。【評】翦商是周人頌其祖之詞。决非寃也。○君臣之義原爲天下而有。太王爲天下而翦商。武王爲天下而伐紂。泰伯爲天下而讓位。王季爲天下而受命。其義一也。故詩曰帝作邦作對。自泰伯王季。維此王季。因心則友。則友其兄。則篤其慶。載錫之光受祿無喪奄有四方作邦作對而曰自泰伯則泰伯之宜有天下可知稱王季則曰友兄錫光受祿言承泰伯之意能篤周之慶而受天命以彰其知人之明爲讓德之光則翦商亦泰伯所遺也泰伯自不欲爲且見王季之足以有爲故三讓以自全耳朱子謂太王欲立賢子聖孫爲其道足以濟天下非有愛憎利欲之私也故泰伯去之不爲狷王季受之不爲貪又謂論其志則文王固高於武王而泰伯所處又高於文王論其事則泰伯王季文武皆處聖人之不得已而泰伯尤表裏無憾又謂二者須見得道並行而不相悖乃善合此數條觀之足以見集註之無疑金仁山不明此義自以其人欲之心胸妄疑古聖人之大義與後世取天下並論不知此中正相反太王翦商子孫以此頌其祖而不爲嫌豈數百年中聖君賢相名卿學士無一人知

脩飾訂正之。而待今日爲之斡旋洗刷乎。蓋事出天理。本無可諱避也。若莽操之篡奪。必以功德禪讓自文。今欲爲太王去翦商之名。是以莽操見識看太王也。乃反議集註未改正文中所云以庸夫之腹度聖人而與今之人皆民者也。豈足與讀集註哉。

伯夷叩馬。武王伐商。俱是聖人天理極至上事。太王原非陰謀。只是辭不得。泰伯原非謂商不可翦。只是自不欲承當。兩者本自合轍。說壞一邊固非。周旋兩邊亦非也。孟子謂伯夷伊尹孔子得百里之地而君之。皆能朝諸侯有天下。如俗儒言。則凡聖人得百里而君。卽非朝廷之福。卽非至德。不則孟子之言誖矣。王魯齋金仁山皆不識此理。

泰伯於古今之通議。天地之常經。實見得並行而不相悖。但這邊事自有人承當自己斟酌却須如是乃安而行之又極盡其善。所以爲至德若泰伯原只見得一邊道理又何須云以天下讓耶。

父子君臣其義一也惟泰伯不能兩全所以爲難。一去而君臣父子二義皆安方見至德老生偏主讓商讓周者皆誤見得一邊耳。

三讓則讓之誠以天下則讓之大而又隱晦其迹非有爲名之累所以爲至逃父文身本非正理必須行權乃爲得中故曰處君臣父子之變此變字言禮之變非變故之變也。

泰伯之於君臣父子皆是變而不失其常至德要從此看出。

聖人之德之至皆是從變處看出蓋人之處變毋易有不盡分處而能變而不失其權此聖人之所以爲至德也太王之翦商固

古今之通義。而泰伯之不從。又天地之常經。所謂即夷齊叩馬之心。而難處有甚焉者。時文只寫得泰伯曲意彌縫。僅存註中泯其迹三字。不見此義。則其與許務臧札相去幾何。鄙儒眼如針孔。固未足與論此也。

無得而稱。不是民之不能稱泰伯。亦不是泰伯不使民稱。只是其行甚高。所謂知我其天也。其迹又泯。所謂蕩蕩無名也。民雖欲舉一端以頌之。不可得耳。

泰伯在武丁時。即早知天命去留。此其所以無得而稱。而德極其至也。

民並不得而稱其讓。蓋讓亦是夫子推論耳。

子曰恭而無禮則勞章

章世純文君子審於禮云云**評**此言四者皆德行之美。而無禮以

節之則有是弊耳非言由禮而生恭慎勇直也且恭字義猶近之下三句又如何例說得去

陳際泰文禮之制於世也先王恐其繁難之故乃於議禮之中逆計人之所易行而受之以簡評禮自有繁者繁亦不勞勞非繁難之謂恭而有禮亦非簡之謂大禮必簡言禮之大者多簡耳非禮主於簡也文禮之行於世也先王恐有愁苦之端乃於行禮之外陰飲人之所樂就而私之以和評禮如何有愁苦之外陰私數字尤謬先王並無此意禮之用和爲貴亦言禮中自然之道非禮外另有和之作用也此二比流入晉人之旨與禮意正相悖恭而無禮多卑諂意態非繁難嚴苦之謂也

曾子有疾孟敬子問之章

君子所貴乎道者三節

對定執政大夫講。非取門面濶綽也。首言君子所貴。下言則有司存。正爲孟敬子箴規。移向他人不得。

三者脩身之要。爲爲政之本。動正出正有工夫。斯遠斯近。乃得其所止耳。未動正出之前。有居敬涵養。臨動正出之際。有慎獨省察。此脩身之本於誠正也。曾子平生本領如此。

斯字合下便須如此。所以可貴。其根本全在存養精熟。乃能得此。須從斯字矣字極輕快口氣中。討出極邃密原頭。

斯字從君子體貼出來。工夫在動正出前。

陳際泰文 一容貌物來求我之所動矣。斯必遠暴慢而後可焉云云。**評** 都說向外去。非曾氏旨也。斯字如此說。似只致飾不至於暴慢不信鄙倍而已矣。**戚价人** 斯字必宜如此。存此以正俗解之謬。以生安之質之不易幾者。責諸俗吏。聖賢而不近人情乃爾乎。評戚說非也。朱子曰。斯字來得甚緊。斯遠暴慢。猶云便遠暴慢。又云。道之所以可貴。惟是動容貌。自然便會遠暴慢。正顏色。自然便會近於信。出辭氣。自然便會遠鄙倍。所以貴乎道者此也。蓋所以能一動正出而自然便會者。皆操存省察無造次顛沛之違所致。非生安之質之所謂自然也。曾子舉箇現成樣子。謂君子必須如此。所貴二字。即勉敬子以此三者操存省察。平時以此涵養。臨事以此持守。亦非以生安之不易幾者責俗吏也。只將君子所貴乎道者三一句重看。即得其旨矣。斯矣二字。正見可貴。須知有半部大學格致誠正脩平日用力工夫在。

辭氣之氣。即指言語之聲音神韻。若云辭本於氣。此氣字則養氣之氣。有大小本末之不同。況此兩字並聯。亦不得橫生出側重氣字之說。

鄙是鄙。倍是倍。不可蒙混。得出辭氣之道。則鄙倍自遠。雖易近鄙處倍處。都不鄙不倍。

曾子曰以能問於不能章

純乎無我。聖人也。尚有人我一間在。顏子也。

以能問於不能二句。就學問上說。有若無二句。就器量上說。能多中階級無窮。

顏子之不校。渾然無非天理。晉人情恕理遣。總是私心。唐人唾面自乾。一發世情狡獪矣。

從空中畫出一箇顏子。須知顏子意中原不曾有此數句也。硬擬議入陋巷中行狀。便是覿面千里。

曾子曰可以託六尺之孤章

兩可以在平時看。

君百里易。寄百里之命。則上下左右。事事有所嫌疑。周召尚有不相信處。可見難。

當留則留。當去則去。去亦是不可奪。

末二句承上三句一總說。兼才節爲是。輕才重節。曾子並無此意。與字也字。只反復稱歎以决之耳。

自萬曆以前。宰輔以相傾軋爲一局。萬曆末年以後。以調停私傳衣鉢護持爲一局。至啓禎間。則兼此二惡爲一局。總以奪人爲巧。而已亦易奪。然其所奪者。不過禄位耳。何大節之有。

曾子曰士不可以不弘毅章

弘毅所以爲仁也。而弘毅之體。即仁也。不仁不能爲弘毅也。兩邊看得融洽。工夫本體事爲。方無一不透。

弘毅原從仁出。不弘毅。正是仁虧欠處。

秀才先不識仁字。枉讀四書。識得仁字。則士者仁之具也。弘毅仁之用也。任仁之事也。道仁之運也。七穿八洞。何處不見此理。

首節

四方上下曰宇。往古來今曰宙。宇宙在吾分内。仁也。宇宙不是兩件事。故弘毅二字一滚說。拆開不得。第二句而字。是側串。非平對也。

毅不在長久看。在長久中暫處短處看。乃精嚴。

看本節似上句虚。下句實。看下文則下句之虚。更虚於上句。

仁以爲己任節

仁字略逗。重讀落以爲己任。下句神理自見。若作以仁爲己任。或以己任仁。便失語氣。蓋此四句中明重遠。不解說弘毅也。

子曰興於詩章

是興於詩不是詩可興此中原有功力在但章意只就現成說耳此三於字與志道章於字相似而實不同彼於字是著力字粘上一字讀此於字是指點字粘下一字讀蓋彼在工夫言此在功效言但將興立成三字逗斷思之便見

今人亦知要從興立成說起而不得其意只辦字眼先後見耳說來仍與詩禮樂說起者無異若爲求興立成而後去尋詩禮樂則意理淺薄不見三於字之妙矣須一向在詩禮樂做工夫已而悟得興立成在此三於字之味乃出

古者教人從小便以歌詩習禮樂爲事直至老死不輟故能使人志意得廣筋骸强固耳目聰明血氣和平移風易俗天下皆寧此是甚氣象甚功用其爲興立成皆不知其然而然此其所以

妙也。

此章道箇經學便可笑。夫子時何曾有六經之稱哉。

詩禮樂是古者教人躬行日習之事。非如後世士失其教。無其事而但從書本記誦也。看程子古成材易今成材難一段可見三代以後人材之卑在此。三代之終不可復亦在此。如徒以經而已。則今日詩禮樂之經何嘗不存乎。故此章說經學經教便錯。

詩禮樂只是人心與立成本量原不是聖人強人心所無而爲之說。

有問胡雲峰云無程子之說後世不知成材之難。無眞氏之說眞以人材爲難矣。詩禮樂皆非吾心外物也。其說如何。曰程子之說見處極高功用極大。三代以上聖人之道也。西山之說是就三代不可復以下設箇無聊方便法門耳。然充其義則必至無詩禮樂亦得矣不知能得詩禮樂之本即無詩禮樂亦能興立成此必大賢以上幾之豈可槩之中人以下哉三代聖人教人必內外交養本末全備其爲道也自聖人至中人以下皆不可廢故其時人材及治平氣象與後世人材氣象天懸地隔此有詩禮樂之興立成與無詩禮樂而强爲興立成原自迥乎不同也繇程子之言使後有王者必將講求三代教人之法庶幾聖人之道得行若雲峰之言則吾心自有詩禮樂不必外求使王者何以陶鑄人材興起教化哉要其弊不出異端俗學二種凡以此章爲經學者俗學之見也彼看詩禮樂固自輕淺以爲心學者異端之見也彼亦看得詩禮樂輕淺然俗學之輕淺猶不敢畔道若異端之輕淺則敢於無忌憚矣蓋詩禮樂本天興立成本心必心本於天乃能成材合道若謂吾心自有興立成吾

心自有詩禮樂。即以心爲天矣。時文多用胡氏說作賓意。雖轉合正義。然其意即流露輕淺。詩禮樂之見。不可不察也。

黃淳耀文　爲學之煩且勞。莫甚於古也。而有中人之性者。皆可底於成。爲學之簡且逸。莫甚於今也。而有傑出之才者。不免即於廢。則以性情耳目之間。古人之爲養者密。而今人之爲養者疎也。評　三代以上。人材易成。成來亦遠勝後世。其故盡此。

子曰民可使由之章

民者。對士大夫以上而言。但將民字位分畫清。則可不可之故瞭然矣。先王教民只重行。教士大夫以上。却重知。同在庠序學校中。而由者爲民。能知者即士大夫以上。民之分量只得如此。其中稍有聰明者。先王即舉而用之矣。科目秀才。誰其知之者乎。而況民乎。

可使不可使有只在民資質上說者有只在聖王設教上說者然惟民之資質如此故聖王之設教亦然偏靠一邊不得。

由與知有兩事兩之字原只一理可使不可使有兩層原只一條心。

兩之字只是一理知卽是由中所以然之故若看做兩件便是有所隱護也。

可使不可使說作兩句便非其實只是一句耳。

由者必要知此知不知則存乎其人。

使由處聖人正用全副精神所知之理已盡在其中固非别有欺瞞亦非斷然不許明白也。

不可使不是不許知知固聖王所喜也。

不可使原是要他知及其知原是上所使如此看乃圓徹。

可字只訓能字便的，稍或深解鶻突，直以聖言爲老莊申商狙詐之祖矣。

可字訓能字。此是民自天生如此，非聖人有意於其間。纔有意便是使。纔使知便害事。强不知以爲知，究竟無知者，正是不能使知也。

子曰好勇疾貧章

好勇疾貧，兩者有其一，皆足以造亂。缺其一，不足以速亂。

勇與貧非亂也，好之疾之乃亂耳。然勇自生好，貧自生疾，則仍是兩者爲之。季代之失天下多乃如之人爲之也。嗚呼，是誰之咎與。

史記一書，好勇疾貧之書也。其流爲蘇氏父子，降至羅貫中演義，而極近代亂原，皆出於此。學者不可以不辨。

子曰如有周公之才之美章

意中才字極輕。言下周公之才極重。

陳際泰文云云。評此章大意甚言驕吝之不可耳。不關才事。若謂有才者不可驕吝。豈無才者不妨驕吝乎。蓋緣天下驕吝之病。大約生於小有才者。故夫子以才立說。云即使才美。即使才美如周公。若一驕吝。則其本已壞。其才直餘事。何足觀哉。況乎才未必美。美未必如周公。何以驕吝爲也。周公二字。從才美二字偶然引帶。並不關周公名位事業也。況可因周公而泛及大臣論乎。

驕吝生於才。無才則何驕吝之有。韓子所云傲雖凶德。必有恃而後行。謝上蔡所謂去箇矜字不得者也。然世間驕吝之人。儘有不必有才者。但當責其驕吝。不當醜其無才。假令有才而即可以寛假驕吝之罪。則於周公之才之美當何如耶。細玩如有使字虛神。則抑揚之間得矣。

金聲文驕吝非由才。乃其所以無才。故雖如周公不足觀也。聖人豈以一二行。掩天下之眞才哉。評通篇主意護才。却看得驕吝不當大事。文驕吝者。無周公之全才。而竊周公之餘才以自美者也。全才不驕不吝。餘才自驕自吝。餘才曷足觀也哉。評害道在似是而非。聖人本義。極言驕吝之不可耳。未嘗主才說。正爲天下人重視才而輕驕吝。故儘其極至於周公尚不足觀。則才之輕於驕吝可知矣。正希意中。只見得才之用大。而驕吝之害小。却正與聖義相背。即謂不驕吝乃成其才美。此亦是題後申明之說。非本節語也。如云全才自不驕吝。則周公之美。豈餘才哉。聖人此言亦欠商量矣。要之禪學以作用爲性。如婆羅提所言八出現者徧該法界。故舉其體爲無善無惡。則其用但有知覺運動。陸子靜得之專重精神魄力。故其教極護短才字。凡爲其學者。説內則至於至無。説外則但有極粗之作用耳。惟其於體中打去善字。則用處善從何生。不得已爲世法周旋。善字終成假合。故重才而輕驕吝。正爲驕吝之不可。亦是事理兩障上知解也。王伯安謂蘇張是聖人之資。窺見良知妙用。李卓吾稱曹操馮道爲聖賢活佛。皆是此旨。

子曰三年學章

不至非必不得穀也。無暇分心及此耳。不易得非必無其人也。此世界中難得耳。

科舉種子不好。朱子已歎之矣。或云。古人學慮志穀。今人以學求穀。予謂直是無學耳。時文非學也。今且連時文都弄做不尷尬東西。那得有學耶。

子曰篤信好學章

陳子龍文學者苟不明於治亂之故。則亦無用學矣。**評**倒了。苟不學。則無所當於治亂耳。**文**世道日更。情變益急。人之處此者蓋難。**評**聖人不曾爲此立說。治亂雖異。道不易也。**文**聖賢奮揚之期。俟時而動。吾嘗觀其遲遲於前。而汲汲於後者。彼固知天命之有在。而時勢不可失也。**評**漢唐語耳。非聖賢之有道則見也。意中止有漢唐以下佐命人物。極爲刻發襯托。總不出此境界。無他。只在首節之理少理會耳。此章全以首節爲主。

首節

二句平分四件。錯綜互看。更相爲用。

危邦不入節

逢太平盛世，誰不彈冠思奮者。此不足當則見二字也。則字之前極重難。本領有毫釐不足見。不得。見字之際極輕快。本領向來蓄積無疑。到此更不消推敲打點。若有毫釐未足也。則不得。

子曰不在其位章

正爲在位之謀難盡。何可出位他謀。

說到謀得縱好亦不是。謀而無害亦不是。方是聖門喻義之學。

不在不謀。合下理當如此。而利害在其中。啟禎間。以山人而橫議疆場。處士而遙持朝政。門戶互相掎滅。而敗亡隨之。出位之謀其禍烈如此。

羅萬藻文大小要詳。所以敘進其局者。國家本自有格。**評**後世病却坐此。所以吏治日下。格非位之理也。

子曰學如不及章

兩語相生。兩意相足下句只就上句中鞭緊一步耳。唯其精勤。是生恐懼。唯其恐懼。愈加精勤。一時如此。終身如此。非有前後際也。先輩以上句爲功。下句爲心。亦是照註合說故截講而意自一串。近日講章。妄分未得已得。眞癡人惡夢矣。

兩句總言學當如是。爾玩註中旣字又字。則上句指進取之猛。下句又加儆策持守之嚴。微分次第。無內外之殊也。註恐人作兩節功夫看。故下其心字耳。如不及亦就其心說。猶恐失固是心。卽有不失之功在。講章分上句屬功下句屬心。已落支離。孫月峰變而盡歸之心。尤爲混帳。人以爲能脫去講章習說。不知萬曆間以蒙混合一爲渾融。此正彼時講章習說未嘗脫去也。必於學字實有所得。看理極眞。乃能脫去。

子曰巍巍乎舜禹之有天下也章

古來帝王皆不以天下動心，非獨舜禹也。以匹夫而有天下，自舜禹始。卻無幾微粘帶，此所以爲舜禹耳。

不與本事，歷代聖人之所同。憑空得天下，却是舜禹之所獨，故特舉二聖。只之字、而字、也字便見。不然，竟似堯湯文武便不能不與矣。

有天下不與，是聖人所同，而獨舉舜禹言者，正以其未嘗有天下而忽有天下，尤人所難於不動心也。

有天下而不與，非輕天下之謂也。程子云：今人於醉後或更加矜持者，是亦爲酒所動也。當知此義。

心有與處，纔有不與處。舜禹須不是一齊放下，毫無罣礙也。看透不與眞源，則憂勤胼胝，無非不與之意。

陳際泰文　古之人於天下，卽其原無足樂也，其失之也若釋重負則其得之也，若受重負。天下之憂勤與於己，天下之歡娛卽不與於己矣。【評】此意的的見聖古天子實如是。後世以天子爲極樂之境，那得不貪戀爭較哉。

古之天子，爲天下憂勤，有勞苦而無佚樂。許務之流，畏憂苦而辭天下，是卽與之心也。舜禹有天下，極其憂勤勞苦，而仍是不與，此其所以巍巍也。

【金聲文】遇之窮也，且又有無天下而與焉者矣。【評】與字錯。所謂與者，以有天下爲樂，此後世帝王之私心，無一不然者也。今要說得高，弃將事功都入不與中，不知聖人惟其爲天下憂勤，所以不與，此舜禹孔子之所同也。若以孔子之爲天下萬世爲與，則舜禹之不與荒矣。

若固有之意，正要對若將終身意合看。舜禹讓天下，正要對巢許一流人合看。視天下如敝屣。正要對無怠無荒一日二日萬幾意合看。不然。便講這道理不出。

許由巢父。正看得天下重。其道非也。四岳等看得天下難。其德不及也。

不與。不是絕無干涉。

不與。不是輕視天下也。漢武聞不死之術曰。嗟乎。吾視棄妻子如敝屣耳。此亦算有天下不與。否固無論。戰爭吞併。純是私意。看巢務薄四海。畸人胸中正多一層沾滯耳。

今人纔說排遣。便是不能排遣。纔說超脫。便是不能超脫。

只見得妙明圓淨本體如如不動。便是超出三界。此和尚之不與與聖人毫無干涉。和尚反面。止與庸妄貪癡沈溺者爭較聖凡。不知此正與庸妄同胎共命處。聖人反面。却正與英雄畸士及和尚等見識爭較是非耳。蓋聖人之不與。天也道也。故其不與皆敬畏。異此而言不與。皆心也。止是心不與。卻是無忌憚。其不與正看得天下極重。

子曰大哉堯之爲君也章

上節言其德。故曰民無能名。下節指其勳業。正謂可得而名者此耳。仍要牽合無名則天。不分德業。一派混話。皆講章不通之說。

上節是德不可名。下節乃指可見者。斷宜判別。

首節

大哉句統兩節。爲字兼德業。

德有存主者。有潛布者。

德字兼內外說。如所過者化所存者神是也。粗者說彼。暨細者只說心原。扶一邊倒一邊矣。

無能名不是相忘不言。

只重無名不重民字。末句只爲無能名帶出民字來。意不在民也

全在民身上做智愚巧樸者。亦癡人說夢矣。

則天無名不是黃老家玄化無名之道。

無能名若說做淡忘冥漠便墮黃老家言。是無名非無能名也。

此節是德不可名。下節是可見者此耳。明明判分兩項若此節不握住德字。而兼及政教治道。則下節如何說去。但德字合存主潛布意。止說做玄同默運清淨無爲去。則不可耳。

巍巍乎其有成功也節

成功文章自是兩義。將文章併附成功看。便不的。

德不可名。可見者此耳。是功業文章乃民能名者也。仍歸一無名是老生常談。

上無能名。指其德之高大深遠。此節指其功業文章之可見。如何此節又仍是民無能名。可見者自有功業文章。無能名者自言其德。原是一順說話。亦何必作反語掉轉。大槩妄論皆起於看註不精細。於是創爲混帳不分明之說。以爲渾融。眞不通之甚者也。

舜有臣五人而天下治章

首節

舜惟以其至德。故能有五臣。亦惟遇至德之堯。故能有五臣。看下文唐虞之際一句。便見此意。

孔子曰才難節

才難忽然一歎。不知影落何處。若著虞周。若不著虞周。千古傷情。盡在裏許。

古語才難是泛言如末世無人物衰朝無遇合此通行議論聖人所歎卻從舜武多才際會極盛時尚且不易得如此難字意又進一層問如此則金正希文已深得聖意而千子以爲不盡比附何也曰聖人心胸大所歎在古今運會衰隆世道升降純是天理上事正希所見却止得後世英雄豪傑失路不得志心事淋漓悲壯只成自己功利皆意氣之私看得聖人一生栖栖亦止是這箇念頭發爲感慨却是絶不相比附處也

三分天下有其二節

先列舜武兩案後斷周才之盛幾於唐虞盡矣忽稱周之至德若不相蒙若有不言之隱後世遂有疑武王非聖人者不知有二服事雖文王之事而亦武王之心弔民伐罪雖武王之事而亦文王之道時有不得不然者耳故不曰文王之德而曰周之德

此周字兼武王對唐虞而言。言不獨周之才可以繼唐虞。周之德亦未始遜於唐虞也。

金聲文云云。**艾千子**本文語意。原是贊周德。非謂殷之棄才而周受之也。贊周德。則可以括殷之棄才。而周之不私其才。若就才則漏德矣。**評**有二服事。毫不關才說。故外註有別斷爲一章之語。意原從武王事功。轉出文武心事。則用才成治功。自在其中矣。殷亦棄才。周亦受才。却只是以服事殷。如此說何嘗漏德字。但將上文亂臣看做亂殷。則武王之德可議。其十人之才亦只成亂世之才矣。此不特漏德。並漏才也。

不曰文之德。而曰周之德。原從武王得天下。追論至未有天下時。以見周才皆受命於德。此所以足繼唐虞。非謂武專用才取天下。而文以至德不用才也。武王之九人多用於文王時。武王十三年亦以服事殷。只是大業以文王始盛。而服事之德。亦以文王爲至耳。

武王順天應人。不得已而爲之。聖人之德也。文王可爲而不爲。聖人之至德也。武王牧野以前。亦同文之至德。後乃迫於時耳。不曰文而曰周。未嘗除武王也。

順天應人。武王原未嘗有損於聖人之德。但服事時更爲至耳。

或曰三分以下自爲一章。而集註仍舊。蓋一并合說。正足以見文武皆聖德。而服事之德爲至德。兩義並行不悖。

陳子龍文周之才如此。豈復能行堯舜之事乎。評然則唐虞不及周才耶。其時義當革耳。豈爲才多不可安人下哉。文嘗讀書至夏商之際。湯有慚德。而仲虺作誥以釋之。於是乃知革命之事。其君不能無愧於心。而其臣不然也。評虺與湯皆爲天理至道欲明其義正恐後世如公等誤看故慚之釋之非後世謀簒之私惡也【文】已而讀泰誓之章見其上稱文考之顯德下稱羣臣之同心於是又知周之臣久欲代商而文王弗許也【評】管仲狐偃霸詐之才尚知勸其君以尊王況周之十亂皆文王所簡鍊陶鑄而武王周公繼用之以道德相輔豈可以後世功名之士佐逆造亂之所爲揣測三代賢臣耶此朱子所以極辨史學之害以其中在心術也

附孔子曰才難三句文

聖人忽有感於用才之世而深慨古語之有當焉夫才之所以難在古人亦不自知其言之有當於何代也夫子有感於所以難之故則見其足以深長思焉爾今夫言有理至而事不至者存其理而數世之事皆得而證焉此先見理而後見事者也有事

至而理乃至者。思其事而數世之理皆得而實焉。此先見事而後見理者也。然則得古人之事。思古人之言。此聖人辭先之意也。得古人之言。信古人之事。此聖人意後之辭也。於是乎記者旣列舜武兩朝之才。而遂述夫子之歎曰。吾嘗上下古今而知古今之天下。不恃一才爲之也。而未始不以才爲之也。無一日不生才之天地。無一代不用才之帝王。使生者足以濟其用。用者足以盡其生。則自隆古以迄今茲。將有治而無亂。才之爲才。烏有不足哉。而吾謂誠如是也。則才賤而不足貴。可畏而不足惜。自隆古以迄今茲。亦將有亂而無治。何則。天地之生才也。非治極而將亂也不生。非亂之至也不生。非亂極而將治也不生。帝王之用才也。非治極而將亂也不用。非亂之至也不用。非亂極而將治也不用。蓋天地能生之而不能用之也。帝王能用之而又不能生之也故當其治極而將亂也天地生之而無帝王用之當其亂之至也帝王不欲用之而天地故生之當其亂極而將治也帝王欲多用之而天地且慳惜而不盡生之若是乎相需殷而相遇疏則何也非天地愛才而有生有不生也非帝王棄才而有用有不用也有用有不用者氣運之所以開有生有不生者氣運之所以定天地不得已而生帝王不得已而用知其不得已而用也則生之者益少知其不得已而生也則用之者益慎吾今而知才之爲才其不數數見也雖天地無如何雖帝王且無如何也然猶以爲未嘗生生則不可量也以爲未嘗用用則不勝計也而又有異焉者亦既生之亦既用之矣當其時都俞颺拜何如其隆也奔奏先後何如其衆也由今思之而以爲異焉者且不獨由今思之而以爲異焉也在昔先民有

言曰才難斯言也其有感於治極而將亂者耶其亂之至而致思者耶其亂極而治而以爲不易得者耶是殆未見夫天地帝王既生且用而猶有未易者也然且其言之咨嗟愛惜顧慕而遠望焉如此使其較量於都俞颺拜之時考論於奔奏先後之内吾不知其咨嗟愛惜顧慕而遠望者又當何如也即以彼所言思我所見信乎否乎不其然乎

子曰禹吾無間然矣章

禹與堯舜之聖同堯舜較大禹較精嚴其分際正在此耳無間只是事事恰好註所謂各適其宜正見其心法之密動容周旋中禮非盛德之至者不能纖微都到也

無間只事事中節合宜非有奇異也

禹只是一箇完密之禹耳

禹只是箇禹。不曾爲有間處脩罅補漏。其無間亦不在此零星件繫也。聖人極意形容其心法之密。到此盡處。都見全身耳。人能刻舟説間字。不能微妙説無字。

無暇論及間。正是不足處多。

人主渾純闕失。其大者尚推勘不得。何暇及間。求至於間。則全體已無可議。只在細微盡頭處。或猶有毫髮之憾乎。而其無間如是。乃見其至。

只在細近處説間字。益見神禹之難。

間字是吹毛求疵意。

間是後人吹求。從吾字生來。不從禹字生來。

間字在尚論者看。方是求間然於禹。

間是搜求罅隙之謂。故曰吾無間然。不是禹無間然也。吾字不是間字。

無間然者，言一無可議也。與連得間矣之間同。正在事端上說，不指心也。心之有間無間，如何見得？惟其事端之顯易細微處無一可議，則其全體大用之精密可知，歸本心源，是推進一層語。只好在末句中說，非首句開端意也。

間然若說向心體上，則是疑禹非聖人而可也。但是事爲之末，四面八方，比較將來，有絲毫不鬪筍縫處，雖無傷於聖人全體，然已得間矣。如此看，方是求聖人之間然。

無間然，正說聖人盡頭處，不說聖人根本處。時文求深，反看得聖人低矣。

三段是隨舉事件，無不可以見其全體之精密無間，不專在此三段也。

禹之無間。其神理在三箇而字中。

陳子龍文　吾聞至禹而人主之富始可自樂。評禹雖傳子。然封建公天下。仍唐虞之舊。何云始可自樂。若可樂。則堯舜樂之久矣。此等議論。只滿腹貨利娛樂重耳。

首末二句文法雖一意。卻不同。首句是從全體大段說。末句從三段推勘極致而深歎之。非復衍也。

呂子評語正編卷十一終

呂子評語正編卷十二

論語子罕第九

子罕言章

不是子所罕言，只是子罕言。

罕言與不語無言不同，不語無言有箇教旨在，罕言只是記者旁觀見得此數者，夫子言之甚少，便類記之，不是夫子有箇教旨與人猜也，故三件類記而不倫，同一罕，而所以罕之故，正自不同，若欲求合一之說，則穿鑿傅會，害道不小矣。

三件各自分說，一著牽聯比例，則弊病百出，兩與字，乃記者指數之詞，非夫子規條教義也。

陳子龍文遺事功而論心性，此儒者之流也，其弊也使人多僞。評卧子切齒程朱之說，甘自外於儒者矣，不知禪門艮知家，其僞乃甚耳。【文】爲人不失大節。立法可濟生民。雖有未純之論。何損耶。【評】如此則論語中與弟子辨仁者皆非耶。【文】聖人既沒。其流益深。言利極於戰國之縱横。言命極於魏晉之玄言。言仁極於宋氏之講學。嗚呼。使聖人復起。將何以廓清耶。【評】三罕言各有義。註中甚明。若以其皆有害而無取。則仁豈有弊害耶。且將宋氏理學與縱横玄言一例看。奈何入室操戈至此。其病只陰服老釋功利之談。顯畔程朱精微之教。直以秀才出身。不得已從事文字云云耳。要其薄儒者不足爲也深矣。

達巷黨人曰大哉孔子章

【陸龍其文自記】此題有五病。首節美其學之博。而惜其不成一藝之名。一美一惜。總在大字內。惜無成名。不是惜夫子之不能成名。乃是惜人之不能名夫子。總是贊辭。故註總謂之譽。與蕩蕩民無能名一例但彼之無名說得深微此只就博學上看出說得粗淺耳蒙存以大哉博學爲美無所成名爲惜則惜在大外而與註中譽字不合矣此蓋本圈外尹氏註及大全新安陳氏而非圈內正意此一病也既將無所成名看在大字外遂有謂黨人欲夫子有所執以成名下節是夫子冷語以破成名二字言道本無可執名則必須執一有所執便落於技藝之末與圈內承之以謙意相去萬里矣不知夫子不居博而居執猶不居聖仁而居爲誨也絕無破名之意亦絕無道無可執之意蓋黨人原未嘗欲夫子之執安得謂夫子反言以見道無可執黨人原未嘗欲夫子成一藝之名安得謂夫子反言以破名此二病也註中聞人譽已承之以謙此是正意若學原不貴博此是旁意道無不在故可博亦可執不可以一善名亦不必不以一善

呂子評語卷十二　論語　二　天蓋樓編

名。此又是旁人就黨人夫子之言看出。而黨人夫子並未嘗有此意。作者每將此等議論。夾入正意。此三病也。此章之謙與他處微不同。蓋博學無名本極粗淺。與大宰章之多能一例。但聖人謙讓之衷。不但聖仁天縱有不敢居。即博學多能。亦不敢遽當。故後章則托之少賤。此章則欲自商所執。若不能爲博僅能爲執者然。乃謙而又謙之辭。泛言謙抑。與他處無分別。此四病也。博學二字。緊對技藝說。認作學問學道之學者固謬。近則多以知能貼之。此雖本大全。然知能亦須緊貼技藝。若離却技藝。空說知能。則與他處學字亦無分別。此五病也。【評】看書眞確。但愚見第一病可不泥。看第二節註云。欲使我何所執以成名乎。則借其不以一藝成名。固無礙其爲譽也。但不是惜夫子之不能成名耳。

子聞之節

要撰聖意立說，須先體會聖人氣象詞氣。謂門弟子數語，若云以此微諷黨人，無此深隱之孔子；若謂左其詞，無此滑稽之孔子；若謂黨人之說將爲學者流弊，無此含糊弄機鋒之孔子。况黨人又不覿面，果有害理處，自可明白與門弟子論說，聖人何所避忌而不言，反留此不尷尬話頭，貽誤後學哉？故終當以聞人譽已承之以謙之爲的當不易也。

此非夫子解嘲語也。黨人以惜夫子，夫子以謂門弟子，其說相承而意見各自不同。蓋黨人以此議聖人則不當耳，若其論則未嘗不深中學者之病，故夫子亦不必言所以博學無成名之故，而特言人之不可以無所執。此正見聖人好問察言，蘊著觸著便是道理處，其於黨人固無與也。如此看聖人意思越好，然與

聞人譽己承之以謙意尚隔一層

子曰麻冕禮也章

首節

此節須作四段看麻冕禮也一斷見古法當然今也純一斷見變法可嘅儉一斷見雖變古而尚有此義之善吾從衆句乃見聖人取舍輕重可否之意以起下節

儉是夫子解之許之之詞

吾字便見主持自任之重衆字便見習俗流弊之非衆豈可從乎於不可從之中此猶可耳正是持正處不可作圓通語

禮者天理之節文聖人於禮渾然天理惟求一是而已固無是古非今之成見亦無因時隨俗之曲說也今人講首節意注重下節若聖人不得已於流俗中强擇其輕可者爲引誘與起之說

以禮柴栅人。如此則禮之可否皆憑聖人私斷。此莊周屈折擿僻之譏與叔孫雜就希世之作同出於詭玩不恭而不知禮之本乎天理非聖人所得而輕重也。

聖人用處仍是理之自然。

金聲文 日用之儀衆有共趨苟非大無禮之事而猶有說焉以處之則夫挾先王之禮度鰓鰓尺寸以相繩者其亦可以不必矣

評 猶有說說字便非換義字卽得且語間有厭薄禮法之大意禮者天也故克己復禮爲仁中庸以等殺屬知天非聖人所得而造作取舍也但禮時爲大雖先王未有可以義起惟其時故聖人有因革損益惟時必取之義故因革損益仍歸一定之理乃所謂權也權者一定之至精人不能定而惟聖人能定之聖人本天也釋老之學本心視天下無一定之理惟我心所造故

看得禮亦是聖人憑心撰出。可以意爲輕重耳。麻冕何以爲禮前聖人亦從人情酌得其義當然。至今時爲純聖人又看得有儉之義可從。則當從之。若謂近情不戾俗。與聖人予奪中見作用。皆以私心看聖人。非本天之道也。評家又有謂儉之一字。聖人從變化中。勉强看出他一段好處。此種議論極俚極悖。一入後進胸中如蠱毒入腹。雖藜蘆不能吐大黄不能瀉矣。言可不愼哉。

子絶四章

聖人難形容。記者尋出反托之法。如畫雪者染空地。畫月者渲旁天。皆是無中生有。不但聖人不知有四件。并不曾有絶四件事也。四件是極粗名目。如何形容得聖人。形容全在無字。無字中精粗等次亦多。必推到極盡處。方是孔子之無。

陳子龍文 苟有所存，皆有所滯，豈有善惡之殊乎。**評** 祖陸九淵善亦能害心之說，即陽明無善無惡心之體宗旨，此聖學之賊也。**文** 凡萬物之相感，物自來乎，我自往乎。意動於中，而物應於外。是引外以賊內者，意也。**評** 物感何害，往來所絶者，私意耳。有人說無心，程子曰：無心便不是，當云無私心。**文** 無者，求之而益有者也。而佛氏諄諄告人，必欲使人盡去其所有，則其心有畏於天下之物者多矣。曷如夫子坦然不廢人間之事哉？眞能有者，乃眞能無也。**評** 公自不知禪之說耳。禪正如公所云，四者是私累，是心病，故聖人所無。豈道理執著、不落色相之謂哉？楊復所、金正希皆精於禪，其文索性說禪，卧子不知禪，爲良知家及萬曆間講章所誤耳。

章世純文 未可知而意之，誣也。**評** 意是私意，非逆億也。**文** 四者俱絶故常居靜以待天下之應有度無度也有數無數也無用智之累無建已之患云云【評】似是而非似聖人之神化然而老莊也爲人門下弟子全不識認先生模樣塗抹箇牛頭馬面來便道是吾師眞法身如是豈不可哀

太宰問於子貢曰夫子聖者與章

首節

太宰之聖先看錯下子貢聖字便與太宰聖字不同

子貢曰固天縱之將聖節

多能原是聖人分內事

太宰看得多能太高便道卽此是聖子貢將聖字另提起說却不曾說低多能時文便將多能放倒須失却子貢語妙

固字正對上者與口氣

古來聖人中只周公孔子直是別。周公之多材多藝，孔子之多能，皆衆聖人所無。雖不以此損衆人之聖，然周孔分外不可及，實如此。知此方見子貢知聖已到至處。

孔子不特多能異乎羣聖，看天縱二字，則聖處已自不同。孟子所謂集大成、生民未有可見，即所謂多能，若是尋常伎藝，聖字中孰不統攝？惟周孔之藝能皆足經緯天地，利用萬物，故多能又與聖字分說也。

子聞之曰太宰知我乎節

此節撇開子貢，就太宰說；撇開聖，就多能說。

朱子謂聖人不直謂太宰不足以知我，只說太宰也知我，待人恁地溫厚。由此觀之，首句正是辭子貢而居太宰之多能，繼則并多能不欲居，而委之少賤，卒乃又爲學者指出不必多之故，以絶流弊。曲折甚多。時說首句竟謂知我多能之故乎。則全節神理盡失。或又看煞末句。將多能劈頭說壞。則上半曲折神理亦盡失矣。

不得辭多能。幷不敢當多能之譽。故又加鄙事二字。又推之少賤。以見多能之不足云。皆極謙之辭。

子曰吾有知乎哉章

說無知。便見其求知。說告人無不盡。便見其求知無不盡。聖人成已成物。仁智並到。無知二句。固非玄妙說法。亦非謬執謙退也。

有知。即是生知上知之謂。人以夫子誨人無所不知而稱之。故夫子遜謝以爲無知。只告之不敢不盡耳。非謂毫無所知也。即辭生知而居敏求。辭聖仁而居爲誨之意。

人謂生知。正從竭兩端得來。

竟從誨人說起。方知首句原從末句生來。

此節要通主誨人說。蓋謙言已無知識。正對人而爲言。不是自責自勵語氣。註中但其告人一轉。專重雖至愚不敢不盡意。不重從己轉到人也。

只不居有知。而自白其告人之盡誠耳。若勉人誨人亦當如此。似意所未及。若勉人則爲誨俱宜竭盡。不專誨一邊也。何如。

兩端中原自難盡。不是空殼兩端。

以知爲事理障。無知方是虛空粉碎。本來無物。鄙夫之空空。正是機鋒相契。覓心不得已安心。竟兩端之竭。卽四路把截前後際斷。以此解書。不但援正入邪。於理不通。卽夫子自贊其淨明圓妙。亦於文不通矣。

萬曆間講無知。竟入禪障。謂無知正是無上宗旨。而鄙夫之空空正是本來面目。其爲道害。不辨易明。震川先生文。實講謙言無知。而謂本原之未了。悟深微之未融。化聖人無知。乃天下眞知。卻早已墮落禪家坑塹而不知。此秀才不知禪而自以爲闢禪之通病也。先生晚年與人書尋五燈會元云。近來偏嗜內典。古人年至多如此。莫怪也。可知其於儒者之學。亦止作文章用耳。自古文人無當於道。大略如是。正不知後死者誰能一洗此弊也。

顏淵喟然歎曰仰之彌高章

通章總只贊夫子之道。夫子之教。即其道也。末節顏子之學。正以見其道之不可幾及。非顏子自序入道功候也。然顏子入道功候源流已盡於此。

此章是顏子自叙入道始末。與夫子志學章同例。顏子平生用功得力處。俱在此中勘驗。第二節是其下手實地。第三節是其功候實證。欲罷二句中。煞有工夫。有所立卓。只是實事。故程子謂孟子難學。學顔子有準的。正指此也。後來錯看顔子。做陸象山王陽明一流。懸空解悟。皆爲此章書理不明耳。

第一節只贊歎聖人之道之高妙不測。次節言聖人之教親切可循。末節自言其用功得力。幾微難至。益見聖道之難。以見喟然神理。意甚分明。不知後來何故差去。或前後都落恍惚空界。或又分爲前迷而後悟。似高而實謬。

首節只歎道之高妙。次乃稱教之有序。末方自述其學之所至。時文先將首節說做錯下工夫。則首節已墮入陰界。瞻忽立卓。竟分聖魔之隔。一謬也。究竟欲從末由。與瞻忽無别。二謬也。如立卓爾。别作悟境。不靠定博約實地。反寫入陰界中。瞻忽去。三謬也。

大槩向來講此章者，重在喟歎機神，而輕教學實際。要形容聖道高妙，與顔子悟境超微，不得更詳功力。此一謬也。近來亦有知下兩節當實講，而又疑首節之近於虚，自己融會不攏，反誣顔子誤用工夫，强分迷悟。此又一謬也。前謬出於禪宗，後謬出於講説，雖有異學俗學之别，其不知聖道爲害則一也。

徐爲儀　喟然固屬悟境，然悟乃在卓爾時，非仰鑽時也。仰鑽方是從前迷境耳，何得遽謂之深悟耶。且仰鑽瞻忽，只是比體，乃追悔從前求道無方，非爲贊道，以仰鑽瞻忽無定者爲道耶。則後之卓爾有定者非道矣。以卓爾有定者爲道耶，則向之仰鑽瞻忽無定者非道矣。雖註原有深知道之無窮無方而歎之數語，然曰深知而歎之，正指喟歎悟時，非謂仰鑽時便深知之也。至無窮無方，乃爲高堅前後下四字之註脚，非爲仰鑽瞻忽上四字之註脚。四語原重上四字，不重下四字，重追悔求道無方上，不重贊道上。其曰不可及，不可入，不可爲象，即求道無方之意也。而末始纖之曰，此顏子深知道之無窮無方而歎之，則弟謂於喟歎悟時追悔前非，而略帶贊道之意，註意自宜善融，若偏泥贊道，非獨睽本旨，且將使人視道一爲杳邈之物，將文禮卑邇實功輕却等諸獻門棄磚，而好畸者并欲從末由覓境，仍等高堅前後之無據，相率而入玄禪。此節書義解者多入玄禪，其弊皆由看深之過。仰鑽瞻忽，空求諸心；博約求諸實功。是已葛屺瞻遂謂仰鑽瞻忽是參提，實功博約是資助權法，初用參提不得，轉用資助，引入究竟，資助用不得，仍用參提，欲罷不能，乃頂仰鑽瞻忽，非頂博約。王龍谿謂仰鑽瞻忽是猶欲爲之也欲從末由方知道本無窮盡無方體乃眞實之見非未達一間之謂是則末由仍即高堅前後之說引釋解儒皆首節贊道之說啟之嗚呼復所卓吾怪僻亂常爲程朱罪人毋怪陽明龍谿理學名儒也而其言猶不無過高偏無之弊此瞻講學又矯故說而過焉作俑流瘴功不掩罪此外之嘵嘵置喙者益無暇縷辨予懼家程尸朱之後必有厭故常而歆之者也故預爲摘出以明正學評此論似是而非亦有意闢禪悟而欲卑之無高論以避之此見道不的也首節只歎聖道之高妙次節言聖教之有序第三節自言其功候所至節次甚分明看次節註云夫子道雖高妙則首節之但贊聖道可知原重在高堅前後不重仰鑽瞻忽上程朱之言具在從無以首節爲顏子追悔從前迷境之說看註中不可及不可入不可爲

象無窮盡無方體數語都只指聖道未嘗言顏子用力之誤如所謂仰鑽瞻忽空求諸心即是俗說杜撰顏子平生未嘗有此一段公案也只緣禪悟者流將高堅前後與如有所立卓爾混做箇話頭援儒入釋致此紛紛不知高堅前後只譬喻箇中庸不可能意此一節是統體說聖人之道如此第三節纔是顏子自言繇夫子之教做工夫到此方覺所謂高堅前後者自己見得確定親切朱子謂不是離高堅前後之外別有所謂卓爾故以卓爾末由為仍即高堅前後者固落邪禪即謂卓爾是悟境而高堅前後是迷境亦正是禪家機法顏子之學前後有親疎淺深無迷悟也至龍谿所謂眞實之見叱瞻所分參提賫助彼皆看得高堅前後與卓爾別有一物事正是禪悟的傳不但高堅前後卓爾不是聖賢之道即所謂博約竭才工夫一齊認錯

如或問陸子靜亦講踐履朱子曰他只要踐履他之說耳明此義則首節即不贊聖道亦無解於禪悟之誤陽明龍谿卓吾復所一宗相承其誤正在本領耳如存疑淺說講論亦遵傳註及末路爲學則又投拜姚江凡從講章訓詁出身者其見道原不的其視聖道也但見其卑淺則一折而終歸於異端者亦勢所必然也

首節看煞在顏子身上謂其誤下工夫重在仰鑽瞻忽其說之離註杜撰不足論已即空贊道體本然亦爲末的要之首節贊歎原是贊歎夫子在夫子身上看來其道之高妙如此令人做來做去只是做不到却賴夫子之教人有序依他做去精進不已纔覺得所見夫子之道親切有得於已如此看來則前後血脉自貫今於首節先離却夫子單說道體其意欲留夫子作次節

轉折此空虚恍惚之説與顔子迷悟之説紛紛惑亂所由生也問首節卽贊夫子與次節如何分曰首節説夫子之道次節説夫子之教有何難分然則首節中有顔子做工夫在否曰無顔子則所謂仰鑽瞻忽又誰喻耶説箇道便指夫子説箇夫子之道無窮盡方體便有顔子做工夫在内只是此節止重説夫子之道然則首節中顔子工夫自已别用耶則必有不是處如所謂迷誤亦未必無之若卽是博文約禮耶如何以前不能見道曰顔子若不曾見夫子如何自見得高堅前後若既見夫子則聖門教人只有博文約禮兩事諸弟子皆從事於此不是爲顔子迷誤特立此法也若謂别做工夫豈夫子於顔子故隱其教待其迷誤而後授之乎抑顔子初不從夫子之教及迷誤而後從之乎此皆不可通也蓋博約之教徹始徹終其中次第淺深正

自無窮。如子貢所云文章性道之可聞不可聞。曾子之眞積力久而語一貫可知有多少功候在。乃所謂善誘也。顔子初時從夫子之教。見得夫子之道難及如此。夫子却只用此兩事逐步引掖上去。故曰循循善誘。要使顔子不死。達却一間也。不離博約。故是徹始徹終事。顔子向來原不曾做錯工夫。只是所見有疎密淺深耳。故不但下兩節是實得。卽首節亦是實得。

首節

首節只言聖道之妙。不是顔學之窮。

仰鑽瞻忽。未嘗差誤。且此是喻語。非實語。

仰鑽總是形容高堅耳。非用力之誤也。瞻忽亦只形容道體。

仰鑽瞻。自說處原只說道。

首節只是贊夫子。不講自己迷悟。夫子自夫子。顔子自顔子。便到了欲從末由處顏子自進詣夫子之高堅前後不曾移動也。

或謂首節即說做道不可幾無所用力恐與末節無分。予謂原不須分。此節只贊聖人之道統前後而言須知顏子至此與歎原先有末節而下此節但此節自言其難處却在聖人身上說末節說聖道終不可及處却在自己身上說則無分而有分矣。

此節是統說不與下二節分先後。

高堅前後與卓爾原無兩事只是工夫到卓爾纔得親切耳。說做仍舊惝怳囫落狐窟而強分兩樣者又說得首節是顏子走錯路頭黑風吹入羅刹鬼國相似不知顏子從來不曾做差工夫看註云此顏淵深知夫子之道無窮盡無方體而歎之則首節是贊詞非悔詞也。

夫子循循然節

上節原說夫子。從夫子轉出夫子之教。理本如是。若從回轉。便多一枝節。此迷悟妄說所由起也。

此節只說夫子之教。下節纔是顏子學之所至。然却是立在下節地界。追感到此節。故夫子之教。都在自已學之得力處體出。

此節是卓立後。見得夫子老婆心切。用處不同。

循循善誘。直從聖人赤心體會。若僅從教法上稱善。尚隔一膜。

首句人字。人都混下我字。首句是說聖人教人大槩。下兩句纔是顏子自家體貼得如此。方見文禮工夫。聖人一向教人之事。不是因顏子而立此法也。

我字。是顏子自承當。聖教原不爲一顏子。

聖門教人。只此兩事。非文弗博。可見博雜邪異之非博。非禮弗約。可見本心空悟之非約。

聖人教人只有此博約二事不止爲顏子而設卽顏子身上也一向如此不是因顏子錯了路頭方設此補救法門也顏子以身體之從得力後追思覺得爲我而設兩我字十分親切正是他用功眞實處時作挑弄我字便似悟得文理自在我不煩騎驢覓驢者此說大謬

聖人成物之智卽其成己之仁故其教不倦之仁又都是他學不厭之智此一節中便見聖人仁智體用一原之妙如俗說夫子見顏子走錯路頭設此方便法門又看得博文約禮還不是向上一著只當箇話頭作用一派魔禪總不曾向聖人心坎中體會出來也

不曰以文博我以禮約我可知我先有箇該博該約底緣故節候在而以文禮博之約之正見循循善誘之妙此我字在博約字

下之義也。

博我約我是顔子身體聖教而言。看我字下又著箇以字。可見文禮明指夫子教人之事。今輙云文禮本我自有。并云有我不必更有文禮。其語愈高而愈謬。若謂文禮雖夫子之教。其實不曾有加於我之外。此又別一話頭。非顔子此節語意也。如彼言題應作博我文約我禮。或云以我文博以我禮約。即得耳。

以文以禮。纔見博約有實據。不是機權照用。故程子謂孟子才高難學。學者須是學顔子有凖的。自後人論之。定謂顔子高如孟子。較難學耳。爲甚反如此。道只爲此等處顔子却做得精密。說得平實。乃所謂凖的也。時文只解會博約二字。便落空去。不知文禮是聖門欛柄。兩以字授受何等用力。

或謂博約在悟後合一。在當時則尚是兩項。當先分後合。不可作一串說不知博文約禮聖門教人只此兩事若論其理未悟時未嘗不一若論其事雖悟後亦到底有兩件在蓋博文是分處約禮便是合一若謂悟後并博約化之是於合一之上更求合一即異端所云無無法亦無非聖學也

或謂題甚平實但係悟後下不得平實語此言大錯悟得聖道方能下平實語下不得平實語便是不曾夢見在蓋其所謂悟後正二氏之悟與此題毫沒交涉也

袁大受文云云評只是理粗所見皆二氏之精華非聖門之家當或問見二氏精華過高則有之如何反粗曰二氏看得世間事理一切皆粗此不是世間事理粗正是他粗耳故凡文字求過高講妙悟其說到事理平實處定是粗淺看此文寫文禮二字直是礦査籬草矣

金聲文不高不堅不前不後之地。念不可以頓至。正告之必滯也。反莫若借以徑。評此却是鬼窟。正希未免墮落。他看得文禮也是話頭。文博何關文約何關禮。彼未遇夫子之人。豈無文禮與。評亂道。先生今聞孔顏之教。尚不識文禮。彼未遇者那得有此。正希癸亥年作。据其自識。於是年遇師付法。直信所言與顏子無異。以此爲其源流公案。則可。若道做孔顏文字。即是大慧杲用儒家言語。改頭換面。接引後人之計。入室操戈爲異端作賊矣。

欲罷不能節

講末節。語語是顏子自言其學所到。而聖人之道之教。恍然象表。方是喟然一歎神理。

欲罷不能。還是夫子妙用到竭才。纔是顏子分上。

竭才只在博約中用功。

卓爾下語勢自有一頓下二句方有神理蓋工夫到此又是一層境界程子所謂直是峻絶大段著力不得到此地位工夫尤難又在卓爾上轉出不頓住則此意不分明下二句亦無收煞看註中所見益親下著而又字作轉語自見。

末由正有進境。

子貢曰有美玉於斯章

通章在玉上說正意在言外子貢意中雖疑夫子韞匵口中原平說藏沽兩端即偏重沽一邊講者非也求字固有病然其意只在沽不沽以探聖人行藏未嘗獨重在求欲夫子枉道以求仕也故初讀其問語時亦不覺其非及讀至夫子待賈語始覺求字之淺耳。

理則當沽，而意不求沽。待字正救正求字之非。

惟其當沽，所以必待賈耳。

待字正對子貢求字。然聖人語氣渾然，不必指破，而求字之病自見。

美玉有多少等，此是第一等。

聖人之玉之美，較尋常美玉難識，便識得，無至德以葬之，大力量以用之，如齊景、魯季桓、楚子西，雖識猶不識也。

待賈正聖人之沽。玉本難沽之玉，故賈必須待，見不待不得，非故索高價也。

待賈而賈未至，原不曾辜負，憂則違之，非爲玉也。方見待字中聖賢毫無觖望。

自古聖賢無不欲沽，而終不得賈者，孔孟程朱，其玉更美，則賈更高非衰世之所能沽也。然聖人未嘗有歉於玉。只能盡待賈之道。雖不沽猶沽耳。待不是守株傲物。孔孟皇皇汲汲而未嘗枉道苟合。是之謂待。若後儒屢聘而出。碌碌無所建白。又以官小辭歸。退而高譚異端之道。此爲邀求。非待賈也。緣他本是碔砆闒門諺謂燒料玉簪價還透。反賣不得耳。待字中見聖人體用具足。

孟子往來齊梁。而卒不肯枉尺。聖門嫡傳如是。

果是美玉。未有不當沽者。果是沽美玉。未有不待賈者。世必無不待賈而沽之美玉。而千古媒衒之子。用此藉口。不知惟其待賈玉是以美。一求之後。豈復有玉乎。今日與人商量。不必問沽不沽。求不求。只要問是美玉不是美玉耳。

陳際泰文凡物之好醜。初無定形。自以爲玉。而已爲玉矣。不自以

爲玉而已不爲玉矣【評】省此言可畏今人自視豈惟碔砆直矢橛耳不然何輕躁若是

友人北游見別云夙昔箴規謂莫以珠彈鵲今自顧不成珠且試一彈耳余謂莫道不是珠且恐不得鵲是珠不是珠但向彈不彈辨取耳既彈之後豈復有珠哉有志之士不可不猛省也

子欲居九夷章

聖人憤歎之云勿實下荒唐註脚

子曰吾自衞反魯章

樂兼聲容文物言雅頌者樂之文也故此章重樂不重詩上說樂正者舉其全雅頌得所就樂正中舉其大者言耳樂之不正雖不止文義然文義之失爲大如三家歌雍他止欲僭其聲容儀物之備美夫子提出天子諸侯二句文義來三家自然用雍徹

不得此非雅頌得所即樂正之驗乎故兩句是一綱一目分兩件講不得時文輒以詩樂並論者非也

正因詩與樂相聯切故說箇樂正便說箇雅頌得所兩件一時同停當不是以樂訂雅頌亦非以雅頌得所而後樂正也

黄淳耀文上古因詩而有樂後世因樂而有詩評此是源流通變然工鼓匏吹與謳謠同發於自然未必因詩而有樂文季札觀樂於魯在襄之季年距孔子自衛反魯六十餘載耳札之聞二雅而歎也是二雅未嘗亂也札之聞頌而再歎也是頌未嘗亂也居無幾何而遂有人焉一朝紊之豈理也哉評六十餘載要亂亦易況季札時已未必全正耶當是王迹熄後逐漸殘缺耳亦非有人焉亂之也文孔子反魯之先雅頌未嘗亂也樂亂耳孔子反魯之後非能更定雅頌篇章之次第而使之得所也樂

正而雅頌自得所耳【評】兩件各有殘缺釐定併說不得【文】昔孔子嘗自言之矣曰吾自衞反魯然後樂正雅頌各得其所此足以徵其有正樂之功而無刪詩之事也蓋刪詩者漢儒之說也

【評】漢儒不足据明儒又足据耶詩與樂有同用有各用原是兩件聖人脩詩書禮樂亦是各事謂雅頌得所而後樂正固非謂樂正而雅頌自得所亦非其病總看得詩樂分界不清楚要混而爲一以逞其立說之高耳樂正雅頌各得其所正字與各得其所義相對語氣分明不是正樂然後雅頌得所也若以季札觀樂證雅頌之未嘗亂則其時舞象箾南籥大武韶濩大夏韶箾各代之樂具在六十餘載中又有何人突起而淆亂之而重煩孔子釐正耶然則不但疑無刪詩之事將并疑無正樂之功矣漢儒之言固多不足信然後人沒奈何也只得憑其言而推

考之以其猶近於古必有所本若并廢此而杜撰夢揣其淆亂更無底止矣然則朱子何以不信詩序曰傳聞可因也附會假託不可不辨也記載相合可信也穿鑿牽合考之經傳皆無據而難通不可不辨也詩序本衞敬仲雜摭而托之先賢核其說與詩多不合故當正其妄耳朱子立說必本先儒即辨序亦以後漢儒林傳爲据未嘗臆度懸斷也

看從樂正說來固不但爲詩失序也止舉雅頌正爲與樂相關其用最大者言耳註中幾闕失文亦兼詩樂言聖人正詩樂有義有數講章執殺音節篇章是有數而無義非聖人正之之志與功用矣

獨稱雅頌南軒謂舉其大蓋南與國風易以其國正之而雅頌較難也

漫云詩與樂同出於一原，正詩即所以正樂，至問正詩如何便是正樂，則仍歸喻夢矣。皆由平日讀書論古只向囫圇處著眼，不會於破碎處尋取故也。

子曰出則事公卿章

出則事公卿，入則事父兄，玩兩則字，有無處非當盡之道意。循分盡理中，有精深之義，只在平實切近處說，已足見其正大。看事愈卑意愈切六字，正以放低講爲得也。

子在川上曰章

明道謂自漢以來儒者不識此章義，純亦不已，天德也，其要只在愼獨。伊川曰，言道之體如此，這裏須自見得，張思叔曰此便是無窮。伊川曰，固是，然怎生一箇無窮便了得他？又謂先儒以靜爲見天地之心，非也，下面一畫便是動，合此數條思之，便見此

章之旨

謂言川不言道是執相也謂言道不言川是觸礙也謂以川而言道是離二也謂川道都不著是幻遁也其弊總不解川流與道爲體四字耳

此章特作必不肯及道字皆袁黄葛寅亮諸邪妄講章害之後遂奉爲不刊之典如知之者章亦禁道字譬如爲山章禁學字子使漆雕章禁此理之類其說不過竊取禪家不犯正位及觸背十成之例不知禪家要打脫事理語言文字之迹故有此法聖道正於事理語言文字見精微初無此法也自不知聖道而剿襲異說以爲高徒見其鄙倍而已矣艾千子正其謬而謂說水與天運物生心體皆可以立教莫如道字渾全則猶鶻突在至韓求仲謂道體不息若斯水則已成兩件蓋聖人所指只說川

流川流便是道但道之一端耳若天運物生則程子又就水旁推看而心體則又就道在人身上推看不可與水與道混說也若謂道體若水則水在道外矣若謂言水不必言道則水非道也能將程子與道爲體四字反覆參究而得其妙則諸說之障盡破矣

明明言道却云不可鑿破此即一句合頭萬劫驢橛也明明就川言道却云不可著川此即莫將境示人也此等說數盛行書理漆闇矣正朱子所謂如猜啞謎又不可說破自有箇黑腰子者愚竊謂陽明之傳至龍溪而發露殆盡至李贄則又加猖矣一黜無忌憚心傳呵佛罵祖靡所不至究其學則一黑腰子之學也隆萬以後學士大夫無人理會正道只從此處討生活下梢學究秀才越沒把鼻弄成不尷尬東西更不像模樣朱子云不

是說秀才做文字不好此事大有關係在其言千古不爽也嗚呼是誰之過歟

夫子之旨在不舍不在逝者著眼在逝者非不靈曠警悚然止是佛老見處須從人心自舍與道體離處托出川流自然之不舍方見夫子老婆心切

此題但寫得達觀者淺見也從其自然放乎無忌憚者邪學也泥意名象隨解生誤者腐陋也離此數岐方爲見卓

附此章文

川流與道爲體聖人見其不容已之實焉蓋道體之隱於人心不若著於川流者之無不共見也逝者不舍本然者如是當然者即如是夫子又豈有隱義哉今夫道兼動靜以爲體者也而聖人之觀道也每於其動示之於是乎天地之間凡物之動者皆

可以悟而異學亦以爲然聰明自得之士亦無不以爲然此皆明於動而不明乎其所以動者也何也異學之所謂悟者於動之初忽見夫不動之原則遂欲絶其旣動之後是內外異本者也故其於道也虛而無據聰明自得之士之所謂悟者於動之時忽見夫必動之故則遂謂已得其自動之天是知行殊致者也故於其道也蹔而不有觀其悟之所由生多得之於偶動之物而未嘗有得於恆動之物可知也夫偶動者其端也恆動者其實也於其端見道之動於其實見道之所以動然則天地之間亦有物焉無端而實存焉如是者乎夫子嘗在川上矣忽而歎曰逝者如斯夫不舍晝夜夫天地之間其自無而有者吾不知其何所始也浸假而有者來矣其自有而無者吾不知其何所歸也浸假而無者逝矣方其來也與我相迎有者據之無浸

假之非有也庸詎知有之所以爲無也耶方其往也與吾相積無者玩之無浸假之非無也庸詎知無之所以爲有也耶使浸假而來者輟焉有輟其有矣無亦輟其無浸假而往者滯焉無滯其無矣有亦滯其有然則往者逝也來者亦逝也無者逝也有者亦逝也今夫川古人臨之曰此今日之川也浸假而又爲吾人今日之川古人與吾人各自私一今日而川之今日殆不可得而私也以是知天下未有無其今日者矣而其故而益新者有如斯與吾人遇之曰此當前之川也浸假而又爲後人當前之川吾人與後人得共留其當前而川之當前自不可得而留也以是知天下無可執其當前者矣而其通而益久者有如斯與如斯者蓋不得不趨於變也一息之不變卽不可以終古屈伸噓吸之微密爲推移而晝夜之事出焉晝夜變而在晝夜

中者無不變也。而斯其最著者矣。蓋不得不貞於常也。終古而無常。卽不可以一息。元會開閉之數遞爲通復。而晝夜之常定焉。晝夜常而與晝夜行者無非常也。而斯其最明者矣。由此思之。斯之自爲逝耶。抑有所以逝者耶。晝夜之能使不舍耶。抑有不舍於晝夜者耶。逝之自有所不舍耶。抑不舍之所以爲逝耶。以是知有體者。卽有其體之者。有自然之體者。卽有體乎自然者。見體而不見夫體之者。異學之所以虛而無據也。見自然之體而不見夫體乎自然者。聰明自得之士之所以暫而不有也。夫天地之間。無物之不體乎道也。明矣。物生乎氣。氣必乘乎化。化必統乎理。理必本乎心。理也。化也。氣也。與物爲不舍者也。而物之自爲舍者心也。心存與存。心息與息。故觀天地之心者於復。復者天地之動也。於此不已。眞不已矣。觀聖賢之心者於獨。

獨者聖賢之動也。於此無間。眞無間矣。

子曰譬如爲山章

開口便著譬如二字。則爲學之義。已在題先。

只一進字。有崛强意。有奮發意。有一往意。有漸積意。有不倦意。

子曰苗而不秀者有矣夫章

苗而不秀。秀而不實。在人以爲必無此理。惟老農知之。纔知其有。便自不得不愈加奮勵

只要人知得有矣夫。便自不得不鞭策。是此章言外之意。

子曰三軍可奪帥也章

匹夫苟守其志。不可得而奪。甚矣志不可不立也。世間鄙士夫假道學。其病總從沒志氣來。

天下大任。非匹夫所能勝。必益以智慧。進以學問。方可以大有爲

於天下。

子曰衣敝緼袍章

首節

首節是先想此道理。先設此境界。而後稱由。纔有意味。若合頭便說煞子路。是由也衣敝緼袍云云。不但似子路實有一番故事。即語氣亦無此空曠靈妙矣。

從狐貉者比擬。只得旁觀之恥。與立者尚可强立虛氣崖岸。惟從與立者心坎中。自現種種景界思議。旁觀覔處。自己更當不得。

子路終身誦之節

終身誦之。不是自喜自誇。是以此爲至。守而勿遷。四字從他意思中形容出來。

昔人云。士大夫讀書不要錢。是本等事。何足驕人。苐近世尋以此驕人者。亦不可得。

子曰歲寒章

爲松柏者。與知松柏者。各有本分事。若在松柏意中。著一點悲憤怨尤。便是木槿蒲栁心腸。決非松柏矣。松柏自不求知。世上不知松柏誤多少大事。然於松柏無加損也。松柏本不易知。不易知。乃成其爲松柏。

此題得激烈意易。得純正意難。激烈尚是血氣上事。純正則理義上事。故有匹夫匹婦之後凋。有離物絶俗之後凋。有畸節獨行之後凋。有賢智忠孝之後凋。有聖神之後凋。只一箇後凋中。品位正自不同。見識到得一種。纔做得一種出。若粗鄙人。眼中止曉得箇菀枯得喪耳。

陳龍川云。如木出於嵌嵒嶔崎間。奇蹇艱澁。人力又從而掩蓋磨滅之。欲透復縮。讀之令人悲。然故是豪士負氣耳。亦梢鯉魚。終被龔蘷浸殺。聖賢正於此處。自脩神龍飛潛本事。不徒作嘮噪一餉也。感慨悲凉中。能鞭入學問正脉。便真有屈頭肩大擔氣魄。覺龍川粗矣。

本領正在歲寒前看。

松柏原無求異於衆意。

先凋者原自得意。笑罵由他。好官我爲。不能留芳。亦當遺臭。此一燈相傳不滅。

子曰知者不惑章

三者原是達德。不可以不急脩。此立言之意。

後世豪傑分上多。於聖賢分上少。知仁勇三字反因惑憂懼意看得粗浮。

體用無二理。釋氏明心見性，而不可以治國平天下。人謂用處不同，不知其體原非也。功利作用家，以漢唐亦幾治平，曹操、馮道亦足以濟時，謂所少者體耳。不知其用處原非也。故果眞知仁勇，自然不惑憂懼，必到不惑憂懼，此方成其爲知仁勇，必夾說乃盡。

子曰可與共學章

首一句包全節，俗亦云爾，但不知所謂學者何事，所謂共者何義，則所謂適道立權，又何所統貫乎。畢竟共學是如何，只是起脚處路頭要端正。江西頓悟，永嘉事功，眉山權術，未嘗不援据六經，依傍孔孟，君子必辭而闢之，以學非其學，故共不可共也。今人於是非邪正，略不求辨，安得志氣之起，識見之眞。既無志氣識見，而隨人附和，輒相與講道論文，標榜聲氣，其爲學已非矣。

安可與共。安望其適道立權乎。

權字。是學問盡頭處。到大而化。聖而不可知也。只是權之妙無窮。遮上面再無去處。自立以上。皆可學而至。故可與權之妙。雖未殆不可學。然到此有非人力之能爲者。一間未達。幾非在我。聖人亦只虛懸此一層地位。以待人之自至。故以未可與終焉。

權是秤鎚。輕重在物。分量在星數。其進退以取平者。權也。變事須權。常事亦須權。然則非義精仁熟。未易見得做得。故曰未可耳。漢儒不識權。遂以反經合道爲權。然則權術權詐。皆得謂之權矣。害道殊甚。故程朱起而正之。

權卽是止至善之意。學者必須到此。乃爲至處。然學力未至而妄及此。必成差謬耳。如漢儒所云。則學者便亦可不必到權。與守經者各成一是矣。孔子說箇未可與權。是必須到權。乃得與經正是一條路上事。但有至有未至也。

漢儒謂反經合道爲權。說成經自經。權自權。竟兩件相對。而有權變權術之說。則竟離乎經矣。故程子辨之。而程子權只是經一語。又太高渾無分别。恐學者鶻突去。故朱子又詳論之。蓋權實不離乎經。而精微曲折。則有非經之所能盡。必見理精熟。乃能權衡輕重。而悉合於義。是所謂權也。故曰經爲已定之權。權是未定之經。故權與經須看得是二又實是一。乃得。

章世純文 權雖反經。亦必在可以然之域也。評 可以然三字鶻突乃必當然耳。文 權必非以私利動也。評 可權在無私意。亦看得粗淺了。無私亦未能權。須於義理精微至盡。乃見得行得耳。文 堯舜之揖讓。湯武之放伐。聖賢處之。亦以爲日用飲食也。而聞之而驚。學之而狂。則才非大耳。評 不是才小。乃見道不精明耳。

歸有光文往迹之有定者。可以持而循之。而天下之所創見者則驚以疑焉。其不能權者如此。**評**腐儒所執愈堅。遇些小事便亂者多矣。也。只是窮理上欠耳。

唐棣之華章

人心神明不測。其用只一思耳。思中境界。古今開闢不盡。却正是理之境界開闢不盡也。言思便是言理。豈索照而離燈乎。論者必以理爲腐而粘住思人說。此正拘腐之至。猶之三百篇無淫詩之論。總不明一理字。便處處拘腐不通耳。

夫子借詩言而反之。就思人教思理。離脫思人固非。膠定思人亦非也。或云。宋儒必曰思理。與說詩之旨不合。又云。宋人抹卻情字。此亦爲郝敬詩解所惑也。惟宋人能知情字。敬等固未之知耳。夫子一言蔽三百曰思無邪。蘇氏謂爲詩者未必知此。夫子斷章云爾。夫駉詩義在思馬，說詩豈必泥思馬乎。是求廓而反窒矣。

思與情不同。情無窮則泆，思無窮乃精。

黄淳耀文 詩三百篇，未嘗不責其一言之無當，而鄭衛不廢，何歟。先儒固以爲秦火之後，漢人取而足之也。**評** 此說本之陽明，以己之淺識，反疑古人，輕於立說如此，則秦以後無書可讀矣。**文** 夫相如之上林，良史譏其勸百；淵明之閑情，末學詆其微瑕。使聖人而與人以好色也，詩何必删。**評** 公於自衛反魯篇又云無删詩事，何也。按王制，天子巡狩，太師陳詩以觀民風，市納賈以觀好惡，志淫好辟。此見先王采詩，未嘗存貞而去淫也。孟子謂王迹息而詩亡，正指此制之廢，詩亡然後春秋作，春秋與詩甚麽相干。正謂善惡是非之不可掩，不相假處，即天子之事，三代之直道而行。詩與春秋一耳。若孔子刪詩。但存貞而去淫。則其作春秋。亦當揚善而隱惡矣。姜氏如齊野會。尤本國之醜。何爲炳然書之策耶。不特詩與春秋然也。陽明以易爲包犧氏之史。與五經事同道同。然則易尤非記實事之比。儘可削惡事以杜奸。何爲老婦士夫之可醜。見金夫不有躬之無行。皆曲著其象耶。其意止欲叛攻朱子之詩傳。而不顧其自悖於聖人六經之旨。惑亂後學。深可痛也。

呂子評語正編卷十二終

吕子評語正編卷十三

論語鄉黨第十

歸有光文天下之道。非聖人不能盡。天下之時。非聖人不能通。不能盡道。不足以通時。不能通時。不足以合化。評一卷鄉黨如此看。

孔子於鄉黨章

兩者分記。是聖人之中禮。兩者類記。又是聖人之不測。人多只說得夫子中禮之難。未見夫子不測之妙。合兩節乃見聖人全體。

朝與下大夫言章

首節

在朝言朝。聖人必無閒言語。私講究也。時文只作相對酬談。失其義矣。

就尊卑體統立朝蒞政處。推出所以侃侃誾誾當然之故。論辨固精湛。然此中正有不同在。若從利害起見。卽屬權詐。所不必言。再進而講究儀注。亦是容悅者流。更進而動循禮義。賢矣。或敬而欠和。易而少介。或不能免於擇蹈之迹。亦非動容周旋中禮之侃侃誾誾也。須得聖人界分上事。

君在節

踧踖與與。皆敬也。若是敬外又别有與與之容。便是知和而和矣。與與要從踧踖中看出。此卽是聖人從容中道處。張子三十年學一恭而安不成。程子謂可知有多少病痛在。又謂學者最要識得聖人氣象。氣象之所以難識。正謂是耳。

執圭章

首節

上如揖下如授兩句一併讀以形容手容之平耳是記者量度高早之數非夫子有時而上有時而下也

君子不以紺緅飾章

當暑袗絺綌節

冬裘夏葛聖人亦猶夫人耳異處全在下邊當暑袗絺綌五字一氣讀不頓斷

人只作當暑衣絺綌耳要看袗字袗字中便逗出下表而出之來

緇衣羔裘節

裼裘之制謂聖人畢竟異人此三者有甚奇謂聖人猶人耳則服此三者皆聖人乎三者不是聖人制造起却不是聖人隨俗任運絶無意於其間由是觀之大而君臣父子小而日用細微道

理充物世間一經聖人提出便爲法於天下可傳於後世者何也所謂天也性也理也聖人純乎天與性與理而已矣若信心自是千奇百怪何所不可

歸有光文以褻之黑而自取於衣之黑吾何容心焉評在物爲理處物爲義聖人因物付物裁成輔相道理總在物上非窮理盡性不能異學必舍物而求之心却是自私而用智矣

褻裘長節

短右袂註明云便作事矣腐儒必欲撰出許多意義來直是可憎可厭

齊必有明衣章

首二節

必有二字見聖人誠意精思

食不厭精章

首節

不説不厭粗妙矣。却又不説厭粗，不説要精要細，而云不厭精不厭細，正是記者妙於形容聖人處。喫飯著衣，聖人亦如常人耳。一著推求，便爲人欲。厭精厭細，總與厭粗念頭無别。愚者不知味，貪夫講究，畸人矯俗，皆反中庸也。此正聖人常人分界處。

食饐而餲節

饐餲之不食，即食不厭精之意也。調劑烹飪之宜，妙有至義。却被狗口腹人不知，埋沒多少道理耳。向使聖人爲之，亦復精絶，豈杜篔易牙所能髣髴毫末者耶。

鄉人飲酒章

首節

鄉人飲酒。正要說得平常。

以孔子觀之。孔子亦鄉人也。以記者觀之。只見一夫子耳。

廄焚章

人馬輕重。人人知之。特異者廄焚而不問馬耳。

不字下得直截。若換作未字。則是常情如此。惟用不字。乃顯得聖人意思出來。此記者之善記也。

夫子卽問。也沒粘帶。卽此方見得聖人胸中如光風霽月。

君賜食章

首節

須照註中無故二字。了畜字結果。非放生也。

朋友死章

朋友之饋節

卽友饋一節。見聖人知天一本之道。若但以饋看。則車馬極重。祭肉極微。而聖人於拜有專敬。從朋友之親起義。則朋友一倫。雖在親親之外。而引而近之。一本之理則同。於此用敬極重。則下面等殺。纔有可盡。而不至於倒施。此等殺起處。所謂本天者也。下面饋之厚薄。與敬之輕重。亦各有宜。然不止車馬一種。車馬舉其極重者言耳。

雖字中饋禮正多。

但不拜耳。非輕友惠也。

雖非不三句。讀却只一氣急下。意原一串。

寢不尸章

須說透聖人之變。與常人不同。方見鄉黨一卷。璅璅碎碎。分明畫出聖人樣子。

升車章

須是鄉黨畫出孔子。他人只做得曲禮文字耳。不是正立内顧疾言親指。別有箇聖人道理。只所以必處不處自不同。

升車之容。在曲禮則凡人當如是。在鄉黨則聖人自然如是。道理則一。本分不同。

有道理當然。有聖人必然。又不知其然而然。

色斯舉矣章

黄淳耀文鄉黨一篇。記聖人之梗槩略備。而獨以爲聖人一龍一蠖。終其身不遇禍災者。時爲之也。故變文以況之曰色斯舉矣。翔而後集。評聖人固無非時。若以此況聖之時。却看得時字小樣。文昔者聖人繫易而首潛龍。爲夫不潛者之不足以藏身也。

評潛止就初九言耳。六爻無非時。無非聖人藏身處。

周秦之際，殺機橫發，開後世權詐傾嶮學術。其時高手就上面推出一種順運先機，不消犯手，成火燄生蓮水面滚毬作用，陰符素書，子房得之以興漢，文景因之爲清淨之治，後世以爲至道，迥異殘殺，不知由申韓管商而溯歸黄老，本是一家眷屬，但有淺深高下之别耳。於聖人脩身治天下大道，毫無干涉，此朱子所謂千五百年間不無小康，而二帝三王周孔之道，未嘗一日得行於天地之間，漢唐賢君，不曾有分毫氣力扶助得他者也。

呂子評語正編卷十三終

呂子評語正編卷十四

論語先進第十一

子曰先進於禮樂章

上節述人言，下節自斷。故作上節未可便下斷論。然看註云文質得宜，今反謂之質樸；文過其質，今反謂之彬彬，則上節中未嘗不分是非。葢先後二句原屬夫子指陳野人君子四字，乃時人之言耳。下節從先進，則不從後進可知。若聖人立言，必要句句道盡，則聖人亦良苦矣。評者輒謂上節不贊先進，不貶後進；下節不補不從後進，以爲妙，欲周旋時人，反與孔子作頭抵，不亦異乎。朱子云：東晉之末，其文一切含胡，是非都沒理會。秀才文字如此，最可憂。其病止是鶻突不通，而其流至於悖理非聖，皆此種議論成之也。

金聲文窮禮樂之宗則君子之名本不必有加于野人評開口便見一切有爲法皆是假文乾坤本無禮樂聖人作之而驅一世之人旅旅蹌蹌進其範圍也評乾坤便是禮樂文先進於禮樂取其足以洗乾坤之陋則已評他看先進便是外飾多事文乃至後起之英傑然以其身委禮樂之途而精神足以深入頓覺作始之粗評將周公不如猨狙之適性任眞乎胸中見識純乎二氏爲政先看得禮樂是聖人作用之過卽先進亦不是道總是性情不離安用禮樂澶漫爲樂摘僻爲禮而天下始分之意學士大夫正人君子爲聖經文字皆作此見識葢不但披髮野祭矣天下何得不大亂乎文君子之名子雖以與後人而意不在也評君子除却以位言皆有道成德之稱故首節作時人評論乃合若謂聖人自言則何故詭易其詞而下又云云乎若謂

因時異名，則聖人亦太游戲矣。總之一入禪學，則天下名義原無定位，可以隨我顛倒，也是他見識如此。

風俗日敝，刦灰發於人心，奢淫勢利，儇巧浮薄，皆殺機也。搢紳富室，不知健德，爲避轉相效慕，爭倡優市井之豪，蔑禮義廉恥之說，憂將安底耶。向見龍江文雅社約，歎我生之初，世變已亟，不謂今之日甚。嘗欲與同志講行於鄉里閈，而未之能也，徒增我太息耳。

首節

前輩後輩，只說今昔耳。故曰於禮樂，若謂禮樂分先後進，則是禮樂之先進後進矣。

野人君子句，乃時人之言，先進後進句，尚須活放。若直作時人語，止得輕薄譏訶口角，聖人一段維持慷歎深情，無從領取矣。

如用之節

夫子從先進。從其文質得中耳。若主反質。便是老莊家言。非聖人意也。

文質得宜。正指周初禮樂。先後進。只在周朝盛衰論。聖人從先進。正從文武周公之禮樂也。后來文字都將三代以前看先進。因有反質之說。誤矣。聖人論禮樂。一向只主從周。實歎其美善。遵王猶次義也。

子曰回也非助我者也章

須從有憾之詞。托出深喜之實。乃得當日語妙。一下老實贊歎。是後儒註解。非聖人口氣矣。

須是憾詞見喜。時作皆是喜中見憾矣。

顏子所見已到至處。默識心通。非經說義解也。然却只在無行不與處實地勘驗，見其不違足發，如時雨化之妙。

子曰孝哉閔子騫章

孝哉閔子騫一句，即作人言。從未有此解，然聖人於羣弟子從無稱字者，而獨字閔子騫，疑其不倫。此解雖𠒎𠒎而有理。或曰：公最不喜人異註立解，乃獨私沈憲吉耶？余曰：不然。異註立解之不可者，以理言也；若文法字訓，朱子有他說相似可通者，必並存之，未嘗執一廢餘也。推斯例也，則存此解正朱子意耳。

時文混說，便似國人與家人忽然齊聲稱道，亦太懡㦬矣。須是父母昆弟稱在前，人信之在後，此自內及外必然之理。看父母昆弟之言，言字緊貼父母昆弟，非人能知其隱而自有言也。但皆信之無異論耳。人不間是一氣串下，言字一句，不是人之言與父母昆弟之言有兩句。

之言二字粘聯其父母昆弟五字。蓋先有父母昆弟之言。而人皆信之也。羅文止文却作先有人言。而父母昆弟不間之。倒矣。孝爲門内之行。豈有反自外始者。且如其說當作人之言。其父母昆弟不間之。又似父母昆弟不間於人之言矣。語氣顯然不如是。

閔子騫後母事。不可爲典据。以此發論。未有不入於俚鄙者。故孝字只以虛還爲得。但于子謂譽其子。則不可毀其父母兄弟。此却不然。虞書未嘗諱頑嚚。夫子以犁牛之子喻仲弓。可見矣。

俗傳閔子故事。不知其有無。其情事語句俱鄙俚。必非春秋時記載。學者固不得據此以論閔子之孝。然此中却足發人倫情理之變。世間後母之不慈。固多然極惡不可感化者亦無幾。只是爲子者未必能盡其道耳。嘗記溫寶忠母夫人家訓一條云。中年喪偶事小。正爲續娶費處。前邊兒女。先將古來許多晚娘惡件塡在胸坎這邊新婦父母保婢唆教自立馬頭出來。兩邊閒雜人。占風望氣弄去搬來外邊無干人聽得一句兩句只信歹不信好。眞是清官判斷不開。然則如之何。只要做家主的立身端正。用心周到。觀此一條。責備爲人夫爲人子者甚切。凡有晚妻後母者。俱當三復於斯。

季路問事鬼神章

金聲文 聖人之學至於知命。可以無所不通。學者守其可爲可知者而已。**評** 聖人知命也只在可知可爲處莫作兩橛看。

須知那一邊道理。就在這一邊。待他能事人知生後問如何却已能事鬼知死竟。

陳際泰文 聖人治鬼神之說。使人索之而茫然。而其教卒不廢。何者。人心有不得已焉爾。**評**自有實理。非不得已也。**文**鬼者所以爲百物之精也。其氣象光而有耀。而以人道合之。此嗜欲所以必先。悽愴所以或見也。**評**此數語入理。然亦從鬼得人耳。事鬼之道。卽在事人之中。此聖人教學者用力。只在日用平實處。而其道無所不達也。今通篇泥定在事鬼中講出事人之理。以求其合一。則雖謂未能事鬼焉能事人。亦可矣。此似是而非也。

唐順之文幽明之理。又所以爲死生之理也。**評**此義不的。莫墮入天竺國去也。若云明生之理。又所以爲幽死之理。則得矣。

閔子侍側章

首節

此一節記敘原奇。毫無言語事務。默然列坐。寫出各人生面神情。當年一堂寂然中有無體之禮。無聲之樂。

魯人爲長府章

首節

蔣仲達文書曰魯人不直書爲者之人示諱也亦示譏也**評**諱譏二義閔子立言之法即在其中

閔子騫曰仍舊貫節

魯人爲長府其事未成若已成閔子亦不說矣與魯人言此方是入情中理之語莊子所云達之入于無疵

子曰夫人不言節

因言而追說不言非美其慎重正美其當可也

必有中必字原指平素說

有德者必有言言必有中只是明于人情物理耳當情合理片言即解固不在多言也王荆公極負氣見明道便不得不平心正

爲此也。今見有質重人。終日寡言。發言或不能當理。又見或爲人理一小事。絮聒商量。終日不决。此只緣不明人情物理。無他夫子閔子。皆是魯國一介老生耳。然閔子議論。夫子贊歎而長府之役終寢。莫道老生便無事權。坐自頹廢。古之人君重一嚬一笑。豈知老生嚬笑。亦著實可重耶。善自珍惜。

子曰由之瑟章

因聲音而知其所得之未深。故警之。警其學也。因警而生不敬。不敬其學也。因不敬而發揚子路之造詣。始終爲學。非爲聲音也若泥定聲音講。不免膠柱鼓瑟矣。

子貢問師與商也孰賢章

道貴得中。是此章骨子。過不及三字。纔有著落。顧麟士謂首節中字不説破。方有下文。已是掩耳偷鈴見識。時説并欲將才高意廣諸語亦不說破又夢中話夢矣子貢是合看比說夫子只是平分說師愈一轉子貢未嘗不知中字但謂過中與不及中者較似過中者差勝故愈字與賢字不同夫子又云其失一般子貢到底合比說夫子到底平分說也俗解不說破含含糊糊不知過不及箇恁

隨問隨答但言二子皆失中而道以中庸爲至意自見卽抑太過引不及尚未有此意弟可於言後推論及之況并教子貢又賓中之賓矣

曰然則師愈與二節

子貢謂師愈只是無个準的在便扯長看夫子謂過猶不及只是有个準的在便兩折看所爭在此

韓菼文 斯世無中行之人而勇力于進取者最爲近道他日負荷

之責未必非過者先之評與冉閔說話老大氣悶亦此意耳文吾道有甚庸之則而鄰於奇異者尤足誤人後世憂患之端又未必非過者甚之評程子論尹張後來不爽毫髮

近世儒者深懲象山陽明之禍便不敢接引才高之人而深取謹厚之人以爲差不走作然意思稍著偏陂則所取者率多乖角猥瑣之病此亦矯枉過正也且世謂爲象山陽明之學者必多高明亦非也象山陽明之學無是非易頹廢往往便於庸人又是過不及參半耳以聖人之中道律之只有一不是并不入過不及帳算又安得高明哉

季氏富於周公章

黃淳耀文冉求以爲吾明與季左而以季爲魯此必不得之數也陽爲季用而離季于民使其勢稍殺黨稍弱而謀將不得成不

然以求爲爲季傾魯也者則豈其政事之才乃齷齪爲權臣鷹犬且其智又出尹鐸馮煖下也【評】冉有政事之材長於理財爲季氏宰則竭其知能爲之謀富足以爲盡其職分不道此却是聚斂附益也聚斂附益不特冉有無此四字在意中即外人亦未必以此相稱是記者因聖人之意而勘斷之故上面先提季氏富於周公句見若季氏不富冉有所爲未到此重罪也故冉有之罪從不知大義呆老實做官得來若說他爲季氏傾魯則失入弑父與君亦不從也可知必無此事若此文說他陽爲季用陰敗其謀則更失出看其解說伐顓臾不救旅泰山豈有圖季之心者夫子向許之爲具臣此不過具臣之爲而不自知其罪之重耳至所謂陽爲用而陰圖之是戰國奸詭傾險之術聖道之罪人孔門必無此作用如蘇子瞻論賈誼當先交絳灌而

徐去之等論皆心術不正其根從國策來文人每爲所漸染而不知雖游戲文字圖取新郍然非小病痛不可不相戒也

柴也愚章

四字好處病處都有聖人造就人材於此亦可見非徒作索瘢求類語也然數子終于此病而曾子竟以魯得之可見人不能無氣質之偏顧其變化之何如耳彼自聖人論定且不足以限人而何有于後世之標題月旦也

陳子龍文 淳風既遯民生多偏至之情 **評** 自開闢便有偏由來病痛生成如是非後來生出之病 **文** 自道術之衰也其師自以爲德至高其弟子至純正茫然執所謂道者以告之而不顧其才之長短質之高下 **評** 一卷傳習錄情狀如畫孔孟程朱皆未有執所謂以告如艮知之說者後來講學兼門戶黨同伐異更悖

道矣。【文】苟吾徒也。皆至德耳。而不知氣質之閒。雖古之賢人。日侍乎聖人之側而不能改也【評】也煞變改。但偏處終在。卧子譏濂雒門人。皆稱質性甚美。聞道甚正。豈孔門皆下材。而濂雒之教過孔子。故無病耶。此卧子不屑觀濂雒關閩之書。故云云耳。程子鍼砭諸門人之病。不一而足。未嘗盡以爲賢。而以聞道許之也。傳習錄謂其門人于中。爾胸中原是聖人。于中不敢當。曰此爾自有之。如何要謙。謙亦不得。于中乃笑受。不知此於孔門之教更何如者。而卧子又獨宗信之耶。葢卧子於陽明之書亦未深究也。

子曰回也其庶乎章

夫子每舉回賜並論。可知其相似。揚回而抑賜。則失之淺盡。而無言外諷勵之意。時下便欲斡旋子貢說得過高無分寸。亦是近來摸稜世情俗腸中流出。自以爲妙。而不知其失更甚也。只兩兩開說。而言外諷勵之意自見。

首節

艾南英文 回之所以近道者。豈非以其愚哉。**評** 並無此說。乃老莊之見耳。**文** 天命回以愚。而回受之。**評** 天命中安有愚之理。大智若愚。異端之說也。

子張問善人之道章

聖賢之道。天下古今之所共由。一而已矣。善人之道。不過問善人之名義云何耳。非善人自有一道。與聖賢之道分大小也。如問小人之道。惡人之道。俱可。若皆與聖賢之道比較。則無人不是道矣。要之說善人。便是說善人之道。非善人者其姓名。而別有其道也。老講章謂須論善人之道。不是論善人。最惑亂不通。不足從也。

問善人只答善人，恰好如是。

不踐正是不入處。

不入室即在不踐迹上見。

看亦字紐子，分明一揚一抑，第下句所抑即在上句所揚內。

論二句語氣則上句揚，下句抑，其實下句病痛正在上句中，抑揚並到。

只不踐迹三字，便是未學，但說其好處都不踐迹而得，所以見其質美，非謂蕩檢踰閑也。此方是表善人之道。

不但不踐有抑揚，并踐迹亦有抑揚，不但踐字有抑揚，即迹字原有抑揚之理在。

羅萬藻文高可至于命，而其下亦不失爲人用，遵之可以寡過，而盡之以爲聖神不難。【評】惟其不能至命、不能盡之爲聖神。故止曰善人。看亦不入室、明限其所至。如此說則不止善人矣。且只不踐處過正多、不可遵也。

子張只問善人一種究竟。故夫子云云。不入室是終於不入。故曰善人。若謂不可限量、則不得僅名之善人矣。總是篤學。雖愚柔不可限量。不志於學。雖奇才異質、皆可限量。善人不踐迹。便終無入室之理。如其改行嗜學、則必由踐迹而入室。此則凡人皆不可限量矣。何必善人乎。

將踐迹看做鄉愿一輩。固非。將不踐迹說做狂者一輩。亦自粗。在看註自不爲惡四字。善人行徑略見。非曾點漆雕開已見大意之比也。所謂不踐迹。似所云不煩繩削而自合者。故註云不必。亦非脫落放曠鄙夷不屑之謂。

善人之不踐迹。與異端之去事理。邪說之惡格物窮理不同。善人只是不守成法。而自不爲惡。此生質之美也。若異端邪說。則以去迹爲教。以無善爲宗。不知其道之已入於至惡。正與聖人之室迹相悖。又何善之有哉。

善人原是正道中一等。不入室亦正見善人光明不欺處。

子曰論篤是與章

兩者乎語氣。從上是與生來。是要人識取眞君子。

子路問聞斯行諸章

教由教求是正。後半只發明教由求之故耳。教亦屬推論賓意。

黃淳耀文 視聽不疲于明聰。手足自供於翔步。盡進取乎。**評** 目自能視。耳自能聽。手足自能運奔。此却是良知家講行字。非聖門之所謂行也。**文** 吾向者一惟進之云爾。卽二三子亦以吾爲進之焉耳。評此進字不同義。人看得退字礙眼。每增出翻頭以爲教學只有進。又曲爲斡旋曰。退正所以進。徒多支離。此進退只粘定退與兼人說。進者進其退。退者退其兼人。皆治病之藥。與進道之進不同。作家失簡點。隨手偶拈。後來便流傳沿誤。不可不指出。

昔程子見謝上蔡。謂此秀才展拓得開。大都人只坐展拓不開。則頭童齒豁仍守故步耳。夫子此節。是爲由求各更展一步也。若謂損由之多以益求。增求之少以擬由。則是斷鶴脛續鳧脚。將使二子共成一様不尷尬東西而後已耶。此聖人所以痛絕夫鄉愿也。

季子然問仲由冉求章

所謂大臣者節

夫子此二句是古今大臣不易之準。

以道事君以字合窮達說能以道者卽未當大任亦所謂大臣不則道爲希世之術矣。

道字精微廣大無所不舉後世止向功用上看未嘗不是道却全體本領不是卽功用亦不能到伊周界分。

道中自有格君大用。

以道二字極正大極精純但見正大而不及精純則浮氣乘之矣

道只一道行道處有不同卽道之時中易傳謂有正而不中無中而不正非二道也若隨地爲變則馮道劉穆之皆可以爲合道乎只爲後世錯看一權字如曹操之篡弑馮道之喪心從逆李贄皆以爲活佛聖人矣。

謂道中有變化則可謂道有不同則不可。

崇禎朝以孤立結主攻黨論。却是小人。故其分別在道字也。艾千子文謂其氣有以命之。氣字便不是本領。

陳子龍文持斷國事。不妨經權互用以濟其通。而至于事君。則一引而歸諸至正。**評**持斷國事。亦卽事君。經權合宜。是卽以道。那得分說。**文**阿世之學。爲人所窺。一時雖若易合。而後必爲人主所輕。則功廢而身辱。**評**使人不能窺。不爲主所輕。將亦爲之耶。此等議論。皆功利之病。似正而實非。不可不察。臥子論鴻功亮節。張皇盛美。定足震曜羣流。一至義理本原處。磕著粉碎矣。緣所見粗浮。開口只在利害上計較。此正義利分界根源。於此不分明。更說甚以道。故知不講洛閩之學。雖深談名節功業。皆有病也。

不可在道字上看。不是與己意不合。

不可根原在道字中已具止亦是愛君行道方見眞大臣心事大臣學業。

有不可則止句纔見以道事君之嚴正纔說箇道便有不可之理在便有則止之義在矣論者多謂不可句是不吉利語不宜重發最是小人諂媚之見此種肺腸在家則爲鄉愿在朝則爲佞邪以至賣國敗節而不惜皆是說中之莫謂文字小病也

須在不可則止一句上著意以道固不止此然正在此處見得分明看孔孟程朱事君皆如是而天下以爲不必然者也由求具臣正爲無此句力量如伐顓臾旅泰山之對可見也還賴與聞聖人之道故弒逆不從猶存斯意耳

子路使子羔爲費宰章

子路曰有民人焉節

此是子路强辨。非滑稽語。須寫出一段勇往自是意思。

何必讀書然後爲學兩句活處。只在何必然後四字。此是子路不著邊際語。無可攻擊處。他人一著死句。便罅漏百出。當被夫子一語駁翻。亦烏得爲佞乎。陸子静王伯安排詆讀書窮理爲務外。其説至今足以惑人。亦惟其佞也。

子曰是故惡夫佞者節

佞雖口給禦人。然其禦給得來處。亦自有一番奪理之辨。此陸子静王伯安之説。亦足致人信從也。夫子不責子路之語非是。而直責其佞。誅心之法嚴矣。

惡夫佞比斥其非又深。乃切責之非。諒而寛之也。

理屈詞窮而禦人口給。其病又比看道理不明深一層。故夫子特斥其佞而不辨其説之非。二罪並發從重論。非援輕例以曲出之也。

自家笠子不端正。輒敢道治國平天下。此石塘之所以見譏于慕庭也。秀才自忖度所讀何書。讀書欲何爲。未讀時何等人。今讀後又是何等人。須不受此譏。始得。纔苟且失脚。便是不曾讀書。如石塘越端正越不端正耳。莫槩道子路說錯。

子路曾晳冉有公西華侍坐章

子曰以吾一日長乎爾節

聖人意中先有次第而說此節。

居則曰節

聖人引三子言志。以觀其設施底裏。居則曰不我知也。此句是揣發其情。不是譏其躁妄。下二句是激令其傾吐。不是笑其無具。諸賢皆不羣之才。聖人遯世無悶。固未能至。下士奔競憤悖俗腸。斷不至此。聖人所發，固是通人境地，看低不得。是勘驗。亦是警省鞭策。彼徒作一通感士不遇妄想，便非此等處。最足觀人心術。秀才應三場，只辦得一生喫著不盡耳。無志識人便不知不覺此意津津流露紙上矣。

黄淳耀文 兩漢之士，多屢徵不出；唐宋之士，多獻書有司。非漢人皆澹于求知，而唐宋之人皆急于求知也。玄纁束帛以加之，則上重士而士知自重；詞章記誦以取之，則上輕士而士亦自輕。其勢然也。雖然，無得于中而號嗚大吒，則上之輕之也亦宜。

評 科舉壞人，先儒亦痛言之。然不正本原，而徒求之法，徵聘亦未見其賢于科舉也。詞章取之而士亦自輕，理勢固如此。然亦顧其人何如耳。目前紛紛，秖堪承當痛駡，更不足道。

子路率爾而對曰節

止講師旅饑饉及二者並至之不堪。極意張皇。只得一皮情形耳。從閒兩大生出師旅。則其中之玉帛𢾾賦可知。纔見加字之危。從師旅生出饑饉。則其中之死亡荒蕪可知。纔見因字之苦。即加因二字。亦只得一皮情形。加有許多加。因有許多因。加因不止一件。不止一時。如此方見勢處萬難。無人承當得。激出由也句。如鵰盤弩蹶矣。

天下勢力之勇不足用。惟可使之勇爲眞勇。

點爾何如節

看曾點一番動止氣象。正是他胸中本領流露處。記者細細詳載。煞有深意。上半節綮與第四節子路率爾而對句相照。夫子哂之綮與喟然歎曰句相照。爲下面曾點問答張本。下面數節提出禮字。只是發明此理。此章記載便是史記敘事法。故朱子謂記者多少仔細。不可作閒話說過。程子謂子路若達便是這氣象。皆此義也。

曾晳之狂。非晉人之狂也。晉人之狂從老莊來。故以粗疏脫略爲事。此無忌憚而反中庸者也。曾晳之狂。原從聖人源頭直下。但見太高而行不掩耳。看曾晳言動之際。何等細密。暮春者一段說話。已涌喉舌閒。却趦趄退讓。從容和婉。不敢自是。又不爲曲隱。又不傲睨三子。只看異乎三子者之撰一句閒言語。有如許氣象。下面出而後。又細問三子。印證夫子取舍之旨。都見他精詳處。此豈老莊門下所能乎。

不要輕放過上半節。正於此看得理深。然無下半節見處。則上半節只成疏散。

此節書最難看。不知不覺。容易蹉過葱嶺去。其下者硬塡天地堯舜大帽子話頭只成學究講章與書理何與須知此理有本分自然處有聖賢功用處若只見一邊道理便蹉去又須知同是此理點有點見處夫子有夫子見處兩邊也拈一放一不得夫子與點自有夫子意中境界點意中又自有點之境界類之弗齊混則知處

唐順之文 君子建大功立大業于天下者亦不過隨寓而安耳**評** 只道得外面事卻怕差了裏面此語似大而實小樣曾點所見不止是

金聲文 聖人所問者應知之具何所與反屬點乎喟然之際可以觀其情矣**評** 眼孔小在此點云云非應知具乎**文** 聖人能以疏水曲肱浮雲不義之富貴必不能以山川優游土苴有用之經綸**評** 點言亦不是耽山玩水土苴經世如其言聖人直當疾點

不與點矣【文】人世清恬。雖聖人亦知自樂。而憂世之心常存。【評】此正不是清恬自樂。故與憂世之心。不是兩件。禪子看心體精。世法粗。故將明心與度世打做兩截事。學禪人便將出仕與隱居亦分爲兩截。不知吾儒只作一事。耕莘之樂。與納溝之憂。不是兩心。故暮春游詠。與堯舜事業。不是兩境。正希于聖學欠分明。便看得此章書只是度世上事。則曾點之清閒自在。反不如三子之慈悲普救矣。要之看得世法粗處。却正是心體粗也。

有謂不宜疏說與點之故。非不宜說。不能說也。就大全冊子上巴攬幾句大話鋪排。只是看人富貴語。終不脫寒乞相耳。

【唐順之文】善治國者。其在無欲乎。獨許曾點者。正以其胸中豁然無物也。【評】此意好。然只一半道理。點所見直達禮意耳。克己復禮。欠一邊不得。

三子者出節

上節各言其志句重言字。引點說也。此節各言其志句重志字。槩三子也。

此下曾晳三問總爲與點句印證个眞消息耳。夫子答之。亦在言外開示。三節總是一理一意。末二節若呆對哂由作轉疑論辨。失其意矣。

惟求則非邦也與二節

此兩節問意答意皆在言外。故最難體會。所謂在言外者。點自已印證。非推敲三子也。但解照哂由。不解照與點。仍止得言內。失却言外矣。

此兩節問答之旨。對與點看。不對哂由看。夫子所許。皆實許其爲邦之才。弟與點大意。三子總不達耳。非許求赤之謙足爲國也。

呂子評語正編卷十四終

呂子評語正編卷十五

論語顏淵第十二

顏淵問仁章

此章之要在克己復禮四字。己禮之界貴明。克復之功貴健。是指點顏子索性淨盡意。下節非字正要察幾。勿字正要致決。無二義也。此見朱子總註之精。

克復是指幾微一閒處索性與他淨盡。到顏子地頭方可用著。此語只第一句已了。下面反復以决此一句。第二節指點隨處是此句。不是另生枝節也。

陳子龍文　曾子本有。故一貫之言。示之以無。顏子體無。故復禮之旨。示之以有。評 有一貫。即非無矣。四勿。即非有矣。文 聰明特達之士。方其耽思一室之中。宅心萬形之外。視夫所謂禮者。眞束縛之具矣。及其與事相推。與物相接。而後知禮之不可廢也。【評】耽思一室中。便廢禮不得。豈待接事物而知其不可哉。【文】老氏以仁義爲非。佛氏以聲聞爲下。旨非不深。亦何可用哉。【評】旨深如何無用。只爲其旨邪異耳。身厠孔孟之門。而心服二氏之法乳。以爲其道實高於孔孟。但爲秀才欲做官。欲事君治國。不得不用孔孟法耳。嗚呼。士人見識皆如是。安望二帝三王孔孟程朱之道復行於天下後世哉。

首節

克復是盡頭工夫。只好對顏子說法。

己禮消長。只如陰陽剝姤之義。

己禮不兩立。克復必並行。

克己復禮工夫。人人所有。但他人所云己禮者粗。而顏子所云己禮者極精。他人所云克復者緩，而顔子所云克復者極快，故先儒謂其雷厲風行，如紅鑪點雪，須見得斯義。

克字兼內外，復禮處即見仁字。

克復兼動靜存發。

朱子謂發動時固用克，未發時須致其精明，始得。葢未發之精明，知居多；而發時之勇決，行居多。顔子有不善未嘗不知，知之未嘗復行，此其所以不遠復也。紅鑪點雪，雪消處是行，所以爲紅鑪是如何。

克己便是復禮，程子說也。朱子恐學者過看，直捷生出即心即佛之病，故云勝私欲而復於禮，言克己又須復禮，更加精密矣。

程子謂克己則禮自復，重在克己，似只一側說下。朱子以其太直捷有病，故補克己又必須復禮之義。葢天下原有克己而不能

復禮者仍不可爲仁故克復並重然學者要必于克己下手工夫爲多

羅萬藻文云云評程子之説工夫重克己克得一分己即復得一分禮其説本至精第克己外更無復禮工夫語太直捷便有病故朱子補出克己又須復禮之義謂天下原有雖克己而於禮尚有未復一種病痛故必克己復禮爲仁其理始圓足無弊要之朱子正補足程子之説其大段原以克己爲事未嘗翻案也蓋自大賢以下即不能無私欲之累故必須從克己下手到己私克勝而天則尚有未合則須於復禮著力然至此境者甚少而其功亦至精不似克己工夫艱重無人不當由此道也今此文重復禮立説似克己必從復禮下手不特悖程子之説并失朱子之義不合本文語意矣且己字乃私欲惡物故云克今多

混自己之己看尤屬顢頇其於仁字禮字源流分合總未嘗懂得無怪其動口即是錯也

章世純文 已爲載禮之官云云 **評** 已字誤此已字一毫不可留者也故曰克

朱子謂克己是精底工夫到節文欠闕便是粗者未盡然克己只去私意未能細密入他規矩則復禮乃是精處愚按此說最精動容周旋中禮盛德之至到得粗處皆盡方是工夫到至精處非有兩義故知單主克己亦墮一邊在

克己又要復禮與克己便能復禮語殊而理一正謂天下自有克己而禮未能復者必禮復而後爲克己之盡譬之治亂克己只是戡亂之功雖寇賊略平然瘡痍未起禮樂未興未可謂已治已安也必至太平熙洽然後兵革不試耳

克即是復。然克必須復禮。非即仁。然禮復即仁。此二義要並看得透。則下落分明。

克復只是爲仁之功。到克復盡頭便是仁。

己與禮原自仁中分出。到得克復了。只有一仁。也不是克復外別見箇仁。只是到此時纔見得所克復底便是。

禮方而仁圓。只是一物。

艾千子 禮字易講。從禮渡到仁字處難講。大力文禮字太重。仁字太輕。走易路耳。**評** 禮字易講。只此句可見千子亦未識禮字。禮非名物度數儀文之謂。識禮字。便識仁字。做禮字毫不關切仁正可見禮字難講耳。難講而重講之。自講非禮之禮。直謂之不是。不可謂之走易路也。識得時。講禮字易。仁字亦易。知仁字難禮字亦難。但有是不是。安有難易輕重哉。

克己復禮。索性做箇盡。一日克己復禮。是果然到盡頭處。天下歸仁焉。到此自有神速實驗。都是顏子分上說話。所謂雷厲風行。紅爐點雪。乾道也。

乾道坤道。亦是今日飽飣常物。究竟問顏子仲弓所以異。則仍鶻突也。不知顏子之克復。要講得極精細。始肯。然要講得顏子之克復精細。先要講得顏子之己禮極精細。與他人大槩不同。方是朱子所云至明至健。索性克去之義。自主講天下歸仁。亦與仲弓之邦家無怨。大段各別。一邊是逐漸滲漏。一邊是頃刻注滿。此方是得顏子眞面目也。

一日是克復盡處。不是克復起處。天下歸仁。只是人人稱許。不是同歸一體也。不是天下歸往。講一日見全身功力。講歸仁。正爲克復勘驗用。

一日不作容易說。一日并見向來工夫總不是憑空說一日天下歸仁。正是自考驗處。

一日克復不是猝乍到此。

一日是圓滿候。不是發脚候。

一日不是黽勉起頭。

天下歸仁。人每說入心性中。以爲必無一日乍克復而天下即共許與其仁之事。不知夫子與顔子所言之一日。乃極至之一日。非偶試乍改之一日也。蓋顔子工夫已到至處。第尚有渣滓未淨。天理未純一之閒。故夫子令其索性把這些子了當去。其所云克己是極微之己。復禮亦極精之禮。與初學克復功候迥別。故先儒謂之乾道。今將庸妄暴棄之人看。以爲一日克復即天下歸仁。自然信此說不及。反以註爲非矣。

或疑一日克復如何天下便許其仁此其所以信不及也曰此等處總皆未盡古先之說而遽伸已論只坐一箇心粗耳先須知此章對顏子說顏子三月不違工夫到此已是大段了當其所謂已與非禮亦止是些子未盡處夫子教他索性打掃箇盡一日克已復禮是指盡頭說不是下手也故程子曰克已復禮則事事皆仁朱子曰惟其事事皆仁故天下歸仁又曰天下以仁稱之非是一日便能如此只是有此理人稱不稱固非我之所急但言其效必至如此又問一日之閒如何得事事皆仁曰一日克復了雖無一事亦不害其爲事事皆仁雖不見一人亦不害其爲天下歸仁合此數條觀之可知一日克復原不是猝乍到得底事故朱子於註又補日日克之不以爲難五句此方是學者克復下手也今以滿腔子人欲心腸思量偶然克復便要

見天下歸仁景象。萬古必無之理。思量不通。則反以傳註爲非。吾見其終於不通而已。

最粗者以歸爲歸往之歸。塡入嚮附話頭。其自以爲細者。不出龜山在吾度内。藍田八荒吾闥之意。中開一條正說。偏不解信從。至今講師邪說。猶以同歸一體相忘于大化之中爲言。取古人已棄之芻狗而文繡之以爲神。不知其粗又有甚焉也。聖人教人字字著實。從無此虛空影響之言。如仲弓之無怨。樊遲之不可棄。子張之不侮得衆等語。都說外邊應處工夫。到這裏方是盡。如何此句獨要說向内邊去。

人總看得仁字精。天下粗。克復玄微。天下淺近。兩者通不去。於是將天下納入仁中。遂有八荒吾闥之說。是欲講得天下精微。而不知仁與克復先謬矣。能取天下與仁體流通關切處。道得分明歸字之訓爲許與，自昭然確然。無非內也，合外內之道也。彼將歸仁說入內，正坐不知外之卽內耳。

金聲文　有己斯無禮，斯無天下。仁人以天下爲己任云云。評　全在己與天下相交處推衍成文，自以爲得仁字，不道此己字却誤訓。克己復禮原未嘗爲天下起見，而去物我諸相也。故其所見之仁，亦止是佛法慈悲廣大，與孔門所言仁，毫沒交涉。文　天下人各持一己，勢不能以相讓，克正克其離閒分競之具。評　禪家說得手悟入處極高妙，及說到反面弊病事理，却又極粗。乃知其高妙皆粗也。

或云歸字朱子訓作與字，蓋有己閒隔，便不能歸天下爲一。已既克己復禮，則盡天下俱是此禮，故與字作與祭與字看。此說如何曰。寧可說朱子註得不合。尚可兩存以求定論。朱子以與訓歸說本程子稱其仁一句。與字是許與之與。若作與祭與字解。仍攙入朱子所闢在吾度内之說去。不但誣本文。并誣朱子矣。今人講經學理學。大約用此狡獪。如晚年定論程門微旨等書。皆牽鑿先儒以傅會其邪說。謂程朱亦爾。其惑亂更不可窮詰矣。不可以不辨也。

由己己字。只是我字。

顔淵曰請問其目節

非禮勿視四句。正是克復簡要法。不是繁難法。

視聽防自外入。言動謹自内出。

己生於視聽言動。克其非禮者斯復矣。禮生于仁。視聽言動皆禮斯無不仁矣。仁與禮有分合。視聽言動與己有分合。克與復有分合。

顏子工夫原只在克己上著力。所謂索性克去者也。正在非禮處用力。然不是淫坊酒肆道場也。到顏子地位。尚有甚非禮處。故朱子謂如邪色淫聲之非禮却易。視遠惟明聽德惟聰。纔不遠便不明。非德便不聽。但有些子不循道理處。便是非禮。此却難。由是言之。顏子所克之已較精細。故說箇非禮。便與己字不同。朱子云。克己便能復禮。又云克己而不復禮。則墮于空寂。跛倚倨傲。未必盡是私意。亦有性坦率者。伊川謂雖無邪心。苟不合正理。乃妄也。亦須克去是也。愚謂己禮二者。如陰陽消長。此進即彼退。克復原非兩層。但學者爲功。自有分限。在人欲勝者。其身尚立陰界。則以克爲主。克一分即復一分。在天理勝者。其身已在陽界。則以復爲主。復之盡即克之盡也。後人輕看復禮，卽不能知性知天，流入于本心之學。故惟朱子之言爲萬世無弊也。

不曰視聽言動必於禮，而曰非禮勿視聽言動，方見精微。於天理人欲界限，不爽毫髮。陽明謂視聽言動處便是，只緣怕說非禮二字，便錯入禪去。

若云禮則視聽言動，則是有一分禮，便可說也。如此講便粗。惟云非禮勿視聽言動，則是有一分非禮，便不可也。如此講便精。若講到非禮盡頭，不惟視邪色聽淫聲爲非禮，卽不必邪色淫聲，而但不至于聰明之極，亦非禮也。故曰顏子工夫明之至。若云禮當視當聽當言當動，則其辭緩。惟云勿視勿聽勿言勿動，則其意果。朱子所云勿字是旗脚，此旗一麾，三軍俱止，故曰顏子工夫健之至。

非字勿字在內。在未視聽先下手。

四勿字用力全在未發之前。如烈火精明。直是犯他不得。若欲衰欠猛。陰翳消爍。不淨矣。

非禮之根在中。而視聽言動在外。勿視聽言動于外。而禮復于中。程子由應制養四字。弊病工夫體用都在。

所以視聽在心。故勿在內也。

視聽言動皆身。而勿在心。

非字難看。所以說至明。勿字難決。所以說至健。

總註至明至健二句。似于仁外添出智勇意。不知原是本文所有。非添出也。說箇非字便是智。非至明何以知其非。說箇勿字便是勇。非至健何以能爲勿。故知非智勇。安能成仁。聖人言語本是徹上徹下。得註中提出。分外分明耳。

仁非智勇不全。不大智。則非字之精細不能極。不大勇。則勿字之迅掃不能盡。朱子至明至健二義。正實闡非勿二字下手處。不是幹補闕文也。

工夫在視聽言動。正程子所謂學顔子有準的。非心齋坐忘也。

勿是只要勿他非禮耳。視聽言動固不可無也。

人將顔子克己看做心齋坐忘工夫。四句只做箇話頭。却似視聽言動也是。不視聽言動也是。不知顔子請目請事。煞是從四件上札定硬寨做工夫。莊周以孔顔寓言。揶揄無忌。如優人扮聖賢爲劇耳。不可爲典據也。餘類推之。

仲弓問仁章

是說爲仁。不是說仁。是冉子之爲仁。不是顔子之爲仁。方與朱子乾道坤道註意照會。

敬恕所以存其心。非于心中求敬恕也。

人心中只有一仁。何處著敬恕名目。只爲私欲所間隔則此心放失而不存。便與仁體日遠耳。敬恕所以去私欲以存心。心存而後可以復仁體。此中主客層次。須一一分明。

敬恕是所以存心。存心亦未卽是仁。但存到熟處盡處。更無私間斯仁耳。敬與仁關切處。恕與仁關切處。敬恕與仁總關切處。邦家無怨。與敬恕仁會通關切處。一一分明。纔道得不錯。

只是一敬。要無時無處無事不然。則心存而理得二句。前後際有全身在出門使民。于全身中隨地提示箇下手景象耳。人只做得從二句推類開去。不是從敬字指點二句矣。

出門使民與不覩不聞立在輿終食造次顛沛等語同。側言無時一無事不然也。從囫圇中抽出一節來說耳。

偶提出一兩件輕忽事境，形容無不敬全身。正如終食造次顛沛，非謂君子到此處纔見不違仁也，須言下見得此意。

顏子本原不動，但微有感凑未淨，只須决去便無事。仲弓病痛似輕，而本原不足，虚邪滚痼，故必當峻補。四語是仲弓峻補方也。

邦家二句，從功說效，鞭辟向裏，方是自考之意。

二句是自考，不離敬恕，是敬恕盡處。

下二句不是應效，要工夫到此方足。

夫子告顏淵，是爲仁盡頭處；告仲弓，是求仁下手處。故克復便著箇爲仁，敬恕不直說出爲仁也。無怨雙承敬恕勘出，常存此敬常存此恕，亦只作工夫推深一層語。時手寫敬恕尚是求仁，寫無怨則竟是仁字圓滿境界，與天下歸仁一般，不看註中使以自考四字耳。

邦家二句。與上章歸仁相似而實不同。上章極言其效之速而大。以克復都在盡頭處說。所謂乾道也。此章邦家無怨。是在敬恕用力充積上說。必到此纔見敬恕之量足。所謂坤道也。仲弓之坤道。節節要從不足處塡補正氣以逐客邪。正講到分量充滿。則本體流行。無少闕欠。非後世斷港絕流之謂也。

司馬牛問仁章

子曰仁者其言也訒節

此句從現成仁者說。仁者二字頓斷。曰仁者其言也。則不在言上究竟可知。曰其言也訒。則不是訒言可知。曰仁者其言也訒。則是仁者自訒。非訒言卽仁可知。總不在言不言著解。訒字方活。

曰其言也訒節

其言也訒句有兩層意思說言明與仁字無干說訒又是言中極易人只作輕率語氣者于層次未見分曉

從言之易見事之苟從事之苟見心之不存心常存在爲前一層從言推到事事推到心見不訒病根從心想其事事想其言見言訒之故方知言訒不是訒言

心常存朱子于兩句中體會得之夫子語氣點掇不盡正令躁人尋思

爲之易言之得爲訒乎一反便醒

周公軾文 賢者知難聞庸人之言而心動不賢者不知難即聖人之言而忽之 **評** 講學而詆程朱亦猶是耳多見其未嘗爲也

司馬牛問君子章

陳子龍文 人當有事之際惟内無繫怯而後可以規其策既有憂

懼則智慮衰而方寸亂矣且曲爲之防形必先見適足爲禍患之招耳【評】此等議論非不通達機事熟諳古今然都落權術非夫子之旨也【文】若能正身以決機潛引以遠患上之有可爲之勢則行大義滅親之舉季友於叔牙是也次之見異趣於國則有不相污累之風叔向於羊舌虎是也【評】內省句全不體發本義只說向作用去且有此條例妙策夫子不告之乎與不疚不憂懼正反此乃造出憂懼之道也豈司馬牛之所能哉司馬牛只問君子又不曾說到家難如何夫子便只與他商量處向魋之法夫子因其胷懷憂懼故以此開瀹之其實君子之體象如是非專爲處兄弟之患而然也不憂不懼與上章其言也訒同是現成體象到內省不疚乃推出功夫致此之所以然其間煞有至義處變之道亦在其中耳豈得拋荒正理而單講家難況

所講又皆權術作用乎。看下章司馬牛直指兄弟，言子夏尚寬解之如彼，曾謂夫子反勸之行未有之事乎。

首節

此憂懼二字專指禍患，雖有可憂懼之事，而自省平生無愧，則自無憂懼之心。若但言存心處，則憂患恐懼，皆君子操修所有，豈得打破此二字哉。

曰不憂不懼節

不憂懼句，說得囫圇意會，方生出司馬一問，與上章正相似。何憂懼句，說出工夫精嚴，方是成德君子，其用力正在平素也。

司馬多言而躁，夫子與言，每留箇不盡意理，使之深思。即爲之難二句，與此內省不疚二句，皆未嘗說盡也。故朱子于上章爲之難前補出心常存，此章內省前補出平日所爲，皆從語意中探本窮源。越顯得聖言神味無盡。時講乃謂註中故能二字未免多一層。直是無知之論。蓋此章隱對司馬心事而言。道箇內省便對著外患。說內省者。內省其平日所爲也。不疚在平日。內省在臨時。如何將內省併得向平日去。

二氏之放達。非君子之不憂懼。

晉人情恕理遣。亦是强排遣。與君子學問天懸。

司馬牛憂曰人皆有兄弟章

爲憂懣人開釋。易落曠達家言。則死生有命二語。已走入二氏解脫法門矣。看子夏急下君子敬而無失二句。方見死生二句。不是付之數命者。此所謂知命立命也。

吾有老友善悲。有感輒痛哭不能自止。因之病甚。相知以曠達解之不得。余爲語曰。嵇阮之放誕。正憤嫉之極也。秪益悲。安得解。

吕子評語卷十五　論語　三三

解公悲。正當以聖賢相責耳。古來可悲。至餓死甚矣。餓死未嘗無聖賢。只愁不稱此一餓耳。求仁得仁。又何怨。纔怨便知所求非仁也。今尚未肯以極處相待。已自不願擔當耶。休矣。公何悲。一時爽然稱善。

君子敬而無失節

無失有禮。方是聖賢之敬恭。子夏此語頗臻至處。語病在下二句耳。東坡之打破敬字。岸叟之何如無心。其見地淺深不同。然皆不知無失有禮之妙者也。

須知子夏此節道理。原推開說以廣司馬之意。故下文四海云云。註以爲不得已之辭。不應仍粘煞兄弟講也。

子張問明章

子張止問明。夫子添出遠字。而詞繁不殺。正爲務外好高者。其求明每在遠處不知反蔽於近夫子舉此二端最是極近而易蔽者於此能察便不弟爲明而爲明之遠正指點子張反求於近耳知此方見第二段之緊要不爲贅衍

自來受蔽於女子小人者皆自以爲明者也其所以不明者正唯用明之不遠耳豈知用明之遠者即在最近之處不自以爲明而其明乃遠乎

遠只是明之盡量處非明之外別有遠也

遠原不是另說

明且遠在所以不行處不是深入正要勘得實說明便是遠即混說明更有遠亦離

兩不行却不是老僧不見不聞境界

金聲文士不通天下之故而窮情僞之變雖極其區區之誠以遇

物。亦奚益哉。**評**多少學者犯此病。然須除出功利作用說。

子貢問政章

首節

足字是政。人都做成食足兵足耳。

兩足字有足之經畫。有足之形勢。有足之利弊。有足之相資。

國家雖當無事之日。不可忘武備。秦室金人。宋祖杯酒。皆非王者之道。

兩足字有政事在之矣。二字有教化行在。

教化行中。民信原有本政在。

答子貢止是足食足兵兩項實政。民信句卽上句所致。推帶說出。猶之菽粟富而民仁意。故足食足兵。不可作食足兵足。緣有政事在也。民信之矣。不可作信民。文法自明。不可作三項說也。直至子貢以三項問難。夫子方以三項輕重答之。要之此節說話時。原未有三項事意。

民信不當先做三項說。固矣。或又因本是兩項之說。將民信講入兵食內。若謂民信其足者。則又非也。信只是誠意。孚結無欺詐離叛之心。原是兵食上邊事。不粘煞兵食。故後面子貢可分爲三耳。看註補教化行三字。固知教民信自有事在。但此節止說兵食足而後信可孚。不及教信之道。正如菽粟水火之仁。不是更無教仁之事也。

看之矣二字。則民信即在兵食之内。看下三者句。則民信與食兵各分。足食足兵足字作用在上。民信之矣信字實際在下。到下三者又併說。

兩足字在食兵上。便是說政。之矣字在信下。且曰民信而不曰信民則夫子民信句原根食兵說故註用然後作轉見此節止重兩足字不遽平分三項也但單是食兵足而民便信秦隋之世已不可行可見民信原有教化一項工夫但必待食兵足時則教化自行而民不離叛也

夫子一直說來未嘗分三件亦未嘗單指歸兩件到子貢一問纔不做二件耳故予謂首節宜渾不應說三說兩

細味聖人語氣原不曾平分三項到民信一項又特變文法也註云倉廩實而武備修然後教化行而民信於我不離叛則民信句原從上二句順帶說下到子貢纔分作三項問聖人又因其問而答之如此要之重信之義在子貢設難後發明出來在上節卻重在兵食故朱子謂以人情言則兵食足而後吾之信可孚於民此指上節本義也以民德言則信本固有非兵食所得

而先指下兩節之義也。

按民信之矣信字。聖人原說得較輕。只是民信服于上耳。未指忠信誠信固有之良也。到子貢分三項來問。聖人方講到心德上去。若首節卽將信字看得深重。則之矣語氣不合。

子貢曰必不得已而去二節

兩不得已是對上節未然發難語。若已足後有急。亦不至是矣。子貢議去。只要在三者分出輕重耳。意不在去也。若說兵中原有可去。已非正旨。謂足兵敢于去。去兵深于足。尤屬旁枝。去兵正就足食民信講。是所論在去。所重在留也。兵之所以可去者。以食與信在耳。總之無食與信則無兵固害。有兵尤害。有食與信則有兵固好。無兵亦好。此是聖人樸實頭計策。未嘗稍涉權數也。

古制之壞。兵食之所以不足。後別有足法。皆失信于民矣。去字中便有民信在。

子貢策妙用。只在臨時。夫子操根本。只在平日。故去兵去食而無不可。非束手待斃法也。

是聖賢打穿後壁商量。子貢直窮到極奇變處。看聖人用處何如。聖人應奇變。却越庸常。方見得庸常中。聖人已無奇不盡無變不通。若粘死句下。則聖賢竟是腐頭巾說大呆話矣。

此是聖賢直窮到底。打穿後壁商量。以分决事理之輕重耳。去兵在三者中計較。去食則二者相較。三者原闕一不得。必不得已即指三者勢已盡去。必不能全。就其中撩掉那一件。且專料理這兩件。故曰何先。到第二問。一發必亡之理。食豈能去乎。然聖人曰寧可去食。以見信之必不可輕。故又找下二句以見去食不是挽回必得之策。但道理只有此耳。正見聖賢於義利界上分明淨盡如是。故程子謂非子貢不能問，非聖人不能答也。若只于兵食源流利弊商量，說來說去，止在利害上立脚。如此則守信亦只是利上事，不是義上事。於子貢問意已不見其妙，于聖人答處，不但不切，正相反矣。

棘子成曰君子質而已矣章

兩論互有高處，各有墮處。子成墮義較粗耳。近來逢墮義必周旋一番，極爲悖謬。

子成之說不下聃周，可謂高矣。自子貢辨之，而其弊始見。至子貢語病，人不易知也。立言之難，自非聖人，孰能無所偏倚而常適其平。惟聖知聖，此等處須知朱子之言已造至處。

以子成之論視文勝之俗，則高甚矣，而不知其言有病也。得子貢之辨正文質不可偏廢而子成之病乃見子貢更高甚矣而不知其猶有語病也得朱子本末輕重之說而子貢之病又見義理無窮精析乃出後人心不細見理多粗疎鶻突可彼可此遂有謂子貢之論與夫子野史君子之義相符不必補註中之說不知聖賢講道理必求其盡不似後人妄立議論便成門戶不許人辨駁也

【黄淳耀文】去文而質亦不能獨立子成之激殆不如子貢之平也【評】正爲平中有病在【文】侯不敢僭王臣不敢僭君以文在也愚不敢詐智不肖不敢詐賢亦以文在也【評】子貢文質一視尚有弊此却偏重文抑又過矣【文】文去而丘園之子不異于君公矣【評】亦有有章服而上下仍無辨者此不可咎其質也【文】文去而頑嚚之夫不異于聖哲矣【評】朱子云使君子與屠販對坐並不

以文見。畢竟好惡自別。文學者取子貢之説以治天下。則綢繆緐飾。固周禮之舊坊。取子成之説以治一身。則儉陋深思。亦唐魏之遺意。是兩得之矣。評所以治身。即所以治天下。文質豈可分用耶。通身弊病。在此見識差去。如以此治身治天下。是兩失耳。文質二者。原不可相離。然必質立而文麗。但天地間氣勢。自然文易流而質易薄。故聖賢多救過以反中。每重本而輕末。子成之論。亦自重本生來。然却説得太偏。故子貢以並重之理正之。然本末不分。則語病亦不小。葢文畢竟不可與質同重也。今通篇竟重文説。則病又甚於子貢矣。不知此非重文。乃輕文也子貢雖失本末輕重之差。然看文質尚是同原一體上事。若文中所云。則文秖是裝飾點綴之具。與告子義外相似。但爲分別等差不可少。故可以治天下而不可治一身。此即佛老之見。與子成似反而實合者。近代良知家言正如此。他竊見佛老之蘊以文爲外假。非本體所有。却又竊見佛老之說。不可以治天下。故又將刑名度數禮樂事功另講出一番施設。道是良知中作用。以自別於佛老。不道内外打成兩橛。原非聖道之體用也。其病只看得文是外面事。則説重轉輕矣。

良知家居喪不哭。門人疑之。曰。吾惡人於父母面上亦用僞也。嗚呼。此其爲質也。其虎豹之鞟耶。抑犬羊之鞟也。哭踊有節以爲僞。飲酒嘔血以爲眞。食稻衣錦。安卽良知。非披髮野祭之風乎。嵇阮以老莊淪晉。金溪以狂禪陷宋。至良知而三矣。流禍一揆。非細故也。

子貢曰惜乎夫子之說節

上君子是泛常稱呼。此君子是斟酌字眼。上君子就行上見。此君子在言上論。上君子翹然自喜。此君子褒中帶貶。

駟字只形容不及之甚耳。

文猶質也節

文質二字逗斷。

兩猶字乃並混之詞。眼界高濶。而語有滲漏。

哀公問於有若曰年饑章

首節

年饑用不足。則哀公單爲用不足想到年饑耳。與百姓何關。

同一憂歲語。心事迥別。則情形亦迥別。自賢君起念。便爲百姓不足爲百姓不足。便是欲蠲租減稅賑濟也。庸君起念便爲用不足。爲用不足。便是欲加賦開利也。哀公正爲欲加賦以足用而告訴到年饑耳。

有若對曰盍徹乎節

哀公所問在用，而意在取。故有若直答取法，而意卻在用。此正鍼鋒相敵處。行徹必先節用，不則有若之言非腐卽戲，斷不可行矣。註中節用厚民，正見此旨。荀子以禮節用之，以無禮節用之，後發明禮稱，亦此意也。

節用以厚民，此是有子本旨。

宣公稅畝，只是加稅于餘畝，徹法未嘗廢，故註下專行二字，是公田民田不曾亂，豪强兼幷，自是孟子時事。

度當時廢徹法，亦止是稅畝加賦，與秦人開阡陌壞井田不同，卽入私家者，亦必如後來兼幷之弊。

曰二吾猶不足節

許虬文云云。評：自來加派横征，其勢行極暴，而其詞令必哀苦宛轉蓋理屈而情怯也。要解自己。先援護前人。要利官家。先假惜百姓。千古徵求狡獪如是。

吾字與下節百姓字鍼鋒相對。哀公但知爲吾計。忘却百姓。有若謂若果爲吾計。正當足百姓。故吾字是哀公語中病根。

對曰百姓足節

哀公與有若商量。只爲著國用。兩下錯絡處只是行徹不行徹。原不曾論到百姓。只爲哀公如之何其徹也。便是不曉得徹法。上下關通處。道是利百姓而不利君。故有若直下百姓句。百姓足即是行徹。百姓不足。即是不行徹而加賦。語脈最緊。而語勢最突。人但謂若知君之不足而不計百姓。如此說竟是有若呆勸哀公厚民。可云老不曉事矣。就哀公意中跌出足百姓來。大意更分明。方知有若也原爲用不足起見。非老生迂濶而遠事情也。

有子正對哀公二猶不足而言。意重在足君邊。呆講加意在百姓。便失其旨。

足不足語。原從吾猶不足句來。哀公憂二猶不足。豈可行徹。有子答行徹正所以爲足以破解之。都重在足君一邊。百姓足句。不過是行徹中轉語。蓋哀公看得徹行止利百姓。故有子告以利百姓正是利君國之用。

道理重百姓語。脈却爲足用。

從吾猶不足領入。從用不足上商量。足不足兩兩分行。令哀公言下擇取。方得此節語意。

百姓足百姓不足二句中。須見行徹不行徹之根繇。孰與不足孰與足二句中。須見君民相關處。即對副用不足實際。見不精切。

祇說得愛民足國大體耳

君民一體相關固是說常理如是然所謂百姓足與不足須從行徹不行徹來方是有若對答之旨

孰與二字是急接哀公口氣回報甚緊泛蕩開說神理緩散矣

孰與語詞與乃相與之與也後來刻畫作取與之與失本意矣

陳際泰文 上下相臨者權由贏餘以求君之權而君權已復伸矣

評 行徹豈所以求威權者乎民富則君不至獨貧只如此言孰與二字極完切所謂君民一體也後來多將與字作取與之與曰君之足民與之仍從取法中講利害失有子之意矣君民一體則終事急公自在其中若說必富足而後威權得行則所以足民之心術已壞豈尚有一體根源哉此亦功利之痼當時文人開口便講作用其習已深不覺害道也

有子祇明君民一體之意見行徹不行徹之利弊至其施設之方尚待哀公之再問而惜乎其未聞也

後世謂井田必不可行其說大約有二一謂豪強之田不可復取與夫司農歲入不足以供所出耳然田制之法又有均田限田之法以通之至度支經費之不足則千古未有善爲之畫者是則有子兩言至今猶看不透信不及何怪乎哀公之鰓鰓過計也

問或云唐中宗令李嶠蘇瓌子各對尚書蘇引木從繩二句李引腊朝涉二句中宗云蘇瓌有子李嶠無兒可徵應制最忌傷時張江陵進講至放勲徂落曰時蓋已百歲矣同列深服之故以此節重上輕下爲得大體此說如何曰此說尤壞人心術人品看詩書所載古聖賢告君皆憂危震動之言居多李文靖爲相日取四方水旱盜賊不孝惡逆之事奏之眞宗慘然變色同列

皆以爲不美。劉元城論名相，舉此事以爲惟李沆得大臣體。夫告君尚以危言爲得體，豈行文反以阿諛爲得體耶。成弘以前，未嘗有此。即題目亦未嘗避忌。自嘉靖中，重符瑞禱祀，始以忌諱爲戒，流至末年，習成諂媚之俗。闈中專取吉祥，偶有句字之觸，雖首拔必黜。士子從未仕時，即學爲諛佞，安得復有品行事功哉。程子在經筵講書，有容字，中人以黃覆之，曰：上嫌名也。程子曰：臣下尊君過甚，則驕心生，皆近習輩養成之，請自今勿避。爲相當法文靖，經筵當法程子。若中宗庸主之言，居正佞臣之術，何足法哉。有志于人心世道者，當力破之。

齊景公問政于孔子章

孔子對曰君君臣臣節

須將八箇字一氣念來，便有箇萬物得所、各正性命氣象，便見得一篇西銘道理。一部周禮制度在内。根本却只在自盡。四者爲綱。推極言之。遇人而皆予以分之所宜。政之理盡。而大道亦盡矣。

艾南英文 從古聖賢。或能造乎其域。卒未有淪乎其量者。評此方得叠字之義。

子曰片言可以折獄者章

片言可折。是夫子憑空許與。並無實事。故記者又繫無宿諾句。以揣證夫子可以之意。此須于兩節交接頭領會。

首節

片言可以折獄。此是贊片言。不是論折獄。是贊片言之本於明斷。不是論折獄之貴乎片言。纔說片言便有下節在句裏。折獄只極其用耳。呆漢定做成折獄可以片言矣。

子張問政章

子張所少。只在一誠字。倦與不忠。皆從此生出。蓋夫子之所以答之者。立誠之目也。

陳子龍文 君子之施爲。與功利之士。豈能大異。而獨其內操于心者。靜必有存。而動必有守。此立本之道也。評 此是見識大誤處三代之太平。與漢唐之太平。原自大異。不獨本原不同。文 治亂之原。實始于一念。是以莫貴乎專一。評 無倦。是始終如一。與專一又別。文 所以戒其倦者。皆在于居之之時。評 居指其存心處不是時無時無所居也。

此居行皆指政說。兩之字不得略過。與子桑伯子節不同。彼是統論心法。此只在政上講。時文于行之說政。而居單說心者。非也。

子張才高意廣。其于治道。必不取卑雜之術。但少誠心實力耳。若與他人言必須辨所居所行之是非矣。

以忠只向裏説方盡。凡講作用權術，其根本已失，如何得有政治。何以見得子張少仁。其病只在過高，纔過高便騖外而少實心。且如東坡半山之權謀，伯恭同甫之功利，未嘗不説濟世安民，然議論越高本心越錯。聽他説話，但有愚弄天下之意，全無誠實愛民之心。只此一點意思，早已將仁字剗却。此漢祖唐宗之治，朱子到底不許其同于三代，也只爲不是忠字源流耳。

子曰君子成人之美章

磁鐵相引，冰炭相違，誠也。題中兩人之字最著眼。人之美，人之惡，亦何與己事耶。而一爲之欣，一爲之戚，此不可解也。惟其不可解，可知是從心苗中出來。

成字不成字，俱有實力。

陳子龍文操人倫之柄云云。評成人美惡，何論權柄。文小人不幸而有其權，遂足以禍天下。評小人無權，亦禍天下。○蓋君子小人立心好惡本自不同，儔類相與，邂逅因緣，布衣委巷無不如是，不但有權力然後能成不成也。

季康子患盜章

不從君民起念，只爲自已利害，康子患處便是盜心。做官不爲地方計，只爲自已考成，縱諱與捕逐，亦總是盜術。故經濟事功，聖賢都從心上做起，非刻論也。

上多欲則下行竊，此感應自然之理。若必說因欲而民貧爲盜，是則有此事，然多卻轉折，與語意不相肖。蓋上奠之以欲，則下雖溫飽，皆有盜心，不必使貧而後爲盜也。苟子不欲，雖餓死亦不竊，不必富而後不竊也。如此看，語意更分明緊切。

只欲便誨盜。不欲便感化不竊。

季康子問政於孔子曰如殺無道章

此君子小人之德。不是性術之德。乃分位之德耳。不分盛衰世皆然。

此德字。指君子小人之位。各有分誼耳。非性分之德也。性分之德。君子小人所同。分位之德。君子小人各異。此節以善字對殺。不以德字對殺。草上之風必偃。只言其理勢如此。要知率民以善固偃。率民以惡亦偃。草不分和風狂風。皆必偃也。

人每將德字混善字。便失其義。君子之德。只在勢位臨觀上解。子欲善而民善。上已說明。下三句只說上下感應之勢之順速易效耳。

子張問士章

首四節

前四節見聖人分別指示處。如禪家權實照用。本色鉗鎚。薦機不測。

子曰是聞也節

是非二字中。有實下趨舍工夫在。

艾南英文 夫人學術之未精。固有終身期無礙之途。而不知其不足以類萬物之情者。則邦家之赫奕。有以誤其所始也。評 如今人初上學。志不過爲科名。騙官做。如此讀書。那得長進。直至頭白老死無成。皆初學時一念之誤。文 夫人本統之不存。固有終身受物情之推。而不知其不足以爲中正之孚者。則邦家之浮飾。有以蔽其所終也。評 一直錯到底。便得科名。有官做。只是騙人爲主。那得有人品功業。

夫達也者節

質直三句逐字平鋪說下。見爲己務實之密。其中並不分輕重。或將義字提出。若前後皆以全此者。乃君子義以爲質章意。於此無當也。

三句逐層講出爲己內心之學。一步收斂一步。極其至。便是無聲無臭退藏於密境界。對鍼下節。直是雲泥路隔。

須知此三句雖爲問達而言。然只合鞭辟向裏務自修之實。須照定註中不求人知四字講。與下二句作反勢。直到下二句方跌出達字意。故註用然字轉也。若句句從達字逆入。反似此三句專爲求達而設。却正落了聞家船去矣。

察言二句。易說向周旋世故上去。須收拾到爲己實際。第看註束二句云。皆自修于內不求人知之事。方轉出在邦必達二句。則上三句總以無意于達爲得。若處處從求達意轉出便錯。却盤鍼也。

通塞原只管我。

陳子龍文遺俗有孤行之累。阿世有喪己之譏。惟參以相用而物莫窺其際。**評**纔說參便成詐僞之術。謂直道難行。必參和權術。體用各別。內外分行。純乎詐妄矣。深之則爲老莊。刻之則爲申韓。彌巧彌近。則爲鄉愿。豈復有君子之道哉。將好義察言觀色處下人。皆講向外面作用去。不特此四者說壞。已先將質直刻斵了也。此比子張之聞。同一向外。而更加狡黠矣。其理亦平實易明。卧子豈有不知。葢緣當時名流皆惑於良知之說。以無善惡而率眞爲本體。以權術功利爲妙用。故於此等處直信爲道理當然耳。

夫聞也者節

不疑非眞不疑也。只在人前居之不疑耳。正與上察言二句對照分出向裏向外之別。

金聲文其心以爲吾言行才氣。但得一二人有力之口。卽可以漸騰于萬人無心之耳。而莫吾非也。**評**門戶聲氣之士。的的如是其流風餘韻尚可見也。**文**若以爲是。若以爲非。則疑焉而不敢居。此自敗之道矣。**評**大官談文名士講學。盡守此訣。**文**夫一念而欲欺盡邦家之人。非忍而爲之。其將何以爲心。云云。**評**當時朝野以聲氣爲事。盜名之士。皆夸詞飾貌。以要大人先生之知。在位者亦喜援引爲用。故此曹得售其術。而國運從之。正希先生目擊狐鬼情狀。借題摘發其隱。其刻深皆憤痛也。

樊遲從遊於舞雩之下章

先事後得節

先事是從事之事。非事物事理之事也。混看不得。所以崇德亦不可道得了纔崇。只先事後得處便崇了也。

先後二字都有力。事得俱兼知行說。只先後處便是崇。不是知是而後乃底于崇也。崇是功夫。不是成效。

無攻人之惡。正以足攻其惡之力。

樊遲問仁章

此章疑辨處都在知。然其所重者都在仁。疑知。疑其礙仁也。辨知。辨其正爲仁也。知原從仁生。而其用乃所以成仁。若不知。即不能仁。知不盡。亦仁有不全。其不得不知者。乃其所以仁也。

愛人知人。原只在自己心德上說。至樊遲著疑。故指出知之功用及人處言之以見知之不悖于仁子夏因樊遲只告以下半截語故亦但就功用上發明推廣其實全理須歸心德講方見知仁合一本體。

前截以不說盡爲艮者止爲樊遲未達及退問子夏兩重疑案要留他地位耳到末節何妨透快言之註明云子夏葢有以知兼仁知而言矣而作文偏要不說破仁字此種議論皆自嘉隆以來以禪學說書又詆註爲拘鑿葢惟禪機忌說破以其法原說破不得也聖學從無此法卽第三節之上句指知下句指仁亦本註語但在夫子口中自已疏解仁知不得然其意理實如此聖人未嘗故作含糊虛留以益其疑問也流俗見解由來已久論文者方以爲極則令後人含含糊糊不敢將道理實做一句流弊不小直當破成說看之。

首節

金聲文夫自天下之學術無用也。仁則索之天機。知亦盡之窮理。仁知之名非不美。而斯世未嘗一蒙仁知之效。評仁索之天機。當時未嘗爾。知盡之窮理。此有何不是。知仁正窮理事。聖人之言。有指體指用舉偏舉全之別。各有所當。豈得謂彼失而此得耶。文無益宇宙之作用。雖內濬自性體。而外足以震曜一世。君子不用也。評講作用起便倒。旣內濬自性體。則必無無益宇宙之作用。可見他體用看做兩件。文天下不盡可知之人也。評此句不然。天下無不可知之人。文人品原無俟知。知以爲舉錯地。卽以爲鼓鑄地耳。評知人知天所以修身。合下便當知。非爲天下人也。

子曰舉直錯諸枉節

陳子龍文爲直而不免枉名。則憤然激矣。評不必至此。只與枉混容。便使不動。卽如通秀才考三等。眞是氣悶殺人。

智以成仁。其妙只在一使字見得。使者智使之也。能使枉者直。已仁矣。始終只在智裏說。而仁在言表。

上節遲之疑在知。子解之亦只指知。故下文問子夏與子夏答。都只在知中推論。或問因樊遲下文錯認說知。故此節須含糊留下。不知夫子原只說知。而仁之理在其中。理本如此。非故留疑端令樊遲徧叅也。

樊遲退節

錢世熹文自記樊遲原有兩疑。專爲知者之事。是一疑。又未達所以能使之理。是一疑。集註自明。下文富哉言乎答。專爲知者一疑也。舜有天下節。答所以能使一疑也。今人只講專爲知者一層。至所以能使一層。全然不講誤矣。又舉直二句。緊接知仁之下。原是夫子說知者之事。見其能兼仁。非並言仁知。而樊遲故諱問仁而言問知也。時解亦誤。【評】自記甚明。然所以不明能使之故者。只是將二句打作兩截耳。惟打作兩截而以爲皆知者事。則愈不解。乃知蔽有兩層。病根只一。

遲之未達在知。故見子夏止云問知。

何謂也。只是問其所以然。不是辨其未必然。

子夏曰富哉言乎二節

樊遲只說問智。子夏就夫子言下。見得箇功用廣大處。不必說出仁字。而仁之氣象在目。借舜湯做箇影子。指點活潑潑地。

舉錯雖兩件。然舉卽是錯。故枉上加箇諸字。卽此節衆字也。諸枉如何盡錯得。但舉直而枉皆錯矣。於諸枉中只舉得一二直。非大知不能仁。人放流以惡爲愛。義以成仁也。以舉爲錯。知以成仁也。義逆而知順。故此重在舉邊。不仁者遠。是子夏想像出。方見富哉。

註明云子夏已知兼仁知言矣。仁字如何道破不得。但不可提唱仁字。與言知厮鬧。以子夏原未知論仁。只在夫子言富中體會得之。須得此意耳。

子曰君子以文會友章

文字。不似後世詞章訓詁之謂。會字。不似今人鼓動煽惑徵逐讌集之謂。

人看得上句粗。下句精。支當不過。便爲得上輕下重。或且轉而爲側注之局。皆因自己所見文字淺小。會字浮泛。與仁字有內外精粗之別。亦從陸王之說。以讀書窮理爲務外來也。聖人四教必先文。文章可得而聞。後起者得與斯文。約禮必由博文。文字是甚事。若僅如後世之所謂文。所謂會。一班社友名公講師游客。煽誘權勢。攫竊利貲。滿胸坎皆惡根蟠錮。仁字之本已斬絕矣。何輔之有。

以文會友。是講學致知事。以友輔仁。是取善誠身事。兩者原是一致。要之朋友之益。只有講辨切磋。餘無可用力。則輔仁亦即文會內見也。今將仁字看做大事因緣。文字看得粗。只作語言文字。又欲牽併入細。求合轉離矣。

呂子評語正編卷十五終

呂子評語正編卷十六

論語子路第十三

子路問政章

聖人說理，定是上下俱徹。先指行，勞指事。無倦指先勞，似乎平實淺易，故叛註者喜作空論以恣其高譚。不知由其平實淺易者求之，雖聖人不能盡也。

爲君上是極苦事，後世看君上是極樂事。惟以爲樂，則自然不肯先勞。即先勞亦易倦。惟以此爲苦，我爲君上，便合該承當，則不先勞無倦不得。必先勞無倦而後快然極樂耳。若說不先勞無倦，便有多大利害，此仍在人欲極樂上講。須直見得天理所以必先勞無倦，方是天德王道之至。

首節

先之指民行。不可作先機豫事解。

請益節

無倦卽在先勞中加勉。

無倦不在先勞外。也不定是先勞久了。纔講無倦。只先勞便要無倦。無倦是徹始徹終事。

此與修己以敬章相似。下半節道理。原包攝在上節中。賴他再問。又見得一番道理。不然也無此分明。然須知縱不再問。道理原不曾虧欠。只爲他一問。卽見他病根在此。纔問如斯而已乎。便知他敬修不盡。故以安人安百姓盡之。纔請益。便知他先勞必倦。故以無倦勉之。原不曾別增道理也。

仲弓爲季氏宰章

首節

聖人語定徹上徹下。只論爲宰而宰天下之道已寓。然終是吝意每爲貪體面堂皇。說做相臣事業。故屬隔靴。或欲一返而粘住邑宰。則又氣象酸餡。只靠實說理爲得。

陳際泰文 先有司。然後大臣之體得而朝廷始尊。**評** 體自當爾。不因之而始尊。**文** 先有司。然後大臣之心閒而職業自理。**評** 大臣心也。不閒。**文** 天下奇材絶智之士。往往以跅弛不羈見功。亦往往以疎略不檢得罪。**評** 此只說得一種小過耳。須知庸才小過亦須寬。不獨奇才絶智也。

趙衍文 簿書期會之煩。不能無偶然之誤。苟將持大而苛細。則凡任事者。必且救過不遑。而庸人反以無過爲稱職。**評** 後世銓選考績之法。皆壞于此。

特因下面有仲弓一問。遂令人看重末句。其實夫子口中只三平遞出耳。

曰焉知賢才而舉之節

歸有光文 度其才之所至而大以任大小以任小惟自我知之所及力之所及者爲之 **評** 爾所二字著實舉字中分量正不同亦只盡現前分内 **文** 吾以其所知舉天下之人天下亦各以其所知舉天下之人吾以天下之人之心爲心天下亦各以吾之心爲心 **評** 直見大道之行天下爲公氣象體大則其用大聖人只平實說舉知之理然可以見渾然天地大公之體便有盡性曲成神明變化之作用程子謂人各親其親然後不獨親其親須實見得此意徒作大帽子話便不是。

舉爾所知不必是訪求幽遠即我現前耳目所及者知無不用用無不盡其才則以人用人而人之所知皆我知故著力都在舉

字。舉不是一選取便了。亦不是舉一二人便了。只是現前人辨才器使。無不用不盡之蔽。乃得。所知不必賢才到十分。只在目前晉接閒短中取長。舉得不錯。則必以類應。此枯骨所以致千里也。

金聲文 知乃衆人之私見。舉乃朝廷之公典也。私原以爲公地。則直伸其所私。而不廢朝廷之公矣。其又何求焉。**評** 可知原不是私。後世舉固私。朝廷亦但以私防制。故大壞耳。

後世防制舉賢之弊。嚴于盜賊。故每有賢者在位。而不能進一良友。此法之過也。然及其可爲。則又多樹黨植援。自爲祿位計。其心甚于盜賊。安得不用防制之法乎。必上下先去其私忌之心。而後得舉知之用耳。

汪基遠文 後世抑遠嫌疑。苟親與故。卽心知其能。不敢與爲推引。

而務得不知誰何之人而用之。夫不知誰何之人。果足以任天下事哉。【評】極盡後世用人之弊。糊名易書。掣籤算俸。欲以得賢才難矣。

五倫中君臣朋友二倫。從義字生來。故信友則獲上。不是兩節事。惟其義也。後世君臣朋友。只成一利字。是利便難信。不但君臣難信。朋友先難信。故每釁生于朋友。而禍烈于君臣門戶之爭。害及國家。往事可痛也。欲救此病。須先講義利。徒從法求之。雖嚴科場。公銓選。坐薦主。總只在利上經營。以弊禁弊。反爲此曹增多少利竇耳。何益之有。故予謂舉賢才一事不停當。竟滅却世間兩大倫。

子路曰衛君待子而爲政章

首二節

聖人得政處分衛事。不知其作用如何。但觀正名之論。則蒯輒之難乎爲正也明矣。胡氏之說。雖未必聖人之果出乎此。然其義自正大。後人譏其迂而難行。只是委曲就時勢立說。不是講究天理。聖賢只在天理上斷定。如去兵去食。食豈可去乎。亦是行不通事。然理却如此。

聖人只說个正名。大義炳然。今定要穿鑿如何必然正得。亦是難事。大士文使輒涕泣郊迎使瞶徬徨引避云云。乃純用陽明之說。不知孔子家奴道如何。

陳子龍文　父子大倫。國土重器。評　此句最誤。兩者並舉。則國土輕器耳。文　兇殘之人。處心積慮。不可易矣。而又好引當世之君子而與之計。惟以至正之言告之。則彼雖不從。而我可以無患。評　正名只論理當如此。看必也二字。便見非此不可。更無委曲調停陰陽作用也。其所以正之事法，不知如何，固不可强爲區畫。然不可因自己淺暗無知，而并謂聖人亦必不能正，而姑爲正論以自免也。如傳習錄布置，輒迎聵致國，聵不受，羣臣百姓請輒，輒請天子，聵亦表輒，輒乃尊奉如上皇故事，紛紛做作，如弋陽戲場，徒見其滿腹詐僞鄙俚耳。況當日衛又不曾眞待子爲政，子路設問其理當如何，夫子亦只就理斷，豈計及己身哉。聖人道箇正名，言理必當爾，非謂我自有妙用，能使其名之必正也。度能正名則爲衛政，不能正，只有我不爲政，故子貢曰夫子不爲也。聖人於魯，未能感化定公季桓子不受女樂，安能必使輒痛哭奔迎其父而致國，又能使蒯聵感化於子而不受，又使羣臣百姓必欲輒爲君，而表請於天子方伯，如陽明之曲說哉。陽明又云，豈有人致敬盡禮待我爲政，我就先去廢他，豈人情天理如其言是聖人都只徇私世法不過于這上面裝點周旋然則赴弗擾必當全魯盜應佛肸必將護晉賊乎胡傳立郢之說亦屬臆揣未必聖意如何要之輒之必不可君衛乃所謂人情天理也聖人正名之說正不爲衛君之旨非爲衛君而委曲爲之正名也子路設問以覲聖意夫子直斷其不可耳

事不成節

事不成則禮樂不興此禮樂指平時日用者言興只是禮樂之理行天下無一事無禮樂事得其序物得其和卽禮樂興非治定功成而後制作之謂也荒穢悖亂之朝未嘗無禮樂刑罰而不可謂之興與中也不興不中總使民無所措手足禮樂刑罰雖層遞下總在事不成說下

故君子名之必可言也節

末節正繳上兩節名必可言故無不正不順之患言必可行故無不順不成之患禮樂刑罰之興中包在事成中可行即指事成以下諸句總結于其言不苟便是正名不是重言字也不可苟者天理也

陳子龍文 君子之于人國也其失之可正者則大正之其失之不可正者則小正之使其足以有辭而已矣夫而後知君子未嘗不可與謀幾事也**評** 然則聖人且助逆爲惡矣言不可苟即是名之必正聖人正爲言之重大如此關係成事禮樂刑罰可知正名便須有實事正須大正之故曰不可苟今曰不能大正而僅以言小正之於不正之事委曲調停乃所謂苟道也其謬本於王伯安云豈有一人致敬盡禮待我爲政我就先去廢他豈人情天理如其言將孔子赴弗擾之召必須爲他謀固費赴佛

肸之名。必須爲他定中牟乎。爲亂臣賊子委曲調停。使足有辭以安位。後世篡弒佐命之人。皆用此策。其病只一苟而已矣。豈聖人而出此乎。此等議論。澌滅天理。誤萬世不淺。而猶講良知。吾知其知之不良矣。

樊遲請學稼章

上好禮節

須想上句。正以小人訶之。忽然接說到上下感應處。兩不膠黏。又不是樊遲所問。又不切樊遲本分事理。此際最難下轉。轉不來則三句離根脫節。都成閒話矣。

羅萬藻文 學者愼無慢寄其情也。隱居求志。亦取古聖賢之爲民上者。規其事以自廣而已。**評** 小人句下。忽然接上好禮六句。直是粘連不上。只爲眼孔小。看得名位懸絕耳。若從學字著眼。天下更有甚事理不在分内。若云取古聖賢事以自廣。雖對小人句。却成淺陋。便是外郎誇堂官供帳。不是自家分内受用也。

上好禮六句。只重上半截。言學者自有所挾持之具。與天下感通其理甚大耳。不重功效說。下面三句。纔是說功效。

上字只作君子字看。兼天子諸侯卿大夫士說。與小人二字對鍼好禮義信。不說以此治下。則是不期然而自然之效。

信字體用表裏甚精廣。不止在章程刑賞約質上事。曰好信。則上之誠實相孚者深矣。故民莫敢不用其誠實。

子曰誦詩三百章

不達不能。在誦詩時已誤。

窮經不能致用。其窮經時工夫先用錯。則日用皆面牆矣。授政使命。亦指其大者而言耳。

羅萬藻文六經之爲道也。使人高可以至于命。其次亦不失爲人用而已。吾姑取用焉。評聖人原不曾低看用。用卽是至命道理。學經無姑取用之理。經以明道。聖人之道。自灑掃進退至堯舜事業。自喜怒哀樂未發至聲音笑貌之微。其理一也。故曰體用一源。顯微無閒。若謂性命本體爲經學之至。而政事言語爲其次之用。卽分體用内外爲二。非聖人之道。亦非聖人欲人窮經之旨也。以此爲學。縱極講得高妙。吾知其必不能達政不能專對矣。益後世講經學之弊。不出乎此。

子謂衞公子荆章

有看得不直錢處。有看得不容易處。有看得大有關係處。抑揚推勘于聖人言外四面領會。方見善字中義旨不窮。

從公子居室上著眼。見當時僭竊簒弒之變亟矣。夫子善荆意用處極大。而荆之爲善。亦不屢屢保家節欲之間。

子適衛章

聖人心體之不息。看無時非行道之機。而憑藉必有實地。施爲必有次第。今日與明日不同。此處與彼處又别。究竟只一箇聖人之心流行于其間。富教等字。須抉出聖人胸坎中物。

此番議論。亦是偶感而發耳。不是夫子再有鎮日相對立箇題目講說經濟也。今見朋友家好講經濟者。類是一籌莫展之人。纔講經濟時。便已不是經濟也。吕伯恭陳同甫之徒。尚不免此病而況後蟹之益不若耶。

子曰庶矣哉節

庶矣哉三字。聖人仁天下之心。全體流露。而先王遺澤。與三代斯民之道。無不並到。撫舊德而思振興。關隴滎河。遺黎故老。得不動渭南後邨之涕詠乎。

只庶矣哉一句中。有多少景象。有多少心情。

庶哉一句中。有美有刺。有望有悲。聖心甚長。無所不至。及冉有問何加。而曰富之。更問加。而曰教之。此固庶哉中已備。然却因問而逐漸生出。時文每于起處一口斷殺。失其理矣。

惟恃其庶而不富不教。則其禍患有不可勝言者。此聖賢所憂也。不然。則今日天下。亦大有人在。

冉有曰既庶矣二節

兩既字加字雖同。而義自不同。上既字是現成實象。故加字從自然說入。下既字是商量法制上虛景。故加字從王道次第說盡

兩加字最宜玩。因庶而議加以富。富字緊從庶字發論。因富而議加以教。教字緊從富字發論。如此方是加庶加富之道。方是當

曰問答意思。既字又字之字。皆見實地。若泛論道理。即不庶亦應使富。即未富亦不可無教。如始事治不足。繼事治有餘。初謀其身。復謀其心等語。未爲不是。却不是本章精義也。

庶不可不富。富不可不教。其勢相因。所以富庶。所以教富。其法亦相因。

看兩之字在下。正是在上者有實心實政在。富教二字。原只說得大綱。其中條目次第。惜冉子不能進問以發之。

富教中煞有條目在。却代夫子補出不得。若囫圇還他虛字。又有何意義。秀才做時文。亦即可打疊經濟。程子所謂朞月三年。皆當思其作爲如何。乃有益。

問如何富之。曰行井田。問如何教之。曰興學校。此心是實心。此政是實政。舍此雖聖人亦無他具也。三代以下無善治。然此理自在不可以其不行而遂謂終不可行也。方遜志已見及此。而本領未足。遇非其時。故不能有爲。然不可謂非聖人之志也。秀才好言權變。動云古法不可施於今。只是心體眼孔俱低小耳。人必具有架漏千年之識。而後可以經世。可以著書。

實見得王道之必易行。功利之不足就。彼漢高唐太猶不足與語此。而況其下焉者乎。

與曠才論宇宙。與名世指畫成敗。但犂然有當于心。鑿然可行之事。然皆非流俗見識所到。

子曰苟有用我者章

朞月三年。審時度勢。聖人正不是紙上經濟。看夫子相魯之效便見。

余緝文一年而謗者息。一年而頌者興。一年而謗頌皆釋云云**評**

程子云：凡看書如七年、一世、百年之事，須思量其如何作爲，方有益。此可爲實做三年矣，雖未必盡聖人分上，然亦在國僑、夷吾、伯仲間。後世如孔明，庶幾當之，不似鄧漢只道得自已苟且權術中事。

子曰善人爲邦百年章

善人爲邦百年亦可以勝殘去殺矣，是殘殺極甚時思慕之語。從來赤子在慈母之懷，朝顧夕復，不知其樂。搔摩不至，反唇誶語者相向也。一旦非族異心，狺竿雜處，恣其攫噬，而莫之敢較，而後追思向昔之一日而不可得，此其聲情能不更切。

因殘殺而思善人，因善人而思是言，一片深情，直使鳥驚心而花濺淚。

是從殘殺之世，思望至治而不可得，不得已而思及此，誠哉句神味不盡。紙上猶聞太息之聲。

冉子退朝章

冉子差處在有政句。夫子教冉有抑季氏。亦只在此處辨正。非謂冉子不應朝。退朝必不可晏也。況退朝是記者筆。不是冉子語。何可作罪案乎。

葉公問政章

何晏也何字中有猜疑。有究詰。有箴規。有嚴刺。

子曰近者悦節

懸空著此二語。醖畜無窮。惜葉公笨伯。不能再問以發之耳。

子夏爲莒父宰章

陳際泰文　主速者一往而慮不顧難。主遲者老成而百不失一。評

如此講。乃黄老以退爲進之見。非聖人之不欲速也。欲速者正

爲小見識無遠大之圖。早上種竹。晚要乘涼。迫窄躁陋。不可以有爲耳。與下見小利一例。非妄謀大事而失之太急之謂。事機之或速或遲。必當其時。時當先發。雖聖人亦未嘗必主退後之理。但爲政自有次第。不可急遽無序耳。聖人不是教子夏遲緩作用。後起者勝。以退爲進之說也。【文】見小利者。非謂其爲小利也。彼以爲天下之觀止此矣。【評】見字講得透徹。今天下營營逐逐。都坐此耳。是大事不成之故。

看註云見小者之爲利。則所就者小。而所失者大。小大皆在事理上說。若從利字上計較大小。則是見小利則大利不得。聖人教人於利上求其大者矣。此便是學術義利之分。不可不辨。亦卽朱子與龍川力闢之旨也。

葉公語孔子曰吾黨有直躬者章

葉公此論。不是庸昧無知。卽二氏任真無我寃親平等之見。夫子不直斥其非。但舉天倫至理以動之。在葉公口中極言其行之高。思以易天下。在夫子口中頓挫隱之。似不直。其言冷而嚴。宛而正。

孔子曰吾黨之直者節

陳際泰文云云。**評**父子相隱。一定不易之至理。非義本當證而又曲取相隱以全之也。證父正坐本心喪失。相隱正得本心之安。今若云義本當證。而名教王法有所不可。則相隱乃外飾。而證攘爲本真。是不直在其中矣。此亦爲反經行權之說所誤。須微析之。

楊以任文堯以天下與舜。非遠其子也。不利于丹朱。則莫如不與。而嚚訟隱矣。禹有天下而郊鯀。非忘所受而私所親也。民神弗畔則郊之，而績用弗成隱矣。【評】與隱字不相干。丹朱與鯀，豈攘羊之過而可隱哉。攘羊，親之過小者也，故當隱。若名之幽厲，則孝子慈孫，百世不能改。堯豈隱丹朱，禹豈隱鯀者哉。謬矣。况他原不曾隱。嚚訟是堯言，何嘗隱。九載績用弗成，史臣不隱，而禹能隱乎。【文】泰伯之隱，隱于父子。伯夷之隱，隱于君臣天下。於是乎享臣子之利，而不見臣子之害。【評】以太王例攘羊乎。以武王例攘羊乎。泰伯之隱二句，所謂鄙悖矣。隱是天理上事，豈較利害乎。【文】君父之汎汎于天下久矣，尚皆隱哉。【評】題本無君臣義，添設既無謂。且君與父不同。父子從仁中來，故不講是非。君臣從義中來，故專論是非，但以義合，不合則止，豈可與父子相隱之道通混哉。如其言，則湯武真篡弑矣。

樊遲問仁子曰居處恭章

居處恭。執事敬。與人忠。須見此處與仁交接頭地。

忠字兼恕義。正與仁交接頭地。

恭敬忠名目隨地而换。會通處只是一件。

各句自有劃開道理。又有會合道理。劃開處看仁未嘗欠小。會通處看仁未嘗攏落。中間又自有親切關連道理。須見得徹。非影響湊合之所能爲也。

子貢問曰何如斯可謂之士矣章

此題應逐節因問生出。預先巴攬不得。亦各各分開説。扭捏團攏不得。子貢如此問。夫子纔如此答。聖人豈有他心通法。先立箇題目以待乎。故凡用體用才節等説數挈起者皆謬。

此章隨問隨答。各不相蒙。夫子無他心通法。預知其必問而先備之也。行已有恥一句中安有包括通章之理。村學究造講説每章要尋出一章旨。要以此句貫下三節。剜肉作瘡。皆庸人自擾耳。

首節

錢禧文　行已在清濁之閒。此志不立者也。**評**　此言禍世千餘年。今日乃破。

惟士之已任重道遠。無所不備。所以越要收束精嚴。振作刻厲。方挑得此大擔子起耳。今士人靡所不爲。寡廉鮮恥。輒曰成大事者不顧小節。已放倒架子爲無忌憚小人矣。又何大事之有。及其本末一無足觀。骫骳澒涊以苟生。則又取行已在清濁閒語以自掩。士品之日流汚下。鮮不由此。

子曰不得中行而與之章

不是贊賞狂狷。見聖人望人任道之切。而所以爲道意亦寓其中。

狂狷固是生質。然人能學爲進取有所不爲。亦卽聖人之所與也。與狂狷中聖人更有裁成陶鑄之妙。不是狂狷便得四顧無人。茫茫安屬。禪子尚云尋取一箇半箇。勿令斷絶去。半箇之說亦復如是。

玩必也二字。聖人意中已有許多鄉原流俗必不可者在。狂狷雖與中行異。而可以爲中行者惟此。

錢禧文　士之自立不必盡同。而其可以入道則同。人必事事求同。心迹之際。所以多不可信也。評　灼然不易之論。世間人品文品。都從惟恐不同于流俗。致敗壞不可收拾耳。

子曰南人有言曰章

首節

巫醫句。正是極言無恒之不可。如粘帶疏解。便落小巧。且又須增而況一轉矣。善夫二字是勉厲人語。不用虛文贊賞。實作指點鞭策說。

若張皇巫醫。歎矣。不過借以極言其不可耳。

子曰君子和而不同章

黃洪憲文 道相濟然後和。情相比則爲同。**評** 只是公私義利上辨取。**文** 天下國家之事。本非一人之意見所得附和而强同者。惟其平心以待之而已矣。**評** 程子所以屈服半山也。子瞻之不同。難言和矣。**文** 天下萬世之道。本非一己之私心所能任情而强和者。惟公其心以應之而已矣。**評** 朱子語陸子靜各尊聞行知。無望其必同也。

陳際泰文 外之待物和。而內之立節不同。自兩事也。無事之時和。而諍事之時不同。自兩候也。**評** 或謂深山人涉世。與一切不同。

不知正爲他將內外打做兩件耳。亦無無事和而諍事不同之異。君子之和而不同。一向如此。不分兩事兩候。

不同正所以圓足君子之和。分開有正面反面合之只成一件。非和之外另有箇不同。亦非外和而內不同。亦非常居時和而論辨時不同。看成兩件。說來總有弊病。

不同卽在和中。君子本自一直。爲下句立辨。須如此分明耳。

和自是不同。不同正是和處。此而字直下意也。然和自有和之義。不同自有不同義。此而字分辨意也。

和自是不同。不同正其所以和。有不同處見其和。有和處見其不同。

君子而有時似同非同。此却有辨。中立者。大約眞小人也。

說和是作用便非。

章素文同字不可抹煞。易曰。同聲相應。同氣相求。自是聖賢參贊種子。特爲比匪苟合一輩下鍼。不得不如此捧喝耳。評易所云同聲同氣。是泛論世間品類道理如此耳。豈君子與人之心哉。下句明說小人同而不和。若不要抹煞同字。是不肯抹煞小人也。此等議論最害事。

後世朋黨之目。固是小人以之害君子。然亦是君子欲主張一說喜人之同而惡人之異。但知相敵之小人肆其攻擊之爲害。而不知依附之小人又借君子以行私之害更甚也。卒之兵連禍結而不可解。則君子反爲依附之小人所用。小人與小人本無和理。而君子之患有不可言者矣。故欲爲君子。先須從自己立心處打掃箇乾淨。纔一點爲我用彼之意。則我必先爲彼用。只此一點相爲我用之意。便是戈鋋箭鏃尖鋒相對。豈復有和字根苗哉。後之反覆傾軋。固是我立心處自名之耳。

啓禎閒門戸之禍最烈。其時小人之黨無論已。卽所稱君子者。亦皆樹私人而忘朝廷。爭標榜而無實行。正同而不和之類也。其有被錮斥顯戮者亦宜矣。而至今門戸之流。猶私相稱訟不置。雖賢者不免。何其悖耶。

子貢問曰鄉人皆好之章

今世之士。皆喜圓而惡方。做一件事。必要處處周旋。有一人不道好。便嫌其術之未工。其間更有稜角峭厲者。則又主一家非之不顧。一國非之不顧之論。於是在家必怨在邦必怨。此又所謂乖角。不可謂之方也。須知從來只有此兩種人。卽有此兩種議論。纔經夫子折衷。方覺立言無病痛耳。

第二段。因上未可轉出。平舉兩種却不合。

鄉人皆惡。在受惡者論。此意正當自省。不可但傲然不顧也。

此是就子貢鄉人好惡之論上作轉語。不如二字。是隨文攺義。非謂觀人之法。定取必于鄉人好惡也。

好惡以善不善爲斷。是活法。是定法。

不憑著善不善取人。便如扶醉漢。救得一邊又倒了一邊也。崇禎間用黨人不好。互用相制又不好。用黨外人又不好。正坐此弊。

善好不善惡。皆是已成後看得。是知人正說。

本說知人。然受好受惡人。自有身分工夫在。

金聲文奇傑之士。决非尋行數墨之徒。以其身供天下好惡者所敢議也。而不可以訓。而不可以此定天下之品。定天下之品。則自有中正和平之道焉。**評**好惡天下所自有。聖人亦不求免。此此種正希雖說不可以訓。然其意中畢竟以此種爲最上。**文**君子存善不善之見以取有好有惡之士於世法之内而破善不善之見以陰相天下皆好皆惡之士于耳目之外則或庶乎其可也【評】看得聖言低下一格必要不存善不善與好惡爲第一義其流則皆好皆惡亦得只是此病難除觸著便發

子曰君子易事而難說也章

此章是就與人接物上看君子小人心術之不同達而有位困而家食皆有使人人事之理時文貪大帽子必要帖在大臣上說於是本義拋荒詭異百出矣

難易只一个君子小人兩面看出如是

上一句囫圇說下兩句申明之若上句即拆開平分講則下面道理已盡不用複疊矣正爲上句而字一滾渾成故接講下兩句

上句中而字須急遞下兩句中也字及其字須頓斷不可作一

側看也。

難說是心之公。易事是心之恕。兩邊難易相反。故用而字紐對。其理兩平。無側重意也。故下接說之不以道。應難說。及其使人也。應易事。又如此回互講。正爲事說是兩件說話。欹傾一邊不得耳。

說之不以道不說也。此句正見君子之心公。說之者窮工極巧而總不能動。乃見其公。然須知君子之公。却不是因說之者來而打點應付。其平日致知誠意。淸心寡欲。原無可說之根在裏。不說二字。是君子自己工夫到這裏。若有一點打點應付作用。卽可就此作用上取說矣。

卽說之以道。亦不爲小人所揣捉。

及其使人也器之。君子心術自如此。便盛世才多時亦然。不因季世人少而然。亦不因需人急而然。

艾千子　君子神明不測。亦復孤高自貴。有意無意之閒。人能知之。不能言之。**評**　看註中公而恕三字。君子何等正大平易。安得有神明不測。孤高自貴之意。此不特評文看書之謬。要知當時名士。主持聲氣。其胸中只如此。

凡此等書總要在相臣分上張大事功。則必講作用。講作用。則必以權詐隱深爲本。義理不得不蹺蹊矣。

子曰君子泰而不驕章

陳際泰文　君子之美。小人往往慕而襲之。吾以爲泰非君子不能用。**評**　不是君子用泰。君子生成便泰。越學問越泰。小人生成便驕。越講究越驕。泰驕二字。聖人從君子小人心術氣象摹畫而得名。非有泰之一術。而君子用之。小人希慕之也。君子自不知其爲泰。小人那肯希慕遵效。肯希慕遵效。不驕矣。

子路問曰何如斯可謂之士矣章

切切偲偲怡怡六字。次第相生而下。所謂學以變化氣質爲先也在氣質上講。却不是氣質上事。

切切偲偲怡怡如也。只形容箇氣象如此。須知這氣象從何來。不是裏面有實得積之厚。養之純。如何裝演得出。須于如字中體會微意。

叠下雙聲六箇總一如字。從來無此文法。夫子造來。囫圇畫出一箇氣象與子路看。其中德性之尊。禮樂之文。克治涵養之功。積中發外之效。無不具足。

金聲文云云**艾千子**兄弟朋友。推義充類。非蛇足也。性情中和之至。何所不宜。聖人之言約而旨遠。**楊維斗**切切偲偲怡怡六字成文。如溫良恭儉讓五字拆開不得。朋友二句言約旨遠。〔評〕六字拆開不得也。只好說第一句耳。到朋友二句。聖人明已拆開說。如何反忌分疏耶。本意謂朋友宜切切偲偲。兄弟宜怡怡。蓋正因上六字渾然不分。聖人恐其儱侗失宜。故特示以施應條例耳。推類其用不盡于朋友兄弟。則可。謂性情中和。無所不宜又欲從而混之。則以聖言爲有滲漏矣。蓋切切偲偲怡怡。原指養成之氣象。可知有多少功力在。恒人安得有此。今文於上句卽云人情之大可見者。至下二句意若云如朋友之切切偲偲。如兄弟之怡怡。試看天下之人。有幾人能於朋友切切偲偲於兄弟怡怡者乎。若謂不至燕辟賊恩者。卽可見此意。則其視六字亦太卑淺矣。自放低了道理。却云聖賢亦不過如此。便是侮聖言。無忌憚。良知家云滿街都是聖人。釋氏謂諸佛衆生同具大圓覺智。其根源如此。要之切切偲偲配朋友。怡怡配兄弟。聖人正各有精義。故分別如此。若中和無所不宜。只渾會大意。則朋友何嘗無怡怡。兄弟何嘗無切切偲偲耶。惟各有所宜。故混不得也。須知六字拆開不得。此句便不是。若拆開不得。聖人亦必不鑿然下此六字矣。即溫良恭儉讓。又何嘗拆看不得哉。或曰。六字下總一如字。故拆不得。然則申申如。夭夭如。只一聖人耳。又可曰兩如字必須拆耶。此等論頭。皆袁黃葛寅亮諸人講書胡說。維斗亦習而不察耳。

子曰善人教民七年章

亦可以是急辭。非緩辭也。人言武治足以速强。而不知善教七年亦可以即戎。

若說善人意中先有即戎意在。即是句踐之生聚教訓。吳起之吮癰舐痔。皆殘忍之所爲。若説善人全無卽戎意。則又徐偃宋襄之致亡也。兩邊打破。方見亦可道理。都是王政設施。與後世心術天懸地隔。

呂子評語正編卷十六終

呂子評語卷十六 大 正編

呂子評語正編卷十七

論語憲問第十四

憲問恥章

兩穀字。心術則同。意思自別。

總而言之。只是貪祿兩字耳。然如此說。便是鶻突。須見得邦有道之穀。自有一種議論。一種面目。邦無道之穀。又自有一種議論。一種面目。而其心術則同也。

邦有道之穀。固有以益原子。卽無道時。但知潔身之爲非穀而不知行義救世之非穀。卽乘田委吏亦非穀也。但存詭時不恭之心。以行其安身自利之術。則大小皆穀矣。須看透後世庸臣巧宦與徵君高士。同一肺腸。

克伐怨欲不行焉章

有克伐怨欲而不行。與渾然天理而自無克伐怨欲之可行。其境界自是天地懸隔。不必說不行到底有行。即終身制使不行愈見其難。於仁字究竟懸隔。譬之禪子謂坐亡立化。即不無。若說先師意旨。猶未夢見在也。

人欲淨盡。天理流行。八字是仁字全象。然必人欲淨盡而後天理流行。未有人欲不淨不盡而天理得復者。天理本吾心固有。故可曰流行。人欲本非所宜有。故必曰淨盡。今于四者但曰不行而已。則其根荄隱伏于中。而天理反强制于外。伏于中者爲主。制于外者爲客。以客壓主。其用力甚難。若謂將以久勝之。亦必至使四者內消淨盡。無可行者。而後可言仁。斯亦難信之事矣。豈得謂不行爲爲仁之道盡是哉。聖人不許不行爲仁。止爭淨盡與不淨盡。不是安勉之分。安勉之分。已是流行上事。非淨盡上事也。誤認不行是勉强工夫粗甚矣。不行只是外邊阻遏。不是拔本塞源究竟根株在耳。須與剗盡方得私欲淨而天理行。查滓消而本體見。非安勉天人之分也。當別之。

時講動云仁是自然不行是勉强。所以不許此說謬也。不行只是不盡克盡則勉强亦仁。所爭在留根與不留根耳。與自然勉强無涉。吾不知是切實語。是鞭策語。不是鶻突語。不是截斷語。要之從不行處合下埽去便是。故曰可以爲難。先難後獲。正好從此用力。

陳子龍文 事之遠於人情者。其爲行甚高。聖人未嘗不服而卒不敢信。恐其能自守而不能爲世用。云云。**評** 有甚干涉。總是仁字不解耳。原子正爲求仁。務克去己私。故以此爲問。克伐怨欲皆心之害非心之用也其功夫未嘗不是但不行二字有病痛故夫子許其難而不許其仁然不行四者固未得爲仁而四者尙行其爲不仁可知也今將原子橫派入絶情滅性一流失之遠矣然道不著原子其病猶小竟認克伐怨欲爲世情不可少事而謂仁者必以用世通達爲是不必屑屑於去累絶慾乃病之大者矣

【金聲文】聖門之學求仁爲宗【評】仁難言故問者多聖人未嘗以之立旨也【文】論仁亦不一說有精密嚴謹之教焉有廣大流行之機焉在聖人偶舉無所不可【評】聖言遠如天近如地滴滴落窠槽非禪家語句比也【文】驟使不行而曰可以爲仁也此亦似夫子克己爲仁之說也【評】克者内盡不行者外鍵正相反耳以爲似只是看得克己粗也【文】天下之不行克伐怨欲者必有能行

克伐怨欲者而後至也【評】他道作用是性四者正不可少耳【文】若遽以此爲仁則是乾坤有嚴寒之骨幹而不必有和暢之血脉其弊亦不可勝言者矣【評】說箇不行便有根在旋剗旋生東沒西出故未許其爲仁正欲其斬盡根株耳非欲其脫韁解索也譚友夏謂如此又將何處名理障他規矩縛他不知其厭苦名理規矩却正被彼家名理所障規矩所縛耳以不行爲苦其病猶淺陋可見看得行亦無害正有縱横妙用則亂道甚矣然此是其學之本領說來必到此地

子曰有德者必有言章

爲學與觀人二義並括爲學畢竟是急崇禎癸未多屬用人者說貪與佞陳鴻麗耳

必有下得斬絶不必有下得微婉語脉間即須體認出聖人中和

之氣。忠恕之情。

曰必有。則無言勇之非眞德仁可知。曰不必有。則言勇亦非定無德仁可知。其理本自明白。却被講作用者要周旋言勇。反將德仁看似或亦不必有言勇者。則謬甚矣。

論德仁。便是辨言勇。聖人四句自平放。删抹一邊不得。若謂所重在德仁。則又何消説得。

黄淳耀文 聖人貴有用之學。故亟辨其本焉。評 見處秖在作用上。故要重德仁。説來都反重言勇。其病在看得有德仁之言勇。與不必德仁之言勇。只一般耳。須知兩樣言勇便不同在。

後世學術事功。不出清談與作用二害。敗國亡家。皆緣此輩。只是無德不仁。不是欠言勇。

南宫适問於孔子曰羿善射章

躬稼言其德業，非言其窮約也。故上半句不妨儘力敷揚，與隱顯激昂語不同。

夫子南宮适同一見解。然夫子自有夫子見解，南宮适自有南宮适見解。

【趙衍文】君子之與小人所分者善惡，而所共者成敗禍福也。【評】只此句看得分明，便有壁立千仞之意。【文】人之所能爲者人也，而其所不能者天也。天之所能爲者天也，而其所不能者人也。【評】天人分界處清楚，是聖賢語，方覺果蓏癰痔之論，固是駁雜。【文】明天人之理，天固無所庸其求，而吾亦奚至於求？苟可以死，則死焉而已；苟得有天下，則亦有焉而已。【評】聖賢只有箇是字。死是死，可有天下是有天下，可。【文】羿奡自有所必不可爲，禹稷自有所必不可不爲，不在乎得其死與不得其死，得天下與不得天下也。【評】此理今日無人道。道亦人不信也。奈何。

彼釋氏以虛無之說網羅高一層人。以果報之說網羅低一層人。若此節書看得不好。則二病俱有。羿奡不得其死。禹稷有天下。若講得銖計寸量。便如功過格感應篇相似。孝順父母也算幾功。螺蚌放生也。記一善。這箇意思熟落。則舉念便是惡。善根纔絶也。於是聰明人卽從此中翻出一種意思來。悉舉善惡禍福之說而歸之於無有。莊子所云知其無可奈何而安之若命。是人事可不修矣。若不會适出之意。看得如一重公案相似。便差入那裏去也。正誼不謀利。明道不計功。董子之後。至程朱始發明之。今人不聞此等議論久矣。安望人心之反經耶。

佛氏喜言果報。以其說易窮也。遁而爲輪迴。無對會破敗。可謂巧矣。然禪宗已心知其非。轉而曰不落不昧。脫離生死。直至無言

可說愈巧而愈窮只是奈何他不下耳莊子曰知其無可奈何而安之若命此卻是不安命不知命也於此稍有疑將夫子不答南宮适出亦落公案矣

大似禪家公案著一句註脚不得然禪家只要截斷思議路頭連他默然良久休去也隨做隨埽留不得影子聖賢只是道理到至處更多著言語不得卻正要人思議邢和叔謂無可說程子曰無可說便不得不說此卻是儒門公案能於此參箇粉碎方許他具一隻眼

章世純文 凡見不善而無譏者近於悅其事也近於悅其事殆於以身爲之也見善而無譽者近於不悅其事也近於不悅其事殆於以身遠之也評 世間大約此輩居多近且流傳衣鉢矣世教衰人心壞只是一箇沒是非其害最大看得孔孟老佛程朱

陸王都一般並存。全不干我事。善善惡惡之心至此斬絕。正爲他不尚德。無君子之志也。纔欲爲君子。知尚德。定須討箇分明。如何含糊和會得去。讀此不禁慨然。

子曰愛之能勿勞乎章

以理論之。愛則必勞。忠則必誨。但以人心言之。則容有不勞不誨。然其心未始不自以爲忠且愛也。總之人不患無忠愛之心。特患不學無術。誤認以不勞爲愛。不誨爲忠。不知壞卻多少事。夫子所以發明此義。欲使人去其私心之蔽。得其天理之公。因忠之愛之之心。以講求所以勞之誨之之術。纔是有關世教議論。若云愛則自勞。忠則自誨。則是合下如此。更何煩聖人之灌灌乎。

勞中看愛。誨中看忠。只是深一層。未嘗分兩層也。

天下酌中將就之說。皆至性之薄。

伊川之諫折柳。紫陽之誠正。直是聖人之忠。

金聲文教誨之名。先知先覺之任也。**評**至義看伊尹相湯訓太甲。是誨之至善。直從樂堯舜之道來。**文**天性既眞。血氣自强。**評**忠字只看做天性。却不盡。忠固是眞性。眞性得學力乃盡。其不由學而得者。生質之最上。不可以律乎人也。正希爲良知之學。故視學問即爲義外耳。

陳際泰文人臣諫君易。誨君難。**評**誨與諫。總是責難。不必强生差别。至此謂誨與諫有不同可也。謂諫不如誨。更無此理。

子曰爲命章

春秋時辭命原重。然只是爲國之一節。在鄭則全賴此以立國。夫子所以特取之也。

四句原無歸重子産意。

或問子産章

首節

不是惠之道理。必須嚴猛爲用。子産之惠。却必須嚴猛做成。

黄淳耀文鄭之行惠。與他國異。子産之行惠。與他相異。向非明足以察。勇足以斷。則仁亦不足以守也。評或謂此三語太過。曰。子産於三者。只小樣耳。他却是以智勇行其仁。文吾是以知名法家之於人。亦非無恩者也。評此却不然。名法家直是無恩。即有亦是機詐。

問管仲節

奪伯氏云云。是夫子特舉此事表微之意。

陳子龍文自記古來人臣有大功而厚自奉養。然終其身無患者。

惟敬仲與汾陽耳。武侯執政，任怨不下管仲，然田數頃，桑八百株，與三歸駢邑異矣。後世情日險而勢日危，人臣惟飭身清素而後可以任怨，如管仲者，英雄之盛遇，不可法也。若夫內實貪汚，外矯廉潔，而無纖毫之功，有丘山之惡，猥云不怨者，吾不知其所終也。評飭身清潔，自是人臣分誼當然。敬仲三歸旅樹反坫，夫子固斥之矣，豈英雄當在倫理秩序之外哉。汾陽自是武臣，其奢侈畢竟不足法。若謂後世情險勢危，故當用清素，則似奢侈其本然，而清素乃世法不得已矣。且汾陽時危險已甚，何又獨可耶。當時執政以小廉邀主眷，以排擊清流而聲氣中又多豪奢不簡之才，諸賢方倚爲用。先生所云，亦有爲言之耳。

附此章文

分論列國之材，皆以表微也。蓋子產、子西、管仲，當世稱之熟矣。然子産之德隱於刑，子西之名浮於實，管仲之功抑於罪。非夫子各爲論定焉，三子亦幾無以自白哉。聖人之論人，非求異於衆也，各就其平生而權衡之，或畧焉，或詳焉，使其人自爲質，亦足以大服其隱而已矣。列國執政之材，如鄭之僑、楚之申、齊之夷吾，非皆稱賢大夫者哉。或人連類而及之，未必無優劣之見者存也。而夫子或斷以其心焉，或限以其品焉，或定以其事焉，無優劣之見者存也，而優劣已較然其不可易。今夫子産明察以斷者也，當其鋤强族，鑄刑書，威期於必立，不避貴者之讐，法期於必行，不干賤者之譽。跡其所爲，不幾與後世天資刻薄之人同所操之術哉。然後世用其術以强國，而子産則用其術以愛民。以其術强國者，數十年殺僇之運於是乎開；以其術愛民者，數十年生聚之氣於是乎厚。操術同，而所以操術之心不同也。

至於今。術去而心獨存。由其心以思其所操之術。蓋委曲繁重以求達吾不欲委曲繁重之意。意亦良苦也。惜乎以王者之心。行霸者之術。純王則仁矣。純霸則忍矣。雜乎王霸之間則惠而已矣。若夫王之所必外。霸之所必試。君子之所不道也。卽賢如子西。又何以稱焉。吾觀其人。知辭位之爲義。而不知僭竊之爲大不義也。知修政之爲禮。而不知滑夏之爲至無禮也。其始也不難舍楚之千乘以成名。抑何廉也。其卒也不能忍鄭之一賂以賈禍。又何貪且愚也。好名之士敗於簞豆類如是矣。然而夫子不著其說也。彼之云者。以爲是烏足以當吾責備焉耳。然則名之易敗也。心術之不可知也。若管仲其人者。天下固奇其才。而吾黨每深求其隱。得毋重疑其心而名幾易隳乎。不知仲之罪在後世效其罪者之事。而仲之功在當時服其功者之心。大抵王者之服人也。使人自忘。教化神而政令簡。故被其恩者不以爲恩。而寒暑怨咨。無損於覆載之大。伯者之服人也。使人不忘功過明而賞罰必。故受其怨者亦不以爲怨。而死生感泣。反深於放廢之人。今即觀於奪駢邑一事。至蔬食沒齒而無幾微怨恨焉。伯氏獨非人情也哉。以是知其功之不可掩。而才之不易得也。夫雜乎王者。尚有不求共白之懷。惟操之者太急。故必怨詛於始而歌誦於終。子產是已。純乎霸者。亦有深入人心之處。惟留之者無餘。故雖愧厲者固多。而匿詐者亦不少。管仲是已。彼子西者。既無王者求仁之心。復無霸者服世之術。以是卒及於亂。又何足與二大夫較量優劣也哉。

子曰貧而無怨難章

此節是聖人降就世情上說。

貧而無怨未是向上至處聖人就人情順逆間放下一步立論云爾

無怨中境界正不一有天性恬淡之無怨有血氣激烈之無怨有學者刻厲之無怨有聖賢樂天安命之無怨然此節却是泛論常人之情不是說無怨學問品詣

唐順之文云云**評**吳崑麓批云非無怨者不能爲此文按荆川先生性最淡潔刻苦布袍疏食夜臥一木榻不設重席且清癯多病其封翁憂之托王畿龍溪爲之解說畿乃謂天下人以戒定慧救貪嗔癡荆川當以貪嗔癡救戒定慧荆川惝然受之夫荆川之清與封翁之慈皆明德也畿不告以仁孝中正之道而漫爲邪禪無道之言惑誤荆川小人不能成人之美如是夫然荆川之恬淡刻勵幾於無怨固爲難矣

子曰孟公綽爲趙魏老則優章

公綽優爲處。卽是其不可爲處。

人皆以廉靜貼優爲。短於才貼不可爲。吾謂短於才亦是優爲趙魏老。廉靜亦是不可爲大夫。

公綽非不賢也。特爲大夫則不可耳。如孔圉王孫賈。豈反賢於公綽哉。然而卻可。如此看意思方活。

看註云然則公綽蓋廉靜寡欲而短於才者。是因聖論而知公綽之爲人。一也。因知家國之任異宜。一也。因知用人者。得其宜則中材成功。違其長則豪傑失職。一也。此皆言內之義也。

子路問成人章

首節

一若字貫四之字。

若臧武仲之知四句讀來何其鄭重而作家視之以爲無有只備得成人作料耳用作料尚在下句此四句只一若字是實禮樂原自德性中來

文字中有分有合各成其爲知廉勇藝分之説也渾化其爲知廉勇藝合之説也

兩箇亦可以爲是遞降語

至聖人方可爲成人雖程子推原説然却是第一節亦可二字意思

曰今之成人者何必然節

註於上節亦可以句謂非其至者就子路之可及而語之則次節之爲子路所已及可知曰今之成人者何必然自是薄之之詞要之聖人何故又作此每況愈下語此中便有抑折子路得意

處有激奮子路進取處見聖人用處心切

大抵負約之人不待久而變也方其言時本非實心則響未寂而中已忘矣久要不忘只在此心上勘驗

子問公叔文子於公明賈章

羅萬藻文聖人取善惟恐其失之也汲汲焉採接於風聞之間而推駁於彼己之際蓋不特三代直道之人心宜爾而異地相慕悅正恃有此念可託相知者**評**明此意可見人惡宋儒苛論古人只是自己卑薄並薄待古人耳

周旋文子公明賈太好反失聖人語氣三乎字畢竟疑詞謂夫子求詳其實非譏薄人意是也謂夫子是幸許厚意却非也聖人不信處極明却正極厚纔著一分周旋即失天體

公明賈對曰以告者過也節

夫子時然後言六句。口氣極輕而理極大。

輕口角說大道理、若不自覺其贊歎者、語語對上三不字。

其然是初聞賈語、欲信而驚之詞、其語極突、其聲極短、時人即於此兩字中。寫得夫子目動言甘。陽許陰否。全無聖人與人樂善之意。此其所失、又不僅在辭氣之間而已。

其然豈其然乎。不患不委宛曲折。正患太委宛曲折。鼻頭弄舌。寫得聖人不是世情滑漢、便成尖酸薄子。此正是時下人心軟媚無骨。病根流露處、豈得謂之善摹口氣乎。須識取溫而厲威而不猛恭而安意思方得。

子曰臧武仲以防求爲後於魯章

全節之眼。在一以字、以防重、求後輕、求後且不必。況以防乎、求後則尚可。以防則可誅矣、

子曰晉文公譎而不正章

譎者。不正而似正也。

桓公之正。猶是王道之未泯。

桓公正而不譎處。極贊歎不得。其分寸只對照晉文講。

子路曰桓公殺公子糾章

章世純文君子之所謂義。於其必然者。可定其所處。其由於可以然可以不然者。則亦聽夫人之自行其意而已。管仲召忽之事是也。**評**聽自行其意。便亂道。當云自審其宜。此所須於權也。**文**内無所承。上不禀命。則二公子皆非當國者也。而分均以年。年均以德。則小白猶當國者也。管仲召忽。當以先君之義謀國。而以宗廟社稷之重慮事。子糾不可。則以公奉小白。而稱義以止子糾。不出於此而輔之以爭。則二臣者。皆得罪先君得罪於宗廟社稷者也故管仲召忽之是非當於此時論也且於子糾無成桓義滅親之後而是非之論無所置之矣【評】是非隨時有定豈有無是非之時哉但是非有至精者爲難辨此非聖賢不能斷之盡耳春秋時凡公子皆各有傅有變難則其傅與臣僕奉之出亡例也亡公子在外各求納其傅與臣僕竭忠爲之謀入亦例也管召名爲子糾之傅非齊之家相僖襄之執政大臣其義但當奉糾出奔安得責之以爲先君社稷謀擇其可者定策援立惟我所興廢哉況鮑叔牙先奉小白奔莒矣故管召但有從亡之義無主議廢立之義不當於此時責其非也況謂之傅則必先君命之矣豈可逃乎晉荀息不食其言春秋義之卓子亦非當爲君者也夫子許管仲之功別有大義若仲無此功卽罪莫大矣子路子貢之論未嘗非正以此觀之安得謂子糾死時

無一定之是非哉。其意總欲出脫管仲可以不死耳。不知如此說。既失身於前。又失節於後。徒增管仲一非耳。

子路子貢兩章。發明皆[illegible]其失節。而夫子兩答皆只稱許其功。而未嘗出脫其不死之罪。以其罪原無可解也。若有可解。夫子必早辨之。不留待後儒發明矣。總坐不懂夫子大旨。其意終疑立功不足以贖失節之罪。故曲爲之說。不知管仲之功。非古今功臣之功所能比也。看下章自分明。

子曰桓公九合諸侯節

九合諸侯。桓公之志事。然桓公只解兵車以合之耳。不以兵車而合諸侯。此方是管仲之妙用。仁者之功也。

子貢曰管仲非仁者與章

此章孔門論出處事功節義之道甚精甚大。子貢以君臣之義言。

已到至處無可置辨，夫子謂義更有大於此者，此春秋之旨，聖賢皆以天道辨斷，不是夫子寬恕論人，曲爲出脱也。後世苟且失節之徒，反欲援此以求免，可謂不識死活矣。無論若輩，即王魏事功，安得据管仲之例乎。

聖人此章義旨甚大。君臣之義，域中第一事，人倫之至大，此節一失，雖有勳業作爲，無足以贖其罪者。若謂能救時成功，即可不論君臣之節，則是計功謀利，可不必正誼明道，開此方便法門，亂臣賊子接迹於後世，誰不以救時成功爲言者，將萬世君臣之禍，自聖人此章始矣。看微管仲句，一部春秋大義，尤有大於君臣之倫爲域中第一事者，故管仲可以不死耳。原是論節義之大小，不是重功名也。惟誤看此義，故溫公以篡弑之魏當正統，亦謂曹操有救時之功，遂以荀彧比管仲，蘇氏又以馮道擬之。此義不明。大亂之道矣。

首節

管仲非仁者與。蘐頭一句。事理未露。然子貢却先有下文纔有此語。是倒裝句法。因下文而辨其非仁。不是論仁。而以下文少之也。

非字嚴直。與字寬婉。下文只是非字勘斷。此與字中却有許多律例。比依駁辨在。

子曰管仲相桓公二節

管仲之功。非猶夫霸佐之功也。齊桓之霸。非猶夫各盟主之霸也。故余謂註中尊周室二句。只作一句看。方與白文意合。若將尊王另分在僭竊上說。此功不足贖忘君事讐之義也。然先輩都如此說。亦不止一人之疎。要之此一段道理。先儒不曾經歷講究固難曉然耳。

艾南英文僖公在而惟所命歟羣公子無宮僚之制則君臣之分未定而師傅之誼自尊從公子者非委質之例則羈旅之誠已切而殺身之情可緩**評**此論不妥從亡即有君臣之義**文**使僖公之身尚在舉夷吾也鮑叔也將遷以他屬而更置焉朝屬之糾而官之夕屬之白而官之仲亦不得而自主也**評**此段千子自云當時公子官屬不知如何然亦說得有理余謂無理僖公命傅糾未嘗命臣白僖公尚在則不得自主僖不在則當以初命爲正矣**文**社稷無事而私門側室之黨立此於渙羣之公固已非矣**評**難說此太平話鮑叔先奉小白奔矣小白亦庶子也**文**一姓相承未有瞻烏革命之變此何莫非先君之裔也哉**評**當時諸侯公子例皆自爭立耳原非革命之比如晉諸公子之

亂豈可以苟息爲小諒而呂郤爲達節耶【文】彼匹夫匹婦者見理之識必舛而自持之信不必精故不可死而死耳【評】可以無死耳非不可死也諒亦不至於舛

聖人論管仲只許其功並未嘗有一言及於糾白之是非也故程子曰管仲不死觀其九合諸侯不以兵車乃知其仁若無此則貪生惜死雖匹夫匹婦之諒亦無也朱子曰仲之意未必不出於求生然其時義尚有可生之道未至於害仁耳又曰召忽之功無足稱而其死不爲過仲之不死亦未嘗害義而其功有足褒耳固非予仲之生而貶忽之死也此三條最分明所謂匹夫匹婦之諒亦以其後之功較之則此一死直小諒耳故下箇豈若字謂其不死又過於死也非指當時原不可死死即匹夫匹婦之諒也論者於此旨未徹多欲曲爲不死出脫即程子兄弟

之説。愚猶以爲多此一節。然其義猶正大。今云爲傳從亡與委贄之臣不同。又云。是僖公公家之臣。非公子之臣。故原可不死則尤爲害理。如此則王珪魏徵高祖尚在。亦君臣未定。高祖攺命太宗爲太子。卽王魏知有唐而已。又何以有罪律之乎。

一匡之功自大。一匡之本領自假。

公叔文子之臣大夫僎章

首節

莱公被薦而不知。師德及門而終抑。宰相須具此器識。記同升而不記其薦賢。正見文子大臣作用。大臣風度。

子聞之曰節

是美文子之事。不是辨文子之謚。若認眞據與僎同升事。牵合文字謚法。作一篇駁議覆議。豈聖人立言意乎。

即此一事。已不愧文子之謚。夫子表微。別有義理不爲衛人改定謚議也。

此非翻前謚文子之不足當文。亦非謂修班制交鄰不辱之可議。只是就文子生平。舉其義之重者。莫如此事足以實其謚耳。不是辨文字。辨所以爲文者。辨文子之所以爲文者也。

可如制可之可。下來是活動。却是一定之斷。孰可之。孔子可之也。孔子如何得可之。從天理可之也。此便是春秋天子之事。

文字重。可字尤重。重文字者。著眼只在文子。重可字者。著眼不僅在文子。越見得聖人立說義藴淵遠。以爲矣三箇虛字神味亦無窮。

子言衛靈公之無道也章

靈既無道。三臣又非仁賢。即謂靈明於用人。其明幾何。謂三臣盡其才。其爲才幾何。然而可不喪者。各當其才故也。重在當字。

陳子龍文儒者之說。則以修身飭行爲主。而人主之所急又不專在此。**評**孔子儒者之祖。平生戒人主以修身飭行爲本。奈何譏訶之哉。**文**假令齊桓無管隰之佐。晉文無狐趙之徒。則雖不負婦人而朝。不納懷嬴於室。亦不至於霸。**評**此固快論。然使桓文能修德以用賢。詎止此霸功哉。**文**衛多君子。靈公何以不用。蓋君子者。治國用之。則益其治。亂國用之。未必救其亂也。**評**君子只恁輕相。若只好治國用。亂國無足用。則非眞君子矣。本義只就衛靈之不喪。而推論及其能用才。尚有此一著。足以不亡耳。非謂人君所重在用才。而不妨無道也。衛多君子。靈公若能用之。豈止不喪。僅能用不賢之才。而不能用君子。正坐不能修身飭行以知人耳。由是言之。卽謂人主以用才爲急。尤不可不修身飭行明矣。豈可訶儒者之論爲迂濶乎。此論有害世道不小。亟辨之。

子曰其言之不怍章

言過其實所以預知其敗。

不待其爲。只在言時。已知其必難。理固如是。然此是對面人說話。在其人身上講。原自有踐不怍之言之難處。若也只在言時說竟道理便有不足也。

陳成子弒簡公章

徐闇公魯之三家。無異於田氏。夫子之一告。不特正討賊之大義且陰消其禍心也。**評**弑君人倫之大變。法所必討。魯之於齊。尤親近當討。夫子嘗爲司寇。雖告老。分當告君以討。雖微三家。義必告也。警强臣無君之心。兼及之意耳。若謂夫子專爲三家而發。小看了聖人此告矣。

子路問事君章

事君有犯無隱。犯非人臣所諱也。但以欺而犯。則不可耳。子路勇於義。犯非其所少。正恐犯之中。恃其義勇。有不盡合理竭誠。雖不失愛君。而不覺其入於欺也。意原重欺一邊。

欺字不用說到奸邪佞倖。卽立言太過。强爭必勝中。便有欺在。兩意說得合一。方是語子路勿欺意。

當犯時更以勿欺爲本。

勿欺也六字一片。總於犯字中。提出勿欺作主。故犯字情狀事術自不同。若勿欺外另有个犯法。則犯爲作用。作用卽欺矣。

歸有光文 蓋將以求盡吾心。而吾之意氣無所加。必求諸道。而不徒逆於汝心也。**評** 此意寫得精。人不能道。以此看萬曆至崇禎閒奏疏，其所謂犯者皆欺也。

子曰君子上達章

上達有日新意，不是一上便了。

上正無盡。

上達中，有强勉工夫，有漸次工夫。

上達直是希聖希天，無可歇息。

中道便下。

不上卽下，不君子卽小人，並無中立之地，故凡說中立者，必下達，必小人也。

達有上下，路只得一路，君來路，我歸路。

盡古今九域之人，生死卽在此人倫日用事物之內，譬之一條山嶺大路，上者在此上，下者亦卽在此下，上者忽欲下，下者忽欲上亦即在此路上變動不居，更不能跳出別處去。然行此路者只有上下兩項人：發心在上者步步高去，發心在下者步步蹋落，更無中間立住不上不下之人。要之山嶺畢竟上者喫力，而下者勢順，故下多而上少。其有中立住脚者，乃掙挫不上之人巧爲變下之計，纔不上必趨下，蓋其心其勢已入於下，到底山嶺中間無棲泊處也。

黃淳耀文 天下中立之人，爲善善不至，爲惡惡不至，往往介於是非之間。**評** 其實無此一位，不上即下。凡所謂中立者，即下達者也，巧於下者耳。然愈巧愈下。**文** 品類之殊，遂非必若吳越之不相親也。**評** 分界只一間耳。**文** 行能之變遷，又非若水火之不相易也。**評** 此聖賢所以貴改過遷善也。

子曰古之學者爲已章

爲已爲人。總在隱微處分別。

爲已爲人總在用心處看。不在事爲上看。同爲是事。而兩者判然。只是此心針鋒向裏向外。須在發端幾微處辨取。

爲人者欲見知於人。則爲人即希世驁名之謂。非經世利物之謂也。經世利物。亦是爲已中事。故程子曰。其終至於成物。人誤解此句。連下爲人亦說好。却大謬。若以經世利物爲爲人。是仍舊在事爲上分别矣。只看世間講理學爭氣節。謀高隱。此數者。豈非爲已之事爲乎。然請清夜思之。畢竟何所爲也。可以悟矣。

蘧伯玉使人於孔子章

孔子與之坐節

何爲一問。原出意外。寡過之對。又出夫子意外。並出伯玉授命致辭意外。看夫子贊歎。不但得伯玉之意中。並得夫子之意中矣。

寡過未能。不要從功力中見缺陷。正要從缺陷中見功力。方是伯玉意中事。是使者口中語。

曾子曰君子思不出其位章

此是曾子省身思誠之學。於艮象有會。故舉來做箇話頭自警策耳。若泛講易義與虛論善思之道。不著痛癢矣。

陳際泰文 艮者。一陽在上而二陰在下也。評 宜只論思。不必說卦。文 山土之高也。土理疏而主通。是二陰也。有思之義焉。評 艮卦以一陽爲主。二陰非思義也。文 山土之積也。土氣靜而司止。是一陽也。有位之義焉。評 三與上爲位。九非位也。文 二陰。思之體也。虛而能靈也。二陰。亦思之途也。虛而可經也。然一陽橫而亘其上。則一陽亘横而塞其隧。故其德名之爲止焉。夫思善游。不以極重之力止之。未之或止者也。君子之道術所以自托於兼山也。評二陰非思體也。思自是動。陽動而上。至極而止。與外卦不相往來。不出位之義也。一陽不是位。艮止與畜止不同。畜止爲力制。艮止則安其所也。要之此是曾子常稱此言以警省善思之道。已離卻兼山講矣。若復糾葛一陽二陰之說。此解易非論語曾子曰三字下文字也。名士多賣弄經學。適以見其不精於義理之學耳。然不精義理。其經學亦定穿鑿不濟。只看此文講艮義多不合。終難免杜撰二字也。

又陳文夫思無不之也。若是者思病位亦病矣。評無不之是思之用之妙。如何便病。人不善用其無不之。乃出位而病耳。文凡人所爲多無成者。思病之也。多思則事多。事多則力分。評出位不是多思。出位之病。只在思上自見。思出位。則位中之思不盡矣。不必論到事與力。文即多思而當然思。乃虛行。可以旁涉力以實効難以遍圖矣。評此更不通。思而當，何病其多？思而當，雖多只歸一理，何害於力？慮行旁涉，原非思之當也。文君子知之，故以現在之位而域其思，欲事之少而易成也，欲思之少而易當也。評全不爲此。不出位，不是欲其省思，知思不當出位，則位中之思，正苦研窮不到，何暇出位？思之出位，正爲不知位中至善之所在以用其思耳。

人所在必有位，不思則其位亦如無有。

位無思則失官，思出位則無物。不出位者，正位中無不盡也。當然有理，隨時有義，舍此盡是浮游謬妄。楞嚴之七徵，成唯識之八識，圓覺之修多羅，無位，正無非出位也。

位字有主職業者，有主心體者。講職業，雖易入粗淺，然却於理不背；說入心體，則竟流禪宗矣。聖賢之言，不離事理，萬事各有其

所思之無過不及是爲不出位讀大學釋止至善傳此理燎然又何內外之分乎凡理眞則自精不在離事理而求高妙也

位者所處之分萬事各有其所艮象所謂時止則止時行則行動靜不失其時原都在事物上看就身所處而言非謂思自有位也

位字實指身之所處與所遇之事而言不出位是止而不越之謂或云思之當然處卽位若思外有位卽分兩層卽爲出位其語似好聽而不知其入於卽心卽境從心生滅之說也又有援程子心要在腔子裏以腔子釋位字不知程子是說存養心體非說思也思爲動物易越其所故必止其位不出二字正以位字爲主

子曰君子道者三章

首節

不憂惑懼正講仁知勇之至非一齊放下都無事亦非養仁知勇之法亦非推仁知勇之效受用快活也到聖人地頭看憂惑懼愈精微難盡正是仁知勇極際我無能句煞見體象故子貢云云。

艾南英文若是者非學問之所强也**評**說人生安自然去却又過火聖人言三者爲君子之道正爲可學而至者故云云以自責勉人耳若生安非學問所强又說他做甚。

子貢曰夫子自道也節

此句都不肯依註講所以不依註者皆爲自道作謙詞則粗淺無意味也不知此只坐自已見識粗淺耳謙詞正是聖詣高深處不覺流露出來非自知其爲謙而謙之者也。

呂子評語卷十七 論語 三 正編

自道之爲謙詞。卽文王望道未見之意。非虛詞遜謝之謂也。人不識謙字之意。若夫子自知其聖而謬爲之詞者。於是改爲自道其事。自道其心。並謂夫子眞實無能。皆求深得淺矣。

子曰不逆詐章

逆億。正爲不先覺而生。

先覺針鋒之差。便是逆億。

覺字與逆億殊。覺則未有不先者也。

所以能覺者。誠明先立故也。片言折獄。卽是此理。

以語勢言之。則以不逆不億。卻又先覺也。以道理論之。惟其不逆不億。所以先覺也。

程子謂人情各有所蔽。大率患自私而用智。自私則不能以有爲爲應迹。用智則不能以明覺爲自然。此節億逆卽自私用智之病。君子之學。擴然而大公。物來而順應。乃所謂先覺之賢也。先覺只是理明。明理必由學問。固人皆可爲者。非必聖神不可知而後能也。兩不字與抑亦。雖若有停折。却只一氣直下。更須體會。

抑亦似轉不轉。一氣直下。若於不信下頓住。另作波折以取抑亦便似一反一正。做成兩橛矣。

上十二字作一句讀則者字實落是一个人。

歸有光文 定其心而不以物勝。**評** 此釋氏之覺。非先覺也。**文** 虛中無我以待天下之變。而我無與其間。**評** 然須中有理始得。震川此文道理皆從明道先生定性書得旨。然極處尚有未盡。以先覺止以心爲極也。問覺緣何不是心。曰。所以覺者非心之故。

徵生畝謂孔子曰章

孔子曰非敢爲佞也節

兩句。一辭。一任。一荅辨。一自明。是非畫然。雖語氣宛轉。不得用一鶻突語。

或曰以德報怨章

莫道或人此論是些小弊病。釋老之學亦是如此。老氏只講以退爲進。逍遥齊物也是此意。至于釋氏則竟看得父母兄弟。原與昆蟲草木一般。愛無差等。亦何異於此耶。總之異端只是私心。聖賢只是天理。私心之論。縱裝束得極好。被天理一駁便粉碎。蓋所謂天理者。正如秤之星。如尺之寸。一毫那移走趲不得。纔得箇四平八穩耳。

聖人應事接物。如匠之斵室。四方上下。俱鬭笋接縫乃可。或人之論只是一處好看。不知他處不合者多。則此一處原未的當也。

儒者之道，親親而仁民，仁民而愛物。釋氏作平等觀，寃親俱泯，便是倒行逆施，有以愛禽獸，無以愛父母矣。他只要抹倒等殺，不知等殺之爲天也。無等殺卽無天矣。故曰釋氏本心，聖學本天。

子曰何以報德節

何以中有縱有奪。正緊趂或人句下作轉。

金聲文 子既患天下之不平於怨，而有以相化，更當患天下之不競於德，而有以相勸。**評** 以德報德，只當下義不當爾，不論勸不勸。

以直報怨節

趙衍文 古之人有可怨不怨者，烹其子，囚其身，禍亦已烈矣，而其德乃盛於君臣；亦有以怨爲德者，殺其父，庸其子，憾亦已深矣，而其功下逮於民物。評所謂直也。近人有謂禹不當臣舜者，只坐未明此義耳。

直之理卽在怨字內。看得怨字分明。便非睚眦者比。

後世借大復仇題目。爲奸人行私無上之助。其弊實出於司馬遷史記。遷借以抒其憤耳。而流禍有不可言者。

子曰莫我知也夫章

子貢曰何爲其莫知子也節

不怨尤。便是下學上達處。

朱子謂不是下學外別有箇上達。又不是下學中便有上達。須是下學方能上達。眞說得此理四平八穩。後人講學。其弊總不出此。不是離下學尋上達。卽是硬差排箇上達倒放入下學中。豈聖學乎。

下學上達。只是一件。然於下學中便要求上達。便害事。

金聲文 吾耳目心思之所用。俱平平然有寧靜專一之地。而冥觀玄覽。乃遂覺吾神明中之本無可知無可能也。**評** 此一轉。即入禪門去。乃彼家之所謂上。非聖人之上也。一箇上字看不的。一齊差却。問上字如何不的。曰。他上字在無善無惡處。聖人上字如何。知天字。則知上字矣。

下學無以致人知。上達又難使人知。須兩邊說盡。

此處語氣。最難臨摹。所謂其中自有人不及知而天獨知之之妙。乃朱子深味其語意而見。非夫子自譬也。

公伯寮愬子路於季孫章

陳子龍文 當讒人交亂之時。有志之士。不勝其憤。誠欲得而甘心焉。而後將何以自立。**評** 且不論後。只當下義當否耳。苟義當爾。

而有利於國。君子豈避嫌猜。**文**不幸而多阻。則將解甲而退。從容廟堂之上。而委蛇於羣怨。此亦必無之事矣。而我亦終不釋兵以自斃。至國家中分而莫定。非自全之策也。**評**然孔子墮三都出藏甲。而安然終老。要之此章只子路身上事耳。累及孔子。亦太株連矣。行廢皆命。曉景伯。安子路。警伯寮。若聖人謀國行大義。豈委決於命哉。

子曰道之將行也與節

艾千子此將字乃朞月而可的可字。**評**此與孟子行或使止或尼同意。將行將廢。謂其進退之幾兆。非指治效淺深也。若以道之將行將字作朞月而可可字觀。則將廢句又當作何解。

子曰賢者辟世章

首節

陳子龍文太上之士云云評賢者乃太公伯夷之倫豈老莊等流哉文詠諧黄屋之旁戲弄王公之側而隱現無以定其名評此大隱朝市之說乃玩世非避世矣且東方曼倩詎足當賢者依隱玩世與阿世希主同一根原

子路宿於石門章

到聖人分上便不論氣運不論事功論氣運事功者聖人以下之事與後世論聖人之言也此一點心直到聖人近際方信得及

子張曰書云高宗諒陰章

陳子龍文百官至備也三年至久也而聽於冢宰則且疑於王也然而篡竊之事不作旁落之憂不起葢所謂冢宰者如殷之尹陟周之旦奭非王之親子弟則其腹心大臣也評此解亦未足爲定論後世親子弟腹心大臣何嘗不有正不可恃耳文國君

之不能終喪也其說有二臣子一也以海內之大而遏音樂禁嫁娶者三年其不便者一後世幾事日繁變故多有而欲人主拱手而聽之大臣卽大臣何以自安而人將以議其後其不便者二【評】臣子禮原不一喪制本是親親中事堯之四海三年德盛感人非故事也大臣有不自安之意卽非古大臣霍子孟便不如是【文】短喪卒非人主盛德也以我論之臣民則依以日易月之制以便天下人主則不受朝賀與大臣決事便殿而宮中上奠則行家人之禮有大事則墨縗而出如魯伯禽晉襄公之治戎者庶乎得其中也後世若魏孝文帝近之矣【評】果欲行禮豈止宮中上奠不受朝賀若大事墨縗則古之人皆然固禮也

○三年之喪達乎天子古之制禮準天理人情之至義有不得不然者非爲有其人而後可以行禮也假令時無其人將禮遂

不行乎。且商之尹陟、周之旦奭，亦安能代有其人，而謂古之人皆然也。看滕文公因孟子之言，便能毅然行之，滕豈有賢大臣耶。何未之聞也。孟子曰：「親喪固所自盡，不可以他求。」故文公居廬，未有命戒，而父兄百官四方皆悦服，可知君誠仁孝能行禮，則大臣安有不足恃者。君苟不仁孝好禮，雖不行諒陰之禮，又豈無臣民之變哉。後世只於儀制上講究，而復參以禍福利害之見，如之何可以道古也。

子曰上好禮章

禮，履也。履以辨上下，定民志，相動以天也。若謂王者因使民而設禮以制之，則禮爲人謀而非天秩，此老莊剖斗折衡之見耳。

子路問君子章

道理盡於首句。

全理只在首句說到盡處便有末句。

金聲文離人別無安頓此己之地人與人各調於適即君子亦惡所容其修君子本修人與人之兩相持不相化者云云評君子原只修己耳豈修人耶他只要兩邊都沒事便是修安竟却不是修己以敬道理如其意修即是安安即是修人即是己己即是人一下打破有何人己有何修安而後正希之宗旨乃見用儒家言語說禿丁妙法此云云者只做箇話頭耳故其高也落空而其卑也則入於粗且腐。

安人安百姓只在修己內不是問效驗。

修己中步步工夫不同工夫到盡處功驗亦到盡處。

時文講下二段只曉得人與百姓分別似只一修己便隨地安去不知安人安百姓其修己工夫充積步步不同只是一敬字中

境界再做不盡直到堯舜猶病用力更無他塗
只因子路看得敬字體用小工夫易故夫子二答極言其大末二句乃轉出極難意

熊伯龍文 惟時由再曰如斯而已乎將窮修之所至以著之也**評** 子路兩問意却不如此子路之意只要求益於敬之外非欲推廣敬修之義也此亦近來一槩周旋不欲説壞之弊

安人安百姓在修己外推擴固不是謂一敬即了更無次第亦不是貫上下包遠近而無不統者敬之理自下上由近遠而有差及者敬之功候功候到安百姓敬之理纔盡故曰堯舜猶病子路兩問正見他不曾曉得敬字道理在再問再答但極其盛不離故處此是聖人問答之妙若抹却問語則似聖人自己推廣修己之説非折引子路歸攝敬字之意矣

安百姓。從安人中轉出須理會。方見再問再答。與下文猶病之意。

金聲文 處置一人之才。未必即其處置千萬人之才。而通一人之心。原即其通千萬人之心。**評** 是則是也。須看所以通之具何如耳。**文** 豈敢謂隨身所値隨人得力。盡有益於天地。盡無愧於此衷哉。是亦求可求成苟且之念也。**評** 一篇兩銘道理。正在隨分自盡處。即萬物各得其所耳。若普度一切而成佛。却是求可求成此義。惜未究竟在。

修己以安百姓。須緊靠安人句中發明。人者己之對。百姓者人之盡。安人安百姓。理體只一。却是分量不同。不是人與百姓不同。只修己處有淺深厚薄。則所及有遠近廣狹也。止講得己與百姓交關。不講得人與百姓分際。則其視安百姓之己。即安人之己矣。下何以云堯舜猶病乎。然則己有異歟。只爲修之量有足不足。故已之體象亦有大不大。工夫只在修已以敬內。這裏面地分儘濶遠在。

修已以安百姓。不是鋪張開去語。乃倒縮語也。百姓者安之盡。必修已到盡處。安亦到盡處。則此修已與上修已分量已不同矣。

修已以安百姓。須句句與安人有別。不止是人與百姓有別也。安百姓之修已與安人之修已又有別矣。不是修已有兩樣。其力量又充拓至盡矣。

安百姓。不是百姓安。他處感應語。是愈推愈遠。根本處不分層次。此是愈推愈深。外面遠一步。正根本處深一步。此中層次無窮。不是說一修已便了。故曰安百姓。不曰百姓安也。

一人便是人。千百也只是人。百姓者。舉其盡。猶言天下也。

呂子評語正編卷十七終

呂子評語正編卷十八

論語衛靈公第十五

子曰賜也女以予爲多學而識之者與章

下學上達。博文約禮。夫子平生爲誨次第如此。子貢平時多學而識。非錯做工夫也。到此須知一貫。則從前學識方有箇一本會通處。正約禮上達之序也。註中積學功至。與曾子章眞積力久皆聖人鐵椿定法。不可移易。或謂學識非而一貫是。或作一貫先而學識後。皆陽儒陰釋之説。

道理自少生多。工夫必由多返一。

貫即貫多。得一乃無所不貫。子貢向者實已多。如今只要得此貫法。

是題有理病二。離學識而言一貫。不知貫箇甚。一病也。一貫不主知說而泛括心字。與曾子章無别。一病也。

陳際泰文 人驚於多學而識。紛紛未有已也。乃有一人獨持徑寸之具。終身用之而不知其盡。於是天下之多。更覺其少。相與講其術而思徙業矣。**評** 此豈子貢初見孔子公案耶。說來只是駁雜低頭巾拜倒大善知識耳。**文** 一立於學識之先。有大於學識者。故能去取於其間。一入於學識之中。有忘乎學識者。故能游衍於其際。**評** 評家以如此說方是儒理。不知將一看成另外一物。要得此把柄到手。多與不多皆妙。一立學識先。一入學識中。正是禪悟。非儒理也。儒理先須分别義理。曾子章一貫話頭。攙入此章不得。或曰。既云一貫。豈兩章有二致乎。曰。公此見便是和尚。且耐心看細註去。

黃淳耀文 學亦未嘗廢識。特其識外。必有所疑焉。**評** 只講貫。不忌多貫則不遺，遺則不貫。【文】節節而求之，統其大勢，必多衡決。銖銖而積之，縱能利用，未識本原。【評】一貫卽在節求銖積處。【文】吾必先有一物爲權衡而後學焉。【評】能先得此物，則不須學矣。卽陸子靜六經皆我註脚之謬，不知他我字先壞了也。【文】心融神悟，可聞乎性與天道之微，機應類隨，亦不廢灑掃應對之事。【評】灑掃可以造聖人，故理一。聖人不廢灑掃，則理二。此其學所以貫不去也。

子貢以已觀夫子，故夫子以身發之，兩予字固有意。

首節

子貢病在未知本，不在多學而識也。

須知子貢有箇窠臼，被夫子一時撲破。

對曰然節

然非與三字。是子貢頃刻轉身。

然字從自己露出。非與從夫子轉關。

然字衝口而出。是子貢種根深。非字接口即來。是子貢轉頭快。末轉念時。斬釘截鐵。旣轉念時。都無是處。故然字直。非字曲。然字短。非字長。然字重。非字輕。然字滑。非字澁。與字正與上文與字呼吸相關。與下句也字針鋒逼對。

曰非也節

非也兩字直折。非夫子不能下。

一以貫之之字。正指所學所識。就這上見箇總統關通處。不是於學識之上之先。别有一件東西也。正惟其端别有一件東西。有得世間瑣碎繁重。皆成外物。却要憑此件東西起滅有無。不道打成兩橛。畢竟湊合不上。於世間一切有爲法。顛倒錯亂廢棄潰裂。識者謂其知一而不知貫，不知其一原不是，故不可貫也。聖人之一，卽在多學而識處，舍却學識貫箇甚麼。朱子之言，眞聖人精髓。凡爲先一貫而後學識之論者，卽爲邪禪所陷溺，入德之賊也，須詳辨之。

曰以貫之，則正在學識中指示箇貫通要約耳，非令其空諸所有也。若不曾學識來，一貫從何處說起。故凡以讀書窮理爲支離務外者，正是他貫不通處，其所以貫不通者，其所謂一非也。原不是舍學識求一貫，多學多識，正要點鐵成金耳。

任清漣文　聖人操一以觀多，學人必由多而得一。不然，子何不告之未學而識之人，而告之多學而識之賜哉。**評**　的然可破邪說之妄。

公看皆字，某看皆理。一非另有一物也。

一貫多識。不是兩件對著。又不是將這一貫去多識。方未見得一貫時。只有多識。及既見得後。只有一以貫之耳。卻不是多識外又增一件也。此意惟夫子以之接引子貢。程子以之接引上蔡。冉閔游尹之徒。非不善學。而不得及此者。固知非口說濟事。亦非靜坐得來。

謝顯道博舉史書。程子謂其玩物喪志。謝聞竦然。及看明道讀史。卻又逐行看過。不蹉一字。謝初不服。後來省悟。卻將此事做話頭接引博學之士。須知夫子此箇話頭。正從實地接引耳。如以學識爲敲門之磚。以一貫爲客室之帕。皆狐禪矣。若問曰一以貫之如何。應對曰多學而識之可也。

夫子生知。尚自謂好古敏求。其教人也。則以博文約禮。又曰下學而上達。自金溪只空理會一貫。以爲先立其大者。江門師弟遠宗其道至姚江而其說更熾初則以一貫廢學識繼則遁詞以先尋一貫而後學識則是先上達而後下學先約禮而後博文節節顛倒恐無此聖學也朱子謂只主生知安行而學知以下一切都廢却貫箇甚麽談空浩瀚引得一輩士人都顛狂嗟乎誰生厲階至今爲梗可悲可痛也

有講一貫爲初學入德事而朱子所云眞積力久一旦豁然貫通乃是禪學者夫生人之事一坐一立孰不由學故云有物必有則若劈頭便講一貫一是一箇甚貫又是貫箇甚也充其說必以爲運水搬柴頭頭是道不至於猖狂恣肆破樊决籬不止至於眞積力久忽然貫通正聖賢窮理之學物格知至下學上達工夫到處不期而然乃反目以爲禪家頓悟之學不幾盜憎主人之甚乎總之近來講學無非套竊禪門緒餘借儒家言語做

箇話頭爲文章翻案之法。原不曾識得儒家言語。在此之所謂一貫者。只是本天。彼之所謂一貫者。只是本心。本天則有一定之工夫。一定之火候。本心只一了萬了。更何工夫火候之有耶。故同舉箇一貫字。其實如氷炭之不同。不可不明辨也。

子曰無爲而治者章

此章畢竟當重紹堯得人說。不是不重無爲之德。德已協帝。更不消說。而舜又適當上下際會之極盛。故尤其無爲也。要之能紹堯能得人處正是德。說際會便是說德盛。疑似倚賴於人。直是自家眼孔淺識見村耳。

人都不要拈時遇說。謂將舜看做安享福命逍遥天子。不得此最是學究粗論頭。紹堯得人。豈是逍遥天子所能耶。

舜非無爲之主。但舜前半節所爲。皆是放勳任内事。受終以後得人而已。此其所以無爲也。

唐順之文 德非至聖。未免作聰明以亂舊章。好自用而不能任人。其如有爲何哉。**評** 不必說到此。正可即遇見德耳。舜無無爲而治之德。則先不足以協帝而升聞。得人而分職矣。豈待作聰明以亂舊章。好自用而不任人哉。

堯豈易紹。禹皋諸人豈易得。能紹能得。此便是聖德淵微。說時遇正是說德也。堯亦同此德而前無可承。禹亦同此德而後來難並。惟舜適當極盛。更難得。故夫子歎之。玩其舜也與語氣。是更無他人可及意。玩何哉而已矣語氣。是只消得如此意。若只說聖德重恭己。則都說不去矣。註語體貼極精。方見聖人言語眞是四平八穩。乃謂紫陽偶然如此解。不特道理不仔細。并文義俱未明。在若云帝王皆以敬德爲本。此又別一話頭。非此章之旨也。此章只重無爲。恭己句乃極寫無爲之狀耳。

恭己正南面。是夫子極意形容無爲之象耳。非追原無爲之本也。玩夫何二句虚字語氣自得。故註下一容字。又云既無所爲。則人之所見如此而已。俗論乃云恭己正無爲之主宰。則而已矣三字。如何說得恁輕。癡人前眞不得話夢也。

恭己句只是想像。不是推究。

恭己句只是繳足上句。於無摹擬中作摹擬。總要見其無爲之至耳。不是題之結穴處。

恭己正南面五字。止作一容字看。故註云人之所見如此。湯霍林謂恭己即無爲。艾千子謂恭己所以無爲。皆將恭己二字誤看做精微。夫既爲精微。豈人所能見乎。且與上句夫何爲哉本句而已矣語氣不合。此所謂求深得淺也。

子張問行章

立則見其參於前也節

兩其字。指忠信篤敬。夫然後行。仍在言行上驗取。蓋上節指所以行之本。此節指所以豫立。此本純熟工夫。時文離忠信篤敬只說箇心字。行字若便縱橫由我。盡落禪窟矣。

兩其字指忠信篤敬。兩見字指其存注用功。兩則字也字夫然後字。指其功夫到極熟處。或將其字看做心字。或看做言行字。便與狐禪參話頭相似。全理悖謬矣。

陳際泰文生平浮誕輕薄之習。久已傳入人心。而一旦易之。物固未忘其初耳。評不必說到太狠惡。只尋常游移不誠實人便行不去。參前倚衡。乃誠之工夫。純熟無時無處非誠耳。

子曰可與言而不與之言章

失人失言原自兩平。謂亦字側重非也。但兩句總爲言而發。欲其語默皆當。則亦字是急連上句併說。

子貢問爲仁章

子貢問爲仁。非問仁也。但先硬坐子貢意欲盡己。却不可盡己。取人。是講章因夫子答語推論。當子貢問時。不知夫子何言。安得先有議論。即子貢悅不若己。亦是因夫子之言而註及。非子貢意中所有。

四書中之有引喻。猶詩中之有比興也。正言之不足。故旁通以足之。人多以一二語輕點。則詩中比興皆賦可也。

上器字對下大夫士。上利字對下賢仁。子貢結駟連騎。所少非大夫士也。未必事賢友仁耳。故夫子進之。

子貢非不能事友者也。正爲其才情作用。有牢籠宇宙之槩。則自

尊貴而悅不若己最是爲仁之害故夫子以此藥之重在賢仁兩之字極著力其事都在外邊其理都說裏面

丁酉程文自記 仁是心之德必克復敬恕乃是爲仁事賢友仁爲仁者先資之具耳正不須將此二句說向內去從此體貼至爲仁甚有層次在淺言此二句始可以深言仁也**評**自記甚高然又須知求深固非眞淺亦不是聖人言語定是徹上徹下事賢友仁固是先資之具然嚴憚切磋收攝得此心不走作處便是甚事故事友與爲仁爲仁與仁字有層次無內外也

無地不求嚴憚切磋之益只此嚴憚切磋之心便是爲仁處

如何是仁如何是爲仁如何是事友之爲仁須各各分明不混乃知事友之所以爲仁爲仁之至於仁原是一串事也只要先認得箇仁字下面便七穿八洞

事賢不是教人近貴。時文有謂當其策名於國。已足動人畏敬之思。眞勢利語。如此則凡大夫皆宜事矣。

兩之字甚重。大夫不徒以其分尊。世上大僚巧宦。借其聲勢。煽動籠絡。傳授衣鉢。私營羽翼。壞却後生多少材質。士不徒以其名高。近世奔逐聯結之徒。其起脚便差路。此中豈有人物。亦徒誘壞少年耳。其名曰入夥。非求友也。

陳際泰文 草茅之士。不知朝廷之尊。妄謂名公鉅卿。或偶然致此位耳。迨觀夫大夫之賢者。而後爽然自失。已 **評** 也須果賢者始得。今日遊客講師。逢迎醜態。固共成一箇不仁耳。 **文** 州里之士不知天壤之大。妄謂宗工哲匠。或虛名所附耳。迨觀夫士之仁者。而後退焉自廢矣。 **評** 朱子謂安卿村裏坐。不覺壞了人。即此義也。然須果仁者始得。今日好名徵逐者。先將仁字根荄剗却矣。

事大夫友士。誰不爾者。大夫求其賢。士求其仁。亦事之友之之意所必至。未有好不賢不仁以爲事友者也。苐自己所以去事友緣因。或以名。或以利。或以門戶世法。則雖曰親賢大夫近仁士徒以佐成其不仁。亦復何益。況以不賢不仁者爲賢仁乎。夫子爲子貢問爲仁。所求者爲己向裏之事。故夫子廣之以此。非教之世故也。吾輩一舉一動。與人接事。便須自簡點此心爲何而發。只看是向裏向外。爲己爲人。此正是善惡義利分界處也。

顏淵問爲邦章

此與克復章。正好參看。與顏子言天德。則曰非禮勿視聽言動。與之言王道。則云云。都是說到盡頭處。不是說主要入手處。要之非本領盛大。用他不著。也不暇說至此。

艾千子此四句有二義。一則斟酌前代，舉一以槩其餘，非止夏時殷輅周冕也。一則本一人之心，建中和之極，不獨法制禮樂等也。**評**總看得此四句粗淺，要於上面別見箇精微廣大之道，不知夫子語顏子，與他人不同，猶之教門人小子，則灑掃應對進退，造之可至聖人，到聖人則動容周旋中禮者，盛德之至，同是外面道理。一邊講下手，則處處要見根本。一邊講盡頭，則隨處是此理，更不消如此說也。故千子所云二義，其舉一槩餘一則猶近是，若本一人之心，不獨法制禮樂一則，直與聖賢當時問畣不合，欲於言外求深，適見其於所言淺也。程子曰：問政多矣，惟顏子告之以此，正謂即此是精微廣大盡處耳。若僅以法制禮樂觀，誰不可語，而反以之告顏子耶。

夫子志從周，而此兼四代，蓋周文監古，此并監周，聖人爲萬世立法。心公理宏。未嘗於從周之志有背也。此所謂本天者也。聖人大用。以天自處。進退百王。旣非遵王法古諸凡俗眼界所見。却又精詳謹嚴。未嘗謂損益由我。目無古今。得此意。便高人數等。

凡言古不可復者。只是見識卑。手段小耳。

子曰行夏之時節

春王正月。謂夏時冠周月。畢竟不確當。朱子斷以建子稱春。夫子正是爲他不順。故欲改從建寅耳。一語直破紛紜。

春秋魯史之文也。所以告顏淵者。夫子之志也。若硬牽春王正月。爲此句作註脚。則是古今第一癡漢矣。

樂則韶舞節

韶舞。韶樂之統詞。非專重舞也。左傳札聘觀樂。而歎舞韶箾之至。

豈專美舞耶。

放鄭聲節

鄭聲佞人兩件事。是一箇病根。古來未有不相爲表裏以敗人家國事。然不得幷作一件說者。蓋以人主嗜欲各異。其得而中之者又復不同。所以古[illegible]防微杜漸。於彼於此。無不補塞。

上四句鋪叙制度。是橫說。此二句精究治法。是竪說。上四句如尚書陳六府三事。此二句如勸之以九歌俾勿壞之意。莫草草瀾作六事看過。便疑此二句大小不稱上文典重也。

子曰人無遠慮章

無遠慮。不是不能慮。只不去慮耳。

子曰臧文仲其竊位者與章

竊位之誅甚嚴。其者與語氣甚婉。直下判決。便少意味。

語意重在知字。惠之賢衆人未易知也惟仲知惠亦惟夫子知仲之知惠彼爲仲者正要以不知自諉耳不知被他瞞過多少人到此沒處躲閃。

金聲文嘗觀春秋之法苛責賢者雖一念之微一事之舛亦不難被以惡名**評**就事論事理實如此非苛也後人要回護却是私心**文**考當年柳下惠出處未始終其身遺逸阨窮固嘗舉於朝三仕爲士師矣特未與立耳**評**此又不然不行其道士師卽遺佚阨窮也**文**以予觀文仲非特不知亦直不仁非特不知於其家抑亦不忠於其國**評**四語又太重太斷煞是合平生非論一事却苛矣就人論人就事論事就言論言聖人下斷語如權衡尺度絲毫不可走瓚是以爲聖人必無苛於君子寬於小人之理若謂賢者宜回護不宜深求此便是私心更難與言聖人之

道矣。今要回護文仲。反疑聖人說話有蹺蹊。此病正自不小。文仲竊位。聖人但就知柳下不與立一事而言。初不以此蓋其平生也。近代議宋儒譏摘昔賢。幾無完人。以此爲罪。則正希之疑孔子也亦宜。

子曰躬自厚而薄責於人章

爲聖賢人。固未有不熟於人情世故者。然必躬自厚而薄責於人。方見聖賢大公之實理。與唾面自乾之論不同。

是薄責。非不責。

躬自厚而薄責於人。纔是至公。蓋在我者此心所以不得不厚。期於人者只此事所以不得不薄。若云以聖賢自待。而以不肖待人。則是不責。非薄責。終是物我看作兩件。亦偏陂之論也。今人纔見以禮法律人。動云何必如此。或云責之太過。充此說也必將使天下盡爲禽獸而後可。蓋其先由不能自律其身。所以爲此倒角模棱之説。聖人何嘗不熟世故。何嘗太露圭角。只是上下四旁。均齊方正耳。

子曰不曰如之何章

疊下兩箇如之何。便與一箇如之何意別。至吾末如之何。又與上兩箇相刺應。須得聖人語妙。

如之何者。者字是指人。不同語助。

子曰羣居終日章

須知羣居各有當爲。羣居亦必有同理會事。

此等人治亂皆不可行。故曰難。

王夷甫一輩。猶有高致。然已足陸沉中原。若後世門戶之徒標榜梯媒。乃逐利鄙夫耳。又王夷甫輩之末代奴隸也。

子曰君子義以爲質章

握定制字上說義字方不泛精義之學在事前爲質却只在事上見義爲主腦而禮孫信以全之義禮孫相因信又是貫徹始終起君子二字是成德統體末事前早有學問在末後三字是就上四句歎其制事合道體用全備之妙與首二字不同時人只將君子活套語前後各綴二比如諸佛名號早晚念誦兩遍失之遠矣

在物爲理處物爲義此節以處事言合下便有箇義字義者宜也只是該如此不該如此耳禪家劈頭便將此字抹煞所以靡所不爲無所不可譬如一件物先已無骨子了更從何把捏耶

此義字在制事上見若君子心學自有仁在存心之學有主敬在正不得單主義字也

味爲質兩字。方見首句直貫到底。若將首句畫斷，轉出下三句者便非。

朱子謂義有剛決意思，亦是從下三句看出。惟其剛決，故慮其徑直無從容貞固，亦未成全德，故有下三句。

四句只是一事。三之字却指義以爲質。又逐層併來說義有剛決意。恐直撞去，故用禮以行之。禮又嚴，故孫以出之，使不迫。然無信則義與禮孫皆僞，故信以成，總只在精義中見。

蒙引謂義是指初頭未行，行之出之成之皆指其事。吾則以爲四句總成一事，義爲質，則貫徹始終。下三句所以全此質者也。若離義而言，則已打成兩截，行出成不關義可乎。若三之字專指事，則四件並列無分，且云遜以出事，更說不去矣。固不若都指第一句爲得也。

問三之字。或指事。或指義。當如何。曰。全節總說制事。事字白文本無。然義以方外。舍事講義便落空。而質行出成俱無著矣。故註首提制事二字。其實本文以首一句爲主。下三句完全此一句。文法自別。今若將三之字指事說。亦無甚礙。然將四句平看矣。看註中而字一折。自然平看不得。畢竟指首句爲是。

三之字指上一句固已。又須知不但四者不平列。即三之字亦不是截然平列。義爲質。必禮以行之。此之字指義質。孫以出之。之字。便指禮行之義。信以成之之字。又指禮行孫出之義。逐句併包說下。有兼意。有遞意。

以上句爲三之字指名。而下三句層次圓滿之。是不易正解。然三句又自不同。禮行孫出。二者相去甚微。故朱子有畣門人分別一條。信成却貫始終。故朱子又有非孫出後方信成之辨。其理甚精。

禮行孫出信成三句實義俱。兼内外言。

孫字即在禮行處。

孫出須講得精。王半山無赤舄几几氣度。可知全不曾學在。

禮行孫出二句。與問達章察言觀色相似。正是爲己。若誤説入世情利害處。便是鄉愿學術矣。

信貫始終。總義禮孫來。

信只在義之誠實上見。

信成言徹始徹終。必以信。成字粘定信上説。即中庸所謂誠者物之終始。不誠無物。易所謂貞固足以幹事也。今日成義義成。則似義至此方成。非正解矣。

艾南英文君子自立有本。見其始遂可命其卒云云。**評**朱子謂信以成之是終始誠實以成此一事。却非是孫以出之後方信以成之也。此言信以成之句雖舉在末。乃貫徹始終道理。與上兩句有别。然信以成。却須到成終乃見。若云見其始即可命其卒。其始有規可必其成有候。則併在義以爲質一句中了却矣。【文】夫子所言乃由仁義行。後世所解乃行仁義也。此義外義内之分而安勉之殊也。【評】看註云以爲質幹。行之必有節文。出之必以退遜。成之必在誠實。曰以爲。曰必有。曰必以。必在。皆指示用力之詞。故曰君子之道。非頌美生安之君子也。結意甚謬。亦坐誤解朱子非是孫以出後方信以成二句耳。由仁義行與行仁義乃安勉之别。今曰義外義内之分。行仁義便是義外。則尤落邪説矣。

四者。君子原一滚出來。不是精義了。又去學禮孫信。

楊以任文天與我是非之心，質已有其自然，然精㝷之行，交於毁譽成敗之後，制於物情，君子固不容不爲其後者計也。評是非從天出者一定，從心出者萬變而未有已也。如陳王以程朱爲非，亦是從心斷來。然程朱之道，久而不爲所澌滅，此天之一定者也。看義字不入本心之說，可謂明矣。禮孫信，君子所以行出成之道，自合如此，非因世路難通而加此作用也。轉下處語有病。

子曰君子疾沒世章

陳子龍文云云。評從沒世二字推想到不堪，使天下庸劣榮膴人索然氣喪，惟有志行人聞之，益鼓勵不倦耳。若曰人生行樂耳，笑罵且由他，吾末如之何矣。讀者試自問所見如何，則不待沒世而稱不稱，可自信也。

陳際泰文與草木同腐。而體幽靈翳。史氏或至自失其姓名。與幽厲並傳。而更世易年。子孫或至嫌爲其後裔。評筆筆從沒世兩字發義生情。有令人凛冽意。有令人悽愴意。畢竟悽愴意多。凛冽意少。固是凡情親聖義疎。只奈何不下一箇名字。竭力掀翻。不覺轉身又墮他圈䙡耳。

子曰君子求諸己章

只是用心處向裏向外之别。纔求己便是君子用心。纔求人便是小人用心。不待求己求人成就時纔分兩種也。但說箇求己便有如何求之功夫。說箇求人便有如何求之情狀。不是眞體會人。不能實講。便講也不親切。

求諸己。只求處便成君子。

郭濬文事果外至。君子尤必反而審名致之原。評所以無求人之理。文君子立意較然。正藉此多虞多喪之心。以自增其愧嫌。評聖賢心法祇這些子耳。

羅萬藻文置己於古人之間。即道德仁義之已然者。皆足擅吾念而使之鶩。評意求過高。即蹉入邪學去。即象山所謂善亦能害心也。文己之爲我有而爲我累亦大矣。非累於己。累於求也。評如是則求諸己亦須仔細。中又有小人之己矣。凡道理只平鋪看放教安穩切實。便是眞正道理。自然意味無窮。纔要說得高妙。要求深一步。定走作向差路去也。此題只說君子於事事物物念念反求諸己。不願外爲人而已。今將己字看得深微活脫求字做成異學工夫。於聖賢本領一齊差却矣。求字原只是懸空字義。今說求己正是無求。是先說壞了求字也。己字是君子根本。今云爲我有爲我累。是又說壞了己字也。其意不過求深一步。說得高妙。不知其不安穩切實如是。皆由不肯平鋪看道理耳。

子曰君子矜而不爭章

卽君子二字。人品事理。變相百出。

矜羣爭黨。原從君子二字眞僞生來。

矜羣爭黨。相近實相反。

而字一轉。正辨矜羣之眞僞。

不爭黨。只完得矜羣。

爭黨原只是矜羣之略過耳。爭黨卽跟著矜羣便來。

莫道事迹略過。也是心術微差。

矜羣爭黨。毫芒之差。只爭此。秦越之異亦在此。蓋以事迹言之。則矜羣略過便是爭黨。若以心術言之。則方其矜羣。渾是一團天理纔過爭黨一分便是私心也而字一折此間須壁立千仞始得然君子而不仁者有矣故如李杜高顧諸人正當與之勘辨此處耳若後之朝士分朋秀才結社合下便是爭黨從何處更著而來

劉廷獻文 名教自任之儒猶存一二未純之意**評**程子所謂吾輩不能無過也**文**惟甚不足於内遂嬌托於風裁惟慢焉鮮主之人多妄狗夫聲諠云云**評**此輩題目可敬聲譽可聽口角可畏面孔可厭心術可誅甚而有不足誅者嗚呼人品至後世愈難言矣將僞君子行狀寫透眞君子傳贊自得而不二字更不用著力分別此種面目肺腸只須在世上活塑生圖更不必向死人口中尋取地獄變相耳

爭黨之禍原於心術而實氣運成之如京察要典東林璫亂皆朝

廷適生此事。而門戶借以行其攻擊報復之私。夏彝仲謂天生此輩。致朝野紛紛。皆國運所關。自是至論。至爭黨激烈。兩不可恃。萬曆中之不斷是非。聽其自爲勝負。崇禎間之迭用互制。更求兩黨外人。而敗壞日甚。蓋調停中立。又小人之巧妙極至者也。君子立心。自當挽回氣運。挽回氣運。必先自勉其爲矜羣耳。

子曰君子不以言舉人章

言字是好言。人字是不好人。言好底不是不舉。只不以言舉耳。人不好底斷然要廢。然不並廢其言也。

不廢亦不是必用。

陳際泰文 天下有心譎而口正者。小人之有智略者也。天下有任拙而議工者。君子之無實用者也。不舉之足矣。奈何併廢其言乎。**評** 小人以智略舉。亦有可用。但不以言舉耳。君子而議工。安得不舉舉以議論之官豈不當乎此等說數俱乖角【文】懸其科旨以明示之【評】不以亦不是條例君子自如是耳【文】君子於此有去取之權焉今日不以言舉人即今日不以人廢言者也【評】兩句自是平說有兩項事理有各種人物如何側倂做一箇人一串事得生薑樹上生却被他說得好聽但當不得明理者磕著粉碎耳

時文家但說得作用須知君子知人知言不以處自有學問本領不則雖就人求人就言求言獨不兩者皆誤乎

子貢問曰有一言而可以終身行之者乎章

子貢之問只求指示一箇要語爲做工夫地行之行此一言非爲人情世故多礙向聖門求圓通法也今文輒云閱世多違應物咸宜入題必重提行字一段是將行字離却一言竟錯作子張

所問之行。一謬也。終身猶云畢生耳。今定單拆身字。或與天下一世作鬧說行字。或與心字作鬧說恕字。二謬也。做恕字毫無義理。只云求之一心。以心字代恕字。夫仁敬忠信等。孰非心乎。子貢一言。何嘗單求身而不求心乎。三謬也。已所二句。只解恕字。今輙寫成蛇足。若恕字未盡而復云云。則是非一言也。四謬也。

子貢非先有人已欲施而問。行只行此一言耳。

一言。一字也。非言行之言。子貢求一字指要。從此身體力行。只是問學。未曾有身世人我意。萬一夫子示以其敬乎其誠乎等字。亦將身世人我先入子貢口中乎。故斷不可也。

行字緊帖一言說。謂行此言耳。子貢問一言。非問行也。時文定先提行字。後出一言。則竟作子張問行之行矣。

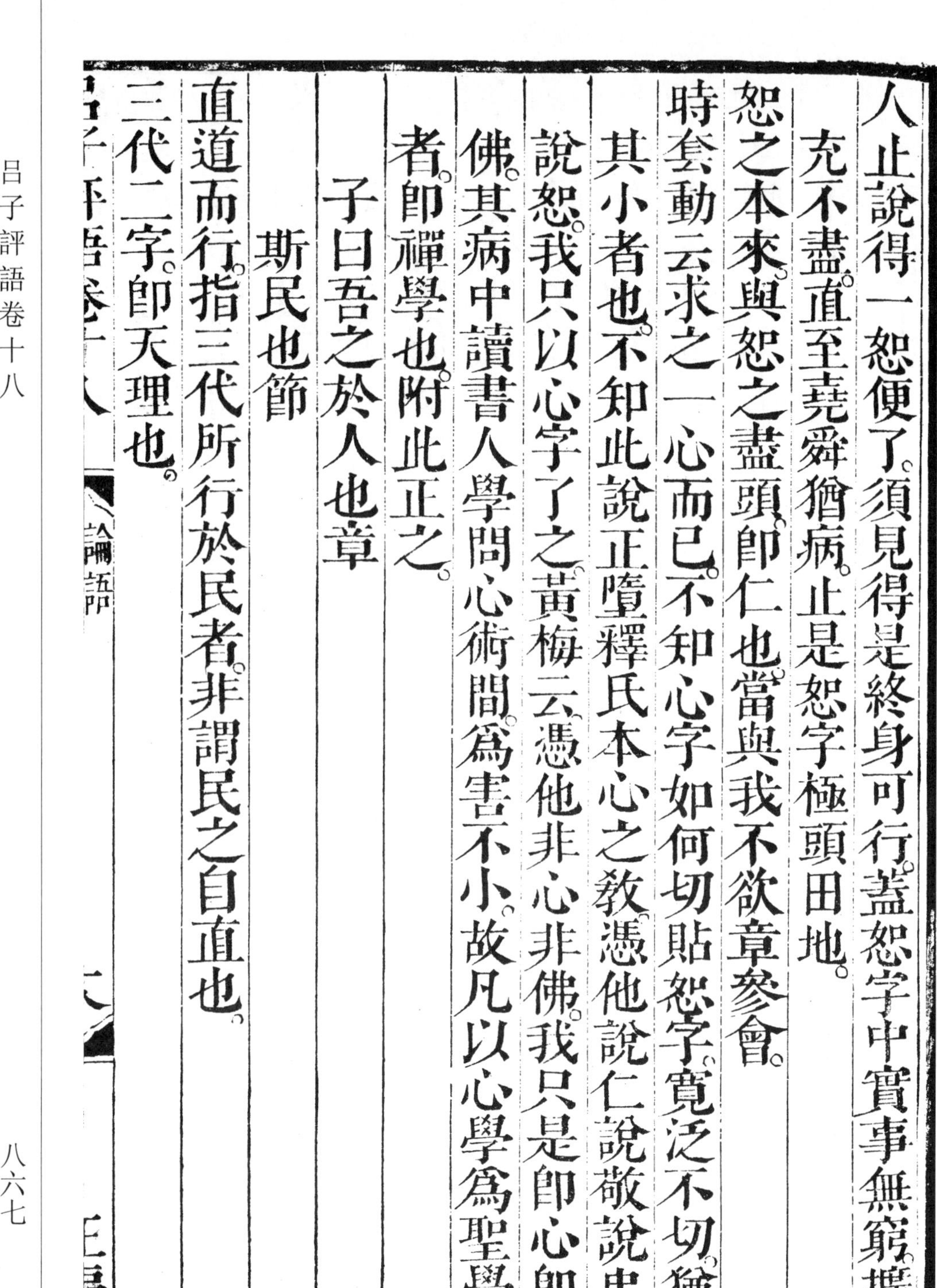

人止説得一恕便了。須見得是終身可行。蓋恕字中實事無窮。擴充不盡。直至堯舜猶病。止是恕字極頭田地。

恕之本來與恕之盡頭。卽仁也。當與我不欲章參會。

時套動云求之一心而已。不知心字如何切貼恕字。寬泛不切。猶其小者也。不知此説正墮釋氏本心之教。憑他説仁説敬説忠説恕。我只以心字了之。黄梅云憑他非心非佛。我只是卽心卽佛。其病中讀書人學問心術間爲害不小。故凡以心學爲聖學者。卽禪學也。附此正之。

子曰吾之於人也章

斯民也節

直道而行。指三代所行於民者。非謂民之自直也。

三代二字。卽天理也。

善善惡惡。天理本如是。三代直道。亦正因民立政耳。若三代作法以行。便是私曲矣。生民本直。是三代直道所以然。

朱子謂所以字本虛。然意味乃在此。黃勉齋親見朱子改討此註。直至徹曉。蓋須會意味之難也。

子曰吾猶及史之闕文也章

今昔之感。聖人胸中幾許大事。豈僅此二細故哉。然即此細故。而世風益降。言外寄托。正自無窮。但須領會有味耳。今將二者强揎做世道大關繫。於理旣傅會不確。而聖人言外之意。反粘煞失神矣。史闕文猶可張大說。有馬借人。不過里閈間事。必綳布及卿士大夫聘交投贈。不更費周折耶。須知聖賢講道理。不在事件上分大小。卽文章體段。亦不定說天下國家便大。而細微近事便小也。

【陳子龍文】國史既不足信則放言横議之流皆思著書立說以自見堯舜爲虐桀紂爲仁而天下之禍在於文章矣【評】不必如此此禍却易見今且同是堯而非桀然其禍同於洪水猛獸爲可憂耳

子曰衆惡之章

可疑只在一衆字耳一箇人如何使得人皆惡他人皆好他此正煞有可疑處況所謂好之惡之者特衆耳其可以無察乎所謂察者也只是推究其所以致惡致好之由此正聖賢從人情物理中勘驗學問處不是觸處懷疑自用講機警權術立翻案之說也

兩必字固是理當如此又見好惡之公有不容自已者此所謂惟仁者能也

子曰人能弘道章

人氣也，道理也。氣能循理，則理與氣合而道顯矣；氣不循理，則氣自氣，理自理，而道虛懸而不著矣。氣大則理大，氣小則理小。道爲人所同具，然必聖人出而大道彰，此人能弘道也。無人不賦此道，而天下之衆，百年之遠，無一聞道之人焉，此非道弘人也。理與氣固非二物，人與道原非兩端，無爲者即在有覺之中，但無爲隨有覺爲存亡盛衰耳。

能字根苗即在人字中。道固無時不在人身，而不能弘人也。

人與道本不可離，得則俱得，失則俱失，但欲擧而弘之，其責卻在人耳。弘字中地步亦不同，由賢至聖，由聖至化神，人做得一步，道弘了一步，非人，道又何從見此境界乎。

若論道之本來，原無待於人之弘，纔說弘，便是發明恢廓之義，已

見非人不可然但云人能弘道則人猶或希冀道之亦有功於人惟復加非道弘人一句令人當下便有警醒覺悟正是聖人重加一鞭策也

章金牧文大道浩邈自有人而形氣智識遂入而亂之因以爲必屏絶夫人而後可幾乎道也評吾嘗謂楊無君墨無父禪學直欲無人於斯自合文氣周於窔㝠重淵化亦達於蠕鱗鳴躍獨是道周之而得瓆萬物自萬物也道達之而得弱一物止一物也人於其間能爲俯仰指畫之評方見人字不小異端平等觀自以爲大不知其小甚矣

道無所不有無時不在固不因人爲存亡然人所以能與天地參者但於其中辨别去取制行補救耳爲異端之學者喜言自然簡易不待安排其不至無人不止矣彼自以爲所見者大而不

知其自小之已極也。

子曰過而不改章

陳際泰文 聖人廣遷善之門，故過至不改而後予以過之名。評 是教人改過語，不是寬容有過語。過而不改，是眞過，責望之詞也。必過而不改，乃謂之過，則回護之詞矣。望人改過，使至無過，此爲聖人之心。若回護有過，使其得此說，皆長傲遂非，乃鄉原權術作用，足以害世。不可謂之忠厚也。不可墮落此義。

子曰吾嘗終日不食章

直是聖賢才力過人，故其誤處亦不在尋常間。

顔光猷文 無益而知悔，則前此之刻厲，猶足爲後日媿悟之資。評 此處轉關，非絶頂聰明人不能。文 不幸而自喜，則一日之偶迷，遂積爲終身不返之勢。評 今人都被此苦，遂終無出頭日子也。

【文】古人之學。非故迂其途也。誠審於得失之故。而知其途之不得不出於此耳。【評】便是天縱聖人也。須從這裏過。

或謂少年不幸學禪。不知埋沒幾許豪杰。吾謂果是豪杰。必不爲彼所埋沒也。夫子終日不食終夜不寢以思。便悟其無益不如學。朱子始參昭昭靈靈禪。後見延平。便悟其妄。此真世間絶頂聰明豪杰也。故人謂學陽明之學者。必皆世之聰明人。吾謂學陽明之學者。必皆世之不聰明人。唯其不聰明。故乍見崖略。便沾沾自喜。以爲道在是矣。若真聰明人。則必要討箇下落。更一步。便知上面更有一步在。那得爲彼所誆誤困苦也。

子曰君子謀道不謀食章

題中三箇轉身。一轉有一箇弊病。故一轉有一箇道理。其實君子只得一條路。無許多曲折計較也。

不謀食。正是謀道之精嚴處。

有一毫謀食之念。即是不謀道。不謀食。正所以謀道也。

謀道不謀食。兩項相足。雖不至皇皇謀食。亦未嘗有志於道。此種人正不少。欲自附君子。其實非也。

凡言在中者。皆不必言在中而在中者也。此意在旁人看。君子只有箇謀道耳。飯糗茹草可終身。玉食袗衣若固有。此正是在中。正是不憂。

學非所以求祿。而祿自在其中。則謂學不得祿者既非。而謂學必得祿者又非也。夫子所以又下末句。朱子註中亦著意在此一轉。只在其中三字理會得好。此意自然分明。

朱子謂恐人錯認此意。似教人謀道以謀食。故又繳一句。則中二句下之轉折正解也。但須在論君子意中看出始得。若君子自作商量。又同夢話矣。

憂謀相關。君子正有實做工夫處在。

吳爾堯文 儒者觀人。恒視其食之去就。以驗其道之淺深。**評** 看後世人物。大約不出此。

子曰知及之章

有前節便有後節。後面工夫只完得前面。疎略不得。

重仁守。是朱子指出體要。

不莊以涖之二節

莊涖禮動。雖似末節小疵。然是仁守後之不莊不以禮。其失甚微。與常人之不莊不以禮不同。乃是工夫圓滿盡頭處。正自不輕。人於此說得淺忽。是粗看仁守爲主之語而失其意者也。

三者不可平排看。講仁守便是已知及之仁守。講莊涖便是已知及仁守之莊涖。逐節要包上文遞下。將莊涖平排看。只是外邊末節。從知及仁守統下。却是裏面工夫足。纔充得到此。雖似輕於知仁。然火候不到此便有弊病。不可竟以內外平分也。

章世純文云云**評**病只坐粗。其所以粗者。將禮看成一件儀文法令作用之物。本是外面粗迹。但知仁者不可不用以濟世耳。不知在知及仁守莊涖後講。則禮雖節文之微。而動之之道却精。即知及仁守莊涖而動不以禮。其所謂未善者。不過不能化行俗美。至至善之治耳。亦不到悖亂匿拒之云也。須知此是極盡完備處。不是說治道要德又要禮。如道齊章所云也。

子曰君子不可小知章

此節只說觀人之法。不關自己志業。若云人當知此。務為其大則別出餘意耳。

註云此言觀人之法。看知受二字。已不是閉戶先生事矣。特所以可不可處。原在君子耳。

不可須說得分明。是爲觀人言。不爲君子言。

知字從觀者見。受字從君子見。其不可小知處。正爲有大受在。

可大受。亦只在授之者身上講。

卽有小知。不得掩卻大受。

不可。不是君子不受。

君子原不是小處不全。只不可以此知之耳。如乘田委吏。何嘗不分一職之用。但不可以此知孔子。

不可小知。只是不得以一長一技求君子耳。若謂君子不屑庶務不事功名。王夷甫之高寄。馮可道之癡頑。亦可言大受耶。凡說大誥過火。便於理不切。

大受不必定建功立業、窮達常變皆有之。小知止是以一長細事觀君子耳。或作小利近功說。非本義也。

君子大受。原不在時遇上。

大受二字。强者牽入英雄隊裏。弱者止就福貴塲中作夸大語。徒流露一副粗鹵眼孔。一片庸鄙心肝耳。直向學術原頭討取箇大受下落。竟不放三代下人物在心眼間。方見本領。

觀人者胸中須先具得君子器識氣象。方見得君子盡。

可不可在君子身上看。止是道不行。不盡其用。在觀人者推論。則可不可關係極大。不止是一人分上事也。

邵沆文世無隆功。由至人之量不盡。**評**宋之不返於三代。不能知用程朱耳。今人尚謂程朱有體無用。理學無救於宋之衰。豈不謬哉。

程朱之不見用，眞足爲三代後千年恨事。

聖賢失職，乾坤之不幸也。

子曰民之於仁也章

此節文法，是步步追出仁之無以尚意。水火於生人最急切，仁亦猶然。不但猶然，其急切更甚於水火，此是就利益上看。到下文蹈而死，又見水火尚有害患，而仁更無害患，又向利益急切外加一義，故首二句與下文自分界限。

子曰君子貞而不諒章

此與別章句側不同，無諒而不貞反對，蓋諒尚近君子邊事，非小人之所有也。

正是其理正，而固有精審實體毅守意，合看乃得貞字之眞。時文泛說箇正耳。

朱斐文以忠孝節義之美而使人議之爲忿爲强者皆諒之屬也

評可知有多少不恰好在。

子曰事君敬其事而後其食章

敬字是心却貼定事上說。

事食分明兩件而字一轉正復鄭重。

王紀昭文情出於公公在而私附焉評食亦公也心係於此乃私耳原批讀此文方知因事詔食前輩亦有誤人處評天秩天祿皆是天理上事因事詔食君臣之大義有何誤人處看原憲辭粟聖人不許則矯廉亦非合義但如後世事君其初應舉時原爲門戶溫飽起見一片美田宅長子孫無窮嗜欲之私先據其中而後講如何事君便講到敬事也只成一種固寵患失學問

此便是先其食。先其食則敬皆不敬也。故聖人下箇後字。後不是不要，可卸故此題無竟置一邊不做之法。若論兩邊道理合一處，謂敬事便是後食。然則後食也正是敬事，亦可。但講後食而敬事在其中矣，聖人何用作此支離剩語。

後世事君，原只有一食耳。方其上學識字時，只爲此一字，及至服官，忽要他忠清起來，種根已深，如何洗滌。即有一二勤愼乃職，亦止是善保祿位，就食字上加敬字粉飾耳。其本心全箇不是也。故義利之辨，須從上學識字時講究起乃得。即今讀文者，自已先搜剔此心，讀文欲何爲。苟本心未喪，自不屑爲醜惡之文。其上者或更有不屑者矣。

熊伯龍文 事君則必有事君之事矣 **評** 其字分明他作指君指臣皆非也。**文** 人臣所最難褻者，中心之謹愼耳。夫苟以謹愼爲本而疑民震主之才俱無所施矣【評】大言僞行以權術作用爲事者皆大不道大不敬也【文】人臣事君凡有所爲而爲之者皆食之類也【評】推廣言之正不甚問然究其實仍爲食而已

子曰有教無類章

有類定是曲說邪教即不然亦止是迂拘訓詁類者即流品種類之謂無類正使之一於善

子曰辭達而已矣章

文章之病只是不能達與求多於達之外二者而已矣三字兼括二義然看來求多於達外即不知達之妙即爲不能達其實一病而已如近日時文只恨不能達何嘗求多於達外然偏有許多隔壁閑文排場鬼話豈非不能達者必求多於外乎惟其能達故自已矣其不已矣者正爲不能達也不能達越不肯

已矣不已矣辭益不達此古今文章之通弊也

陳際泰文 辭以稱言此辭之所由起也辭以宣心此辭之所由美也評當拈理字說能達其理斯爲美若止爲心不可明以辭形之則仍是所由起耳

李何煒文 今天下之脩辭者衆矣帝王之謨而或假以儒臣之纂組不免口至而實不至評漢高入關三章勝後來詔令多矣文訓詁之言而或經夫生徒之輯錄又乃疑真而復疑僞評程子語錄云某在何須此又春秋傳必須自做正謂此也文諫諍之章字款未靖則煩蕪易啟厭聽之心問遺之篇情好未暢則支浮終有猜嫌之忌評陸敬輿之封事蘇子瞻之尺牘惟其達也

陳朝暉文 好盡者之不欲爲簡抑亦好盡者之不能爲簡也評讀至此三蘇未免氣奪文已甚者之求爲可觀抑亦已甚者之將

為可厭也【評】此荀揚之不如孟醇也

要知達是達甚麽如何便能達學者於此當入思議不可徒向辭求達也

達之本領原難

所達者何今人但達辭耳

言之不文行之不遠聖人非欲省文正為文章家指出自古眞訣耳作文必先有義理有意思議論而後以章法句法字法達之今人不復知本作古文但講規模作詩但講聲調作時文但講圓熟活套其言不文先不可謂之辭即有成辭者亦止可謂之辭不可謂之達即有能達者亦止可謂之達辭不可謂辭達辭達有所達者在也今所達者何耶

黄淳耀文　今天下之立言者吾知之矣非有所不得已於中而奮

其私智將以求勝於古之聖人也非有所不得已於世而飾其窕言將以求悅於今之愚人也是以道學分裂六經乖離而天下之說日以扞格而不通云云【評】文人只此二種非有所不得已句尤好可見達者達箇甚麽古今文字之妙聖人以一字括盡後人發明此一字却又失聖人之旨如退之子厚永叔子固子瞻論文皆近似斯言然實不得其本何況時文流輩也須知達是達箇甚所以能達不能達又爲箇甚如此然後見達之妙余嘗不自揣欲取秦漢至今日文字編爲一書分爲四部其大旨已被陶菴先生發凡矣

後世講學書愈多而學愈不達只是妄自著書耳

師冕見章

於冕之見中有聖人大用道理只是平常

卽不會夫子。師自有相。但不知其爲道耳。

道無時無地不在。聖人只還他自然耳。然須知非聖人不能恰恰處處還他自然也。

有人道當然。有天道自然。有人物不知其然而然。第於聖人裁成輔相。充極細微。推達鴻廓。無不恰盡其所以然處。更須領會發明。此一層不到。下面數層都落空去。走入漆園瞿曇兩家門下而不知矣。

後進爲文。只巴攬大話爲妙。不知聖人之大。不靠此大話撐舉也。要尋大話。便是不曾見聖人大處。論語中瑣瑣屑屑記載細事。都是聖人全身所謂動容周旋中禮者盛德之至也。

首節

及階及席。一及字中。有滿堂行事在。

某在斯二句中。見賓友之揖讓。見位次之尊卑。見指示之語氣。見聾聽之情狀。

呂子評語正編卷十八終

呂子評語正編卷十九

論語季氏第十六

季氏將伐顓臾章

冉有曰今夫顓臾節

今夫顓臾今字。對上昔字。昔字意中有曾在。今字意中有費在。昔字意中有先王在。今字意中有季氏在。此皆是鍼鋒相對處。

今不取今字。有形勢。有時候。有機會。以形勢論。今日適可取。以時候論。今日尚可取。以機會論。今日正可取。

子孫憂都在今字中埋伏。不在不取中商量。

孔子曰求君子疾夫節

旣曰夫子欲之吾二臣不欲。又曰今不取後世必爲子孫憂。然則非止夫子欲之矣。只據掐下判。眞情畢露。欲之直坐冉求。方見其言語反覆掩誑之罪。舍曰爲辭四字。是定冉求勘語。與季氏又分一案矣。

君子疾夫十三字只作一滾下。

丘也聞有國有家者節

冉有只見有家。夫子提出一國字。劍鋒甚利。却與家字並說。又正見安上所以全下之意。

此節大意直對今夫顓臾一節說。正破冉求所憂者非。自此至末皆一意。直到季孫之憂不在顓臾一句結出。邦分崩離析正不均和安之患也。四患字乃憂字鍼線。須知中兩句不過引來起末三句。以見國與家之分須守。而顓臾之不必憂。不重以末三句釋上兩句也。

因冉有說出季孫之憂。故此節提出當患不當患之義。以破之。末節直言憂之所在。作結要害只在四患字三無字著眼。

上二句只說得當患不當患。下三句推出所以然之故。季孫憂在蕭牆不在顓臾。正爲其所憂乃所以取傾耳。側重無傾句。方得蓋字一轉申明之意。

蓋字承患不患兩路下來。人每只見得一邊耳。只爲均安貧寡支配不同。和與無傾添揷不穩。都於此枉費手脚。只發明所以患所以不患之故。領會蓋字神理。何等明切。

夫如是故遠人不服節

遠人不專指四裔。凡遠方之國皆是。看下文卽指顓臾說。若坐煞邊外。却是後世事勢。

如謂文德不仍貼均安和。却是。

若未得上節道理。也無處講文德。

艾千子忠信不立則鄉社之禮不能以致刑措仁義不施則韶濩之樂不能以降天神自有壯國勢維人心者非空言禮樂以修文德也評文德二字緊對下謀動干戈而言謂即有不服亦止修德教不事威武耳文德即忠信仁義即所以壯國勢維人心者原非空言禮樂也

榻側不容人鼾睡便不是王者心術

孔子曰天下有道章

從來講此章者重權勢上說愚見甚不以爲然其病起於誤解總註此章通論天下之勢句所謂天下之勢者謂古今天下有道時如此無道時如彼其氣象世數大段如是此之謂勢非謂天下之有道無道在乎勢也權勢隨道轉道不隨權勢轉自天子出之禮樂征伐與自諸侯大夫出之禮樂征伐固自不同亦隨

道爲邪正盛衰。蓋禮樂征伐者道之用。非即道在是也。天下之生。一治一亂。然有天理之治亂。有氣化之治亂。三代以上。其治亂皆天理爲主。三代以下。其治亂皆氣化爲主。聖人所論有道無道。正指天理之治亂。如講章所云。則陳同父之論爲不刊矣。要之皆坐不曾識得道字耳。

黄淳耀文 自諸侯以至庶人。而遞承乎天子者。權在故也。評 單論權。尚未見源頭。文 一有明天子出。則皆俯首而爲吾用。何則。國恃封建以爲安。尤恃禮樂征伐以維封建也。評 禮樂征伐又恃道。文 無如此柄之脱然去已而不覺也。評 柄之脱去。失其道也。非失其物也。文 譬則遺物于中衢。人思取之矣。取之而非其所宜取之人。人思奪之矣。評 後世得天下。總亦是幸取耳。皆非所宜得者也。果宜得。則不論諸侯大夫。亦視有道何如。文 說者謂唐節度之强。不始于河北之繼襲。而始于節度之有功。夫漢之衞霍亦有功矣。而何以不亂。蓋誅賞之權在上也。大將在軍。至不敢殺一蘇建。則武帝之威亦赫赫矣。**評**看朝廷處置得宜。而跋扈之藩自服。可知權之得失在道。不以能攬權爲有道也。

諸侯代有天下。三代之常理。但以德不以力耳。蓋天子與諸侯皆君也。猶宗子之與支庶相代。猶天理也。自大夫以下至于庶人。皆臣也。其至于取天下。皆簒也。而皆自秦廢封建始。封建廢。天下有不可言者矣。自古無不亡之天下。有封建固亡。無封建亦亡。吾未見廢封建之利。過于夏后殷周也。而其亡之慘烈。亦復可覩矣。

宋廢藩鎮。其亡也禍烈于唐。可以鑒矣。

陳子龍文　吾於是而知世之所以治亂矣。權在外者其亂陽。權在內者其亂陰。權在外者奉主爲名。故以晉文之雄。不敢逆王命以失諸侯。而權在內者。則以一權豎嬖倖竊之以毒天下而有餘。庶人遂起而亡之矣。不能以三世也。秦以後未有不偏于內重者也。唐之藩鎮。非外重乎。外重也。而權豎嬖倖名之也。日月暈于外。其賊在于內。評此論極見其大。非經生陋識。

首節

有道自當從根本說來。若只得氣數上事。則漢唐宋之盛。與三代無別矣。

無道只說諸侯。下面大夫陪臣都包在裏。

天下無道。止說自諸侯出。接下三句。併及大夫陪臣。可知自大夫出自陪臣出。總是諸侯之罪。則可知自諸侯出。天子亦不得辭其失馭之責矣。吳氏謂下章戒竊權。此章戒失權。正此意也。

天下有道則政不在大夫節

政字與禮樂征伐不同。諸侯亦有禮樂征伐。而出必自天子。侯國之政。則不必出自天子。凡爲君者必有政。天子諸侯皆君也。故不可曰政不在諸侯。

天下有道則庶人不議節

首節推論大勢所至。已到極衰颯處。下兩節忽又重提有道。新安陳氏謂有挽今返古之意。看來亦非無謂。終之以庶人不議。煞有深旨。諸侯大夫之僭竊。可以禮樂征伐之權正之。庶人之議不議。豈能以權相箝制哉。到庶人不議。方是有道盡頭。故知禮樂征伐之權。惟恃道之有無。章意所重在有道。有道而後有禮樂征伐。故連連提揭此句。不是能操禮樂征伐之權。乃謂有道也。

孔子曰益者三友章

欲取三益。先須知人

陳際泰文朋友之道。亦未易以言也。必自明而後能知人。必知人而後能取友。**評**慎友貴知人。知人貴明善。是推窮本原。然須知明善之先。已當取友也。

世上原未嘗無人。都被流俗交游議論教壞。

益益箇甚。損損箇甚。益矣。怎便益。損矣。怎便損。此處須透。

孔子曰益者三樂章

樂有見識行事。不止心樂。

兩者之樂。如冰炭。須互看。

益者之三樂。原自内出。不是向外强合。

禮樂三件。原是吾心本源固有。故樂在此。直是意味無窮。若謂將此三件以制吾樂。其樂不可久矣。此亦爭內外之别。

禮樂人善賢友一層。節道多一層。三樂字一層。各有意義。

孔子曰君子有三畏章

通章重知天命。知字是畏字根苗。天命是大人聖言主腦

首節

畏天命便有知字在。知天則自然敬畏。

須是畏天命。人但說畏天耳。

大人兼德位說。

畏聖言。便有篤信力行在。不則非眞畏也。

畏字有實工夫。

小人不知天命節

知天知人。知其理也。程子發明主敬之學。曰天理二字。自家體貼

出來。蘇子瞻要打破程子敬字。正所謂不知天命而不畏也。看讀書居業二錄以後講學者便無了敬畏意思。不免犯此節條欵矣。

孔子曰生而知之者上也章

者字頓斷。上次名目亦只在氣質上說。坐定氣質上論纔分明。學困二種有工夫有究竟。第三段與下文原是一等中分成敗。故又與上兩段不同。

孔子曰君子有九思章

君子九思。固不是源頭上攏統一思。件件都了。亦不是無事時全然懵懂。直到臨時方件件思量也。蓋當其無事。既有講明涵養之功。及其事至。又有辨析詳審之力。此聖賢之學所以千萬無弊也。

事物未接時。正要件件思得。即所謂凡事豫則立也。至當下應付時。又要逐件思過。方能寡過。

九件須熟存于未事之先。而謹察于臨時之始。不是于九者中修籬補漏。作斷港絕流生計也。

九思合前後際。貫徹始終。

此思誠之學也。工夫在平素幾先。不單是臨崖勒轡。

九思若平昔不熟。臨時亦來不及。用不著。若當幾不提醒加謹。則向來工夫亦落空泛。不見有得力處。兩者交養並進。是用九思功候要訣。

此九者。君子平日無時不以此爲思。使義理純熟。則臨幾自然中道。然臨幾時。又須以此省察。兩者工夫闕一不得。看程子九思各專其一。此意自分明。或曰。臨崖勒馬。恐迫促不及事。生騎驢覓驢剜肉作瘡之病。曰。此正近世良知家惑誤之說。聖學定有此兩節工夫。未事前是統體工夫。猶戒慎恐懼之無時不然也。臨事時是專一工夫。即慎獨之審幾省察也。平時涵養純熟。臨幾又省察精明。這道理纔能實得諸己而不走作。良知家務直捷簡易。必欲併而爲一。反以此爲支離兩截。不知境候固有兩節。工夫無時不然。而於發動處尤加察耳。非別換一樣心思。則原自簡易直捷。未嘗支離兩截也。

九思之功。大在未事之前。若平日工夫未純熟。也須臨視聽時思明聽耳。

在視聽未交物。當體會明聽本然之理。及視聽方交。又當精察其蔽引之端。九思皆然。

陳子龍文 夫言與事將有以用之也云云 **評** 尋常語默閒便是言，行住坐卧處無非事。思忠思敬，只在當下，豈爲將有所用哉？言止說做著述，事止說做功業，越張大越陋仄矣。

上六件思是順用，下三件思是逆用。

九者次第，饒雙峯以視聽色貌言就自身說，事疑忿得就事上說。又云言與事對得，又就事上說。其說頗支離，不若上六件是内出之順而正者，下三件是外至之逆而危者，如此分看便的確。

此題拈身字，亦非要義。若說九者皆身所爲，則一部論語那一句離身說來？有做上六句題用身字扣題者，自以爲巧。予問事思敬如何說？曰：事必由身做。予笑曰：疑忿見得，又是他人做夢耶？或曰：其說有所本。予曰：何所本？有之，必是不通講章耳。

陳際泰文 爲惡之人，未嘗有思，則君子宜有思焉 **評** 惡人正自有惡思無思安能作惡但思不循理而循欲斯爲惡耳。

附此章文

君子善思之用各授之以則也夫君子之思固無所不致其愼也而操之則有要矣故詳列九思以爲愼思之法今夫處一身之至虛而運一身之至實蓋莫尊於思矣而洪範直夷之於五事之列而且繫其後此何說也未能善用其思則事事之中無思事事之中無思則事事之外有思矣故夷其列也能善用其思則事事之始有思事事之始有思則事事之成一思矣故繫其後也通之爲睿作之爲聖愼之惟君子乃有謂天下之思多而君子之思少者非也應感之變無方而遇於前者至一坐馳焉而旁落者出矣惟君子於至一之外無所增焉故少也抑有謂天下之思少而君子之思多者亦非也日用之迹甚近而盡其

量者至精率應焉而簡佚者衆矣惟君子於至精之内無不足焉故多也然則君子何時何事而不慎吾思也哉而要其大端則有九者其一在視視之體本明也心亡則不能辨物而亂色蔽之明失矣君子思去其所蔽則惟明其一在聽聽之體本聰也心蕩則不能審音而奸聲壅之聰失矣君子思去其所壅則惟聰由是著於容而有色色根於心者也思過剛過柔非色之德也必於溫由是徵於躬而有貌貌從乎心者也思近諂近瀆非貌之德也必於恭及乎聲相感而言出焉有聲以心者卽有不及聲以心者然而皆心之聲也於其所發思所存焉得而不忠及乎動相接而事彰焉有動以心者卽有不及動以心者然而皆心之動也於其所行思所守焉得而不敬凡此者以順用吾思者也而又有以逆用吾思者如疑者心之疚也恥於問則

疑終不釋。而非思問。則所疑先未盡出矣。忿者心之慝也。及於難。則忿終不懲。而非思難。則所忿卒未盡泯矣。至于見得。尤心之自出而爲緣者也。其流底於訟師者。其源操於取舍。思合於義。而後無苟得之患也哉。若此者。固非提獲於臨幾也。一物之交。思之各得其理。然涵泳於平昔者不深。則理中之曲折。皆吾思所未經閱歷之處。及乎臨幾。思雖欲入而圖功。已不識其從入之方矣。以九者合治乎其先。則理積於虛。無物而已備萬物之用。故知周常變而不窮。於以知靜存之所持。在異流爲絕慮之源者。君子正於此深致知之學也。又非力持於當境也。一務之末。思之必分其介。然省察於端倪者不豫。則介內之危微。皆吾思所最易忽略之區。及乎當境。思雖欲留而詳審。已不復有少留之暇矣。以九者分治乎其著。則介晰於隱細務而各極成務之全。故神明肆應而不亂。於以悟動見之所岐。在曲學爲朋從之擾者。君子正於此嚴謹獨之功也。

孔子曰見善如不及章

首節

兩見字補出眞知。方見兩如字直遂無疑之妙。所謂誠生於明也此等處人都略過。

隱居以求其志節

陳子龍文 生民之憂未息。帝王之業未興。以爲諸賢人君子。可以嚴氣正性。危言危行以救之。吾不敢信也。云云 **評** 只說民憂未息。王業未興。看此節便粗淺而偏。若論有救于世事。即上節亦不無補。志道二字甚大。不沾沾爲功名也。看孟子廣土衆民章其藴自見。伊尹處畎畝樂堯舜之道。所謂求志也。使終不遇湯。

其志豈有歎哉。聖賢固甚欲行道。然出處輕重一般。大行窮居並無加損。此節隱居行義二句平說。無側重行義句意。硬將必須用世意牽入夫子胸懷。已非通章本義。及所言用世品格作用。又都是漢唐下英豪風致。與聖人所思風馬牛也。

求志中不併達道看。則體用不全。志字易錯入二氏去。達道中不歸本求志。則本領不是。道字易錯入功利雜霸去。看出互根之理。每邊身分更自高深。

楊以任文三代以上。義與天道相權。三代而下。義與人倫相守。【評】義只是此義。即君臣也。無古今之分。【文】有必行之義矣。完必行之義。即完可達之道。【評】伊尹之所以幡然也。【文】有必不可行之義矣。守不可行之義。無傷可達之道。【評】孔孟程朱之所以終窮也。

或曰行義即對上隱居猶云出仕耳義字不重子謂隱居只是箇隱居雖君子不能異其稱若出仕則小人亦同惟君子之仕卻只爲行君臣之義耳故義字自重義指去就言道指德業言

後世仕宦先從行義便差起

三代後君臣合下起念便不是君臣之義

後世仕宦只講好官多錢耳亦間有功業卻不是道

齊景公有馬千駟章

首節

此章大意爲以異不以富說故以齊景對夷齊若爲論夷齊之節則齊景之擬非其倫矣餓於首陽只對有馬千駟言極言其貧富相去耳齊景之無稱不爲有千駟夷齊之至今稱亦不爲餓於首陽故此處夷齊之餓不專論死節也夷齊平生大節固不

出讓國死義。然此餓字却不爲此。若論其節義。則必及其死。不云餓矣。後人因誤看此書。遂有謂夷齊無死節之事。不過窮餓首陽耳。此又癡人前不得說夢也。凡書各章有本義。故其下語輕重各有故。不可一槩總說到盡。類如此。

因餓字下無死字。遂發幻忽之想。摹史家隱遁傳法。以不知所終爲結果。猶僊之必云尸解。佛之空棺隻履。以見詭異爲文戲也。遂有謂聖人必不死節死難者。此論極害道矣。生死窮通一也。聖人神於不死。曷不神於不窮乎。聖人可以餓隱。何不可以死隱乎。此不可與說夢也。

金聲文曰。到于今稱之。吾知夷齊生之日。死之日。必無有稱之者矣。**評**必不然之理。**文**曰。民稱之。吾知雖賢人。雖學士大夫。于今亦未必有大稱之者矣。**評**說壞了周家數百年閒名卿賢大夫。

看文文山黃冠歸鄉與方遜志叩頭乞哀之謗史策未能改正而稗野頗多表白其論未爲不有然要之此皆後世諂媚小人之過漢唐即未必然況周賢乎【文】使當日即稱夷齊依文牽義之儒者盡稱夷齊又何以見吾夷齊之異也哉【評】夷齊豈以無稱爲異哉文絕雄快然其論却太乖角皆因不曾見得聖人心事不奈一肚皮後世機權作用何此處信聖人不過便寫得聖人盡成私心惡業

陳亢問於伯魚曰子亦有異聞乎章

首節

陳亢以愛厚其子爲天理人情之必然聖人亦猶人耳不說異聞是私心反說異聞是公道不說得異聞極詭祕反說得異聞極光明所以開口便問意極宛轉而詞無支離一派駁狀從真誠

中來。若今人于已所不曉，不肯老實問人。一味偷餂祕訣，自負得計。似巧實拙。此又陳亢之所恥也。

對曰未也三節

對曰未也。又接嘗獨立云云。于無異中追求異處，于可異中究尋不出異處語脈宛然。

于無異中强尋出異來。却仍是無異。是伯魚不欺于禽語，亦是開示子禽語。但實演所聞，多將伯魚看成呆漢矣。

陳亢退而喜節

要其喜處。全在遠其子一件。詩禮不過是陪數耳。說三其實說一。

呂子評語正編卷十九終

呂子評語正編卷二十

論語陽貨第十七

陽貨欲見孔子章

首節

邵世茂文君子與小人有不相立之勢，而小人常附君子以爲重。

評佛氏以先儒爲伽藍，異學誣朱子爲合一，皆此術也。

謂孔子曰來節

兩曰不可，一曰諾吾將仕，聖人應接之妙，恰好只該如此。是解若不解，似許實不許，隨問隨答，神味雪淡中，見光明正大不惡而嚴之妙。

子曰性相近也章

此章論性習，是從人切近易明處言之，葢與孟子性善之説相表裏也。

歸有光文自其性而言之，有氣禀不齊之等，而未接乎事物無窮之變。評只在此處立說，方是此章言性。

韓子三品之說，在此處講便是。

剛柔之惡，亦是仁義偏勝耳。

遠近二字，原從品類不齊處生出，故曰相近相遠，所以不齊者氣質故也。若不論氣質，則非遠近之可言矣。程張朱子發明氣質之性，正從此得之。後人但依稀夾和耳。

氣質之說，始於張程，發明於朱子，於此章遠近之義至微。以之看虞書湯誥易傳中庸孟子，無不脗合無閒矣。後學不深究其理，惑於異端，反謂朱子分理氣爲二，不知論性不論氣不備，論氣不論性不明，二之則不是。原未嘗二也，須是兩邊說理方明備耳。主張異端者，謂氣質卽是性，此卽告子生之謂性，釋氏作用是性，陽明能視聽言動底便是性之說，大要以無善無惡爲本體，先已腹誹孟子矣。況程朱乎。最狂悖者，如盧格許諾，然詰之言曰：人性皆同，如人形皆同，人性不同，如人形不齊，卽其言論之，已有不齊之形，有皆同之形，非二形乎。夫形何以有不齊，氣質故也。格之言曰：孟子性善，理之本體也，孔子相近，理之盈虧也。卽其言論之，已分本體盈虧，非二理乎。夫理何以有盈虧，氣質故也。總之異學所最畏最惡者，只一理字耳。如盜之憎主，如諸侯之去害己，理字不滅，則觸處皆礙，故其所主者，離理之氣也。本心之學也。聖學所主者，統氣之理也，本天之學也。此邪正是非之分，讀書人於此等處須明辨之，不可兩邊混過。

書意本指近遠之故，重性不重習，習兼善惡，故曰相遠，皆習於善則反於天地之性矣。又豈止相近而已。勉人習善。是言外意。

習字正從形氣上生。

楊以任文　習不可已。聖人姑以性正其始焉。**評**　自不知性。反誣聖人。**文**　人與人相習于不得已之中。而性命之理達焉云云。**評**　性反從習見。習又出不得已。純是異端見識。總一箇性字道理不是下面一齊走作。其意不但以氣質之性爲支離。并義理兩字亦多。却畢竟無善無惡爲本體。極其至也。並性字亦强立之名依文生解。動成魔障。不若一棒一喝之爲無弊矣。如此看性字尚多在相近之云。不更支離乎。○習于善則善。習固有好者。然相遠之云。實爲習于惡者而言。蓋習于善之習。原與性一。不必言遠近。惟習惡者遠于善耳。孔子之言。欲其終相近耶。欲其終相遠耶。既曰相。則習善習惡皆在習。能復性。只說得一半。豈得混尊習字。將習惡之習。亦可復性耶。然良知家必強辨曰。習亦是無善無惡的。則吾不知之矣。

章世純【文】習可移性。而習之功大矣。【評】如何專說功。【文】天下之事皆不可以恃自然。其用自然者。獨禽獸耳。人則必有已事焉。不聽天地也。【評】禽獸亦有習相遠處。【文】性之所爲。終有所止。人功所益。其益無方。【評】性固無止。人止之耳。【文】詩書師友扶之以多物。將身不得以堅其質矣。久之以日月。將人不得以據吾故矣。【評】然則習又害性。何功之有。不知習于善則善。習于惡則惡。習非教術學問也。故有罪亦可有功。若專以教術學問言。而謂其功大。則當云性相近。習相一矣。豈得云遠哉。及至說來。又似有習而性失其故者。然則其以教術學問爲習者。乃正深惡教術學問。而終以無善無惡爲本體耳。【文】大較物之有性。亦從習來。

天地之氣習人，父母之氣習子，方始見氣，已在漸中，物孰爲獨化者哉。【艾千子】可歎聖人大道理，爲此小辨小說狗心鬼心破壞，據其說，非人自習壞也，乃天地父母生成如此習耳。昔李卓吾講學龍湖，有以子毆父見告者，卓吾大喜，贊其子曰：此子開千古未開之手。今如此講習，隨他打爺罵娘、淫嫂亂倫、做賊逞兇，都是天地父母生成，與人何干。不意大力與卓吾同道。【評】直是胡說，害道不淺。東鄉痛罵，亦惠後學不淺，非文人相輕之謂也。

【又章文】方其未習，皆性之所無；及其習之，皆性之所有。【評】習善豈性之所無哉，語亦有病。病總坐不信程張朱子之說，不肯去窮究其義，於所謂本然之性、氣質之性、兼氣質言之性，都不曾分明，焉得不胡亂爲文乎。

又章文小習存其身。詩書禮樂。多其數以輔進德行。大習存天下。化教勸率。廣其端以利濟生民。**評**此教也。非習也。若論大小則天下亦不大。一身亦不小。○習非教之謂也。天有運氣。地有方隅。物有異用。事有殊因。人習於善則善。習于惡則惡。而至於相遠。然後聖人立之教。教所以化其習。使復還于相近也。今以詩書禮樂化教勸率爲習。然則聖人之教。豈使人相遠者哉。

子之武城章

子游對曰昔者偃也聞

子游疑夫子笑其迂濶。故述夫子平日訓言以相質。見天下無不當教以禮樂之人。豈武城獨不必然耶。君子小人。猶大學自天子以至于庶人。盡人言耳。非以君子自任。以小人指武城人。亦不指絃武城之有君子小人也。

君子小人。都指受教人說。不是主教之君子。言一國一邑之中。必有君子焉。有小人焉。皆不可不學道耳。君子凡爲縉紳士大夫皆是。不必專邑宰。亦不必坐定現在有位。不然。竟是子游自命矣。

君子以位言。却是泛指教中之君子。

君子小人。以位言之。是恐人誤以德分君子小人。於理說不去。故註此八字。非指現在之位而言。蓋一國之人。後來非君子卽小人。皆不可不教以禮樂。方其學道時。未嘗分君子小人也。然其理。君子得之則愛人。小人得之則易使也。

君子之位不一等。小人性習亦不一等。皆不可不學道。

兩句須急連讀。合總看。要見得無人不當學道。無處不當以學道治之。以對牛刀之說。謂割雞亦當用牛刀耳。在夫子當時之理在分處。在子游此時引据意在併處。若但呆疏君子學道如何愛人。小人學道如何易使。失其意矣。

道字所該固廣。然此只是教民成俗上說。則以禮樂爲大。絃歌之聲。禮樂之教也。故學道只指禮樂爲是。

禮樂是此道字註脚。

禮樂是道之大者。因絃歌而發。故直指禮樂。要之禮樂便是徹上徹下事。有體有用。大無外。小無閒。俗儒先看得禮樂二字粗。止就禮樂貼映絃歌。不解從禮樂融貫道字。不但文字淺陋。幷集註受誚矣。

學道二字。空說者入虛玄而無把握。映絃歌者又失之拘細。豈學道只有樂律哉。其所以不肯帖禮樂講者。心目中原看得禮樂膚淺耳。可知不能體註。亦是不學道小人矣。

道該精粗內外。愛人該體用。

君子之學。得其大者。故愛人亦大。

後世吏治事功之卑。只緣分了道學儒林名臣循吏等傳耳。

凡謂三代不可復。即是不仁。其不仁也。由于不知道。

後世治術。總是上與下爭黠耳。

子曰二三子偃之言是也節

凡人之言。一番陳述。一番精明。一番舉示。一番闡發。雖字句不更而意思自別。窪陋愈出。或謂上節俱屬夫子之言。固未嘗有偃言也。然則古之賦詩贈答。又何嘗增減片詞。可得謂非當時一番說話耶。葢兩句固是夫子之言。而偃舉述來。謂武城亦不可不以學道治之。此所謂偃之言也。

金聲文夫子雖是偃言矣。而二三子者。其信夫子之所許也。終不如信夫子所自言。即偃言爲聞諸夫子。而其信夫子于往昔之言也。終不如其信夫子于現在。則今日牛刀之説。尚未有以解也。【評】疏明聖人不得不自解。白前言之戲之故。確然放過不得。前言戲之句。庸眼看之。止是找足上句白話耳。不知上句是印證學道之説。此句却消除牛刀句滲漏。各有指歸。

公山弗擾以費畔章

子曰夫召我者節

使夫子果往。必有一番設施。直繼文武之業。必不是半閒不界小結果下場也。其乎口氣是決辭。不是疑辭。朱子云。此與吳其爲沼乎語氣相類。

子張問仁於孔子章

五者所以存心之道。心存理得則仁矣。

心存理得。凡從事于仁者皆然。不獨此節。此節五者。乃子張所以存心對病藥方。於天下及不侮五句。乃其服法火候也。

韓菼文 仁者何。卽吾心之行者是已。**評** 仁理也。行者心也。如器之載物。器存物得。仁固無適不在。只心不存耳。**文** 論仁爲最初之懿。原無五者之名。不知五者仁之行焉者也。**評** 此心此理原只是一。**文** 論仁爲內足之良。亦不必求詳于天下之故。不知天下亦仁之行焉者也。**評** 講到心存理得。更無精粗外內之别。要知非是夫子說不出心存理得四字也。只爲心存兩字極難說。纔有一事一處之不然。便是心之不存。心不存。則理又何從而得乎。所以說五者。只是言事事行。非卽指五者爲仁也。說于天下。只是言處處行。非以徧及天下爲仁也。且不云行五者于天下爲仁矣。而曰能行五者於天下爲仁矣者。正見處處勘驗。事事用意也。須細心體出。若徒作心存理得論者。猶顢頇耳。

五者只是存心之目。雖皆出于仁。而不可謂之卽仁。又不可指之爲心。乃心與仁交接處。故心理二字都下不得。於天下。註謂無適不然。只是能行到純熟無間處。所謂心存也。俗解强分五者爲內。天下爲外。更屬粗疎。五者就子張所不足而言。所謂爲仁矣。亦自有分寸。如告樊遲司馬牛。皆從端倪指其極地。與全體須有別。

時文胡盧提在首句便錯。能行五者是存心之功。於天下則心存爲仁矣。方是理得。時文將五者作理。以仁作心。或以能行屬心。五者屬理。或以五者爲心。仁爲理。或以能行貼心存。于天下貼理得。盡是醉夢中[口弁]囈。

章世純文 其事專索之動。而不及于靜。**評** 心存處正主靜。**文** 然動乃與物相及。靜則相離也。【評】亂道。若靜相離。則動亦不及。

【金聲文】仁不可以一端盡。不可以萬有求也。【評】於天下正是萬有求。【文】天理之消長進退。必有以自達乎物。而外來之夷險通塞。亦不能無傷其中。【評】不是無傷。總由中出耳。【文】仁不可以矜持居也。然得是說而慢焉。豈若恭與。仁不可以濶略守也。然得是說而縛焉。豈若寬與。云云。【評】矜持原非恭。濶略原非寬。正希看得五者低。故如此說。看豈若字。皆是沒奈何下轉。不知聖人語却徹上徹下。【文】我不必求天下。而且可以操縱乎天下。我未嘗失天下。而即可以出入乎天下。【評】于天下言無適。不然。非指廣應也。且如其說。亦純是機權作用矣。

【又金文】張之學。亦非無志天下者。【評】天下二字便錯。【文】負高深之情。則見仁有天機。意非不陋五者以爲不必行也。【評】看非不二字。則原以狹陋五者爲高。但爲子張說法耳。【文】及一一執而求之。而疏漏之意。不過由元氣之淺薄。【評】總非是聖學。只說得佛性精魄耳。此處須明辨。千子以爲句句見血。便爲渠所瞞矣。【文】仁者雖斂其輝光。將與天下相忘于不相守之地。而有五者在。固不患無天下也。有能行五者在。亦不患有天下也。【評】都不是莫贊其高。不但天下二字誤。其言有無。卽異端之陋也。【文】乃知仁不必談光景。參倚亦有流弊。【評】公言却正落光景。吾儒參倚。指忠信篤敬焉有流弊。【文】性命之不通。血脈可通。道德之可假。精神不假。【評】講精神血脈。便不是其所視仁字。則佛性也。天下則恒河沙塵界也。能行則普度功德也。五者則小乘名義也。于聖人所言風馬牛不相及。而千子以爲如五穀之必可以療饑藥石之必可以治病。甚矣。知言之難也。

五者只有數目。未說名義。子張便不得不問。子張意中只有一仁。聞夫子說有五者。不知仁外又有五者。抑五者之即仁。子張又不得不問。

能行中有積累圓滿之功。

末五句。纔見能行盡頭工夫。到此自有此應。爲仁須于此試驗。火候與天下歸仁邦家無怨一例。正鞭辟入裏不是鋪張于天下局面也。

又金文　欲任天下。先爲天下任。功及天下。必自我有功云云。艾千子　古之聖賢皆帝王將相也。其見于六經與平居師弟之問答。皆如此。世人乃以酸秀才語代之耳。評　信之人任。敏之有功。亦隨地可驗。自天子至庶人。自日用飲食至平成天地皆然。不必說到任天下功天下也。文有講極粗事物。而其理極精者。亦有爲玄微之言。而仍極粗者。其精粗皆于道理之切不切爲分。若此文之粗。乃眞粗。正原評所謂縱說得大漢話。終不脫酸秀才氣者也。千子之云。徒見其酸耳。

子曰由也女聞六言六蔽矣乎章

好仁不好學節

陳際泰文 除暴者。爲其格吾仁之行也。不好學者昧此。於是搏噬之害人。奸回之傷化者。相與保而藏焉。其意本以仁物。不知適以殘之。**評** 近世此害頗甚。寧可一路哭以徇一家笑。人且美其愛民。不知其罪浮于貪酷也。要之其意亦本非仁物。只圖自己順利耳。**文** 愛身者。爲其先吾仁之本也。不好學者昧此。於是疏遠之無關。頂踵之無復者。相與捐而殉焉。其意本以仁身。不知適以喪之。**評** 不知春秋大義。有死節而悖天者矣。**文** 不好學以明其則。則昔人所爲安全中正之理。將甚其事而行之。古人何以安寧。而我何以煩苦也。愚亦甚矣。評愚在理上斷。不在利害上斷。

子曰小子何莫學夫詩章

論詩可以興以下。不得粘連學字。似也。然雖指詩之益人如此。不學如何見得。所謂不得粘連者。爲題目截去首句。則作文須見手法耳。非謂詩可以興七句道理中著學字不得也。

學詩有潛移默奪之妙。不是以事合經。死死印板。

詩可以興四節

興觀羣怨。是人心。可以。是詩之理。兩層看乃透。

邇之事父節

邇遠包括事誼甚全。事父事君。舉其大者。

二句就倫理中舉其大者而言。邇遠二字櫽括甚富。

邇遠二字內。倫類無所不包。兩之字指點甚活。不拈煞君父。

邇遠就人說。不是詩中有遠邇。

子謂伯魚曰女爲周南召南矣乎章

爲字只照註自明。必欲自立解。與學字不同。自說不去。

陳際泰文云云。**評**面牆。言面前一步行不去也。爲二南便行得去。爲其切于身家日用也。如大士所云。不過備聞昭代典故與帝王事業。爲之有何關切。不爲亦何至面牆。

正牆面指至近之地。一物不見。一步難行。故二南之當爲。從切近道理說。不用恢張弘濶。

子曰禮云禮云章

玉帛鐘鼓。如何不是禮樂。如何便是禮樂。乎哉二字。有其所以然自袁黄葛寅亮等倡不通講說以爲不可增出敬和二字始而含糊影響繼則索性以狐禪悖聖學矣萬曆末年至天啓文字之謬亂皆由此種說數開之一時俱以註中字樣爲戒敢直提二字入論自于子與大士諸先生始其功不可沒也近時此種說數又駸駸行矣

玉帛鐘鼓總指禮樂之末節所該者廣非專指此四物也

玉帛亦不專指往來應酬

子曰道聽而塗說章

道聽塗說不但病其口快爲他只當一場說話說過全不去存蓄體會使實有于心而行于身耳然其所聽所說原是正經道理故曰德之棄若今之講師承襲邪學更且道聽塗說此又不當引棄字律當引上章賊字律矣要其輕狂躁妄之狀則賊棄如

一。

黃淳耀文 天下之可容人說者少矣。**評** 此意過高。却是禪。聖人無此意。**文** 語雖會心。經演說則浸失其旨。故有聖人之言。賢人述之而可議者。爲其害志也。**評** 皆經歷體驗之言。只語助輕重閒。便相去萬里。**文** 理雖衆著。經裁擇則恒苦無多。故有聖人之言。賢人聞之而不信者。貴其獨見也。**評** 此却是陽明雖孔子之言不敢信意。便是本心之邪教。便不知天命而侮聖言。**文** 今之學者吾見之矣。記醜而博。言大而夸。其意儼然自命爲聞人。其弊隱然流濫于末學。一言以破之則曰道聽而塗說也。道塗之閒。豈有學問哉。**評** 近日講學君子。試體驗其言。莫便道時文講學不得。

子曰鄙夫可與事君也與哉章

國家當覆亡之運，不必生奇奸大惡，但所用無非鄙夫，便足令神州陸沉，羣生塗炭。一時爲君子者，受鄙夫之牢籠，或取其幹才，或信其小節，或因依門第世講，遂不惜爲之援引。此輩得志，但知爲身家禄位，其黠者兼爲交遊，則譽望尤重，不知其爲交遊正爲其身家禄位久遠計，未嘗一念及君國天下也，只看一箇與字，便具千古朋黨傳論在内。

吾生所見士大夫傳授做官祕訣與門戸聲氣作用，大都被此章包括。

自曆昌啓禎來，甲科新進，必贄謁其前輩，拜求巧宦之訣，衣鉢相傳，曠劫不滅。

首節

鄙夫不是猥葸闒茸一流，正有機權作用。

黄淳耀文今天下有鄙夫焉其人口不言富貴而取富貴之術甚精云云評王衍殷浩不出此語文吾不知其底裏而誤以爲有品不察其佞邪而誤以爲有用則必與之事君矣評此兩見識差處甚多而誤以爲有用之弊尤多皆由自家好講作用起

其未得之也節

爲必得之算工求得之之術是患得之不是患不得之

鄙夫之心止知有得而已其所以患失者只被既得之三字逼成耳迴思得之前有多少辛苦遥想得之後有多少受用只一既字中鄙夫之肺肝聲態盡露

得之則得之耳何以云既既者願已償也既者意復變也計又深也燈燈相傳帕帕密授此一宗何時滅絕耶

苟患失之節

鄙夫必到甘爲弑逆。亦是事勢不得不然。其原只消一箇鄙字。

子曰惡紫之奪朱也章

並存雜奏便奪。故可惡之甚。

金聲文 君子順天地之撰。而存陰陽之理。則純雜清濁之分致或可以並行不悖而不必深苛。而無如其相克。又無如其倒置也。

評 見處定從此出。紫必奪朱。鄭必亂雅。不必待相克倒置而後惡也。利口不覆邦家。亦可存乎。天地間。陰陽人獸善惡邪正事物本自並生。此天地之道也。然陰必賊陽。獸必害人。惡與邪必傷善與正。若無聖人裁成扶抑于其間。則天地亦息矣。此所以曰三才。今謂天地本一視。聖人生殺好惡。多事擾亂。是有天地而無人。亦且胥人類而歸于禽獸也。二氏之說。總不出此。故最怕分別。喜自然。學者反以其說爲高。則人理幾滅矣。

子曰予欲無言章

此與無隱章最易錯解入異端去。聖人因學者徒以言語求此理。而不直體之身心。故發此以警之。非謂道本虛無。有不可說者在也。

註云與前無隱章相發。則所謂天理流行之實。只在無行不與處。此是夫子言前言後言內言外。欲言欲無言不欲無言大宗旨也。

程子語上蔡。爾等在此只是學某言語。故心口不相應。盍行之。問如何。曰且靜坐。便是此旨。無行不與。聖人只要人實下手。反身自得耳。若謂言則有盡。無言則無窮。是反引向高處。不是指向實處。聖學高處正在實處也。此一鍼錯走不得。

陳子龍文 聖人不有所可見。無以表天下之正。聖人不有所不測。

無以示天下之深。【評】聖人不測，卽在可見裏。如此說則有兩術。而聖人之可見不測者皆淺陋甚矣。【文】道之在人，隱而彌耀，使夫萬物莫窺其際，而物卒不能遁之。【評】都成詭幻。求一言之幾于理而不可得。打破大意，只要二氏以虛無之本體行霸詐之事功。乃爲聖人之道，豈其然乎。

首節

無言下一欲字，則夫子非無言也。正要人實得其所以言耳。若作擎拳竪拂觀，眞野狐精矣。

聖人正欲人從言中實得耳。

此與不立文字法門大別，不得援儒入墨。

子曰天何言哉節

此節卽是無行不與註脚耳。一時一物，無非天理，則一動一靜，無非聖道。若作四時百物以行生述天。便是錯鑄。

極可笑者以天何言二句夫子自比。而以四時百物比小子之述。不知天有天之行生。夫子有夫子之行生。小子有小子之行生。都不待言也。若必待言說。則行生非天乎。

時行物生。是天之日用平常現前可見處。一動一靜。是道之日用平常現前可見處。直指箇實在道理如此。以時物儗小子固非。即謂表暴自家亦非也。

金聲文云云。評時行物生。皆上天之載。流行于迹象者。兩句一體無分配義。亦無層次義。文偏于時行側出物生。以時帖孔子。物帖小子。豈行者天。而生非天耶。抑行者精而生者粗耶。禪學怪支離。却正病支離。畢竟理上欠精細也。

四時百物。是實在明著者。

兩焉字。是歷舉不盡之詞。

行焉不是行四時。是天理流行之實。

四時百物。不可謂卽天也。亦不可謂非天也。是另有箇天在。却又無處非天。聖人只要於此識得耳。

此節是聖人脫口說出。纔知聖人實落與天一般。時行物生。學者正要就此體認至理。不是聖人卽舉天而言也。若徒作當下指點語。便攙入木犀香裏去矣。

天何言哉節。明白顯易言之。正是破端木之見。一作棒喝機鋒。混入木犀香裏。益增其惑耳。

首尾一樣句。却自一虛一實。首句虛。方生出中二句。末句緊接中二句。正點實首句。

首末二句。人皆看做一樣話頭。不知首句從不言何述轉出。止說

天固無言末句緊承時物二句說正見其所以無言也

此節最易近禪程子所謂彌近理而愈失眞者在此只寫得天理流行活潑潑地不知已攙入那裏去也要知禪家指點只要觸處識得此心聖人舉示正見隨在是此實理只在辭氣輕重抑揚之間便易差去故是極難

行焉生焉緊與何言哉相應惟其行生所以無言全是指示實地非更無可說也無可說便不得不說程子破邪七語歷然矣

宰我問三年之喪章

子曰食夫稻節

俞嘉言文凡今之欲短喪者皆不能久澹于衣食者也而文之以禮樂之壞崩評此語直刺人心普天下營營誰不爾耶

宰我出節

子生三年然後免於父母之懷。只爲宰予吝惜此三年。故即以三年立說耳。昊天罔極。豈有年之可計耶。即用子矛刺子盾。予即善辭。能無驚塞。

子曰飽食終日章

不有者乎。虛字也。然口氣中有譏誚。有責備。有愧激。

子曰唯女子與小人章

此只說女子小人難養處。而主者養之之道。即在言下可知。近之遠之。有許多病痛在。有許多義理在。

女子小人。非獨其性質難化也。彼實有學問傳頭作用派頭。使人主出他手不得。漢唐之末。足以觀矣。讀灼中志。更有甚焉者。獨怪時皆英君。身受嬖妾之害。而即位也。復以嬖妾自戕。親定宦寺之難。而其後也。仍用宦寺致亂。豈非難養之明驗與。

女子小人之禍。至魏客爲烈矣。讀灼中志。略見内庭立法。原有未盡善處。後來并舊制盡蔑悖之。天下事安得不壞。歷朝宰執無不爲司禮監私人。相公拜太監。𡚁伴執侍生帖。到門即易門生帖進矣。至朋黨排訐。各爭其所私内監。堂堂士大夫反爲女子小人所養。且爲女子小人所歎以爲難養也。豈不可恥之甚哉

呂子評語正編卷二十終

呂子評語正編卷二十一

論語微子第十八

微子去之章

首節

黃淳耀文使父師曰我其行遯王子敢不狥國耶少師曰我不受敗王子敢不效死耶**評**此未必然三仁各自心安理得微子合下便該去豈得因人行止耶**文**微子之去去殷耳非奔周也奔周是以國外市矣**評**卽奔周亦非市國周之代殷亦仁也以仁歸仁何市國之有

微子之去夷齊就養是仁人歸仁人武王伐紂以至仁誅至不仁皆天理內事其趨一也一者仁也後世之取天下爲之謀者皆人欲內事不仁也今人每以不仁之心術議論古仁人之所爲

宜其悖也。能將仁字看透。微子心事。自然光明正大。非末世通逆附叛賣國降臣所得而藉口也。

孔子曰殷有三仁焉節

三臣之事。可曰忠曰義。何以名之曰仁。子文之忠。文子之清。子路之可使治賦。冉求之可使爲宰。公西華之可使與賓客言。夫子皆不輕以仁字許之。何於三人而即稱之曰仁。此中煞有至論。是從殷看出三人之仁。非稱三人之仁而係之殷也。須知武王之事亦仁也。而三仁爲殷宗。其仁却合如此。故曰殷有三仁。三仁非仇武王者也。後世以詐力取天下。則不止宗親之當仇也。凡攀附與苟免。皆不仁也。殷不得不亡。周不得不王。三仁又更無別法可做。與武王心事光明如一。此即伯夷叔齊與太公武王並行不悖之理。皆仁也。

齊景公待孔子章

以季孟問待孔子，尊隆之至矣。豈昏耗之主所能乎？只此語固知其全無心肝，但作一番好看説話耳。

齊人歸女樂章

章世純文：魯可以爲，莫若定公之時。齊晉皆爲季世，而三家亦憂於其臣，外無大國之虞，而内之慢者亦有窮而思返之計。評：此論甚明，可見聖人見行可處。

女樂歸定公，則受之者定公也，而特書季桓子，孔子之得政也以桓子，其去也以桓子。魯之不足以有爲，桓子之不足與有爲也。從季桓子本質習氣看透，不足與有爲根源，都在受之中流露。令孔子自然留身不住，不是受字做得人情，正是季桓子三字判得盡絶，方見魯論書法發明。

長沮桀溺耦而耕章

長沮曰夫執輿者爲誰節

是知津矣將一是字換却魯之孔某是耳中極熟心中極厭直露彼哉彼哉之意看下文桀溺之言深規切勸則知長沮猶是也但沮明知孔子規之無益勸之徒勞故下此截斷衆流句有照有用是長沮絕妙機鋒若徒作兀傲語失其意矣

問於桀溺節

且而與其從避人之士也且而下微讀斷此是子路半生行徑在纔轉出與其也字來似商量似計較似點醒似詰問似痛惜似譏笑口角神情宛然生動

子路行以告節

天下有道丘不與易也此二句緊對滔滔者天下皆是而誰與易

之二句作轉駁，言易者正欲以道易無道耳。天下有道，更易箇甚？非謂天下有道，則我可不任其事而高隱也。聖人遇有道天下，正大有爲，但無須變易耳。

聖人易天下之心，即天心也。直立在用舍行藏之外，不在時勢，不在一身出處，亦不在做得成做不成上發意。當時沮溺一流，總不見得此理，不能有得此心，遂成一種議論，流爲後代二氏心腸學術。聖人此言，正所以破沮溺見識之差。後惟孔明不逆睹成敗利鈍，而以漢賊不兩立，王業不偏安，必盡死爲之，猶得洙泗心傳，程子所以稱有儒者氣象也。

子路從而後章

首節

子見夫子乎？子路意中只有一夫子。至丈人之不曾識夫子，子路倘未及想到子路口中，亦只有一夫子。至夫子爲人之通稱，子路亦不暇計及，須見他一種急迫情形唐突口氣。

田夫野老相呼爾汝而已，非唯不識夫子爲何人，並不識夫子是何稱。孰爲二字，意想茫然。子路之問，使丈人應答不來，丈人此對，亦令子路開口不得。

止子路宿節

不曰二子見，而曰見其二子，正是丈人學問，亦是丈人作用。

逸民章

【金聲文】或出於世，或入於世，能不爲世縛焉，則逸。【評】世豈有出入？此是和尚語。然和尚亦終不能出，涅槃圓寂，只在世間耳。【文】置夷齊於聲色君友之間，將受世徽纆而難自由也；驅惠連於浮沉上下之外，將籠絡於世而難籠世也。【評】夷齊不降辱爲義，非出世也。柳下亦無寵世及惡世寵意。【文】涉世而弗攖應世之心。應世而並無可應之世，何必夷齊諸逸也。【評】却不是孔子贊語。即夷齊以下諸人之逸，亦俱在名教節義中。見夷齊耶，見孔子耶。正希以出世爲逸，宜其隔壁矣。泰伯何以不稱逸民，則知仲之逸，初不以遜國也。玩下隱居放言一段自見。註云不合於先王之法者多矣，此正是他逸處。然清而不汚，權而適宜，此正是他逸之善處。

周公謂魯公曰君子不施其親章

親自不當施，不施適得親親之宜。周公垂訓，豈不如董子之正誼明道乎。正爲後世制治，純是計較利害，故封建之道廢，而親親之本亡。一部宗藩典禮事例，皆賊仁傷恩之術耳。一從此意發源，即毫不是周公心口也。

陳際泰文 大臣非與君懸絶者也。**評** 此義自秦至後世，不明不行矣。誰謂於此得之。**文** 列國因大臣失職之故，至於相輕以窺其虚實。**評** 此是功利計較，聖人不論此，只道理自行不得。

故舊不必定是功臣。

魯公受命分封，與開創得天下者不同。其所謂故舊，即親賢之世好者耳。若主功臣立說，是後世情事，非當時本義也。

不棄，有不棄之情，有不棄之法。

不是定要用故舊，亦不是一槩庇徇故舊。無大故三字，自見分明。

自漢以後，開國者必有殺戮功臣之禍，緣他都以詐力得天下。當在草昧，君臣未定，未嘗不欲爲所爲，但以材力相屈耳。既得天下，平生詐力底裏，可以欺天下，而不可以欺故人，其中固杌棿；而爲功臣者，又輒恃其故眦睢怨望，後生新進，更以諂阿相形激以利害動人主，此殺戮之所必至也。欲銷此禍，須王者知義理。王者安從知，必須儒者開導。儒者胸中皆自私自利之心，又安能開導王者哉。閱洪武間功臣諸案，未嘗不歎惜朱楓林之早死，而潛溪伯溫諸公不深明聖人之道也。

無求備一人，與器使有別。器使言人無不可用，無求備言用人當盡其長而舍其短，不得混看。

呂子評語卷二十一終

呂子評語正編卷二十二

論語子張第十九

子張曰執德不弘章

執德在體道有得上看，信道在尊聞上看。

子夏之門人問交於子張章

二說皆原於聖人，只從意見生偏耳。

尹和靖於二說單主子夏，註意則交疵而並取，亦是分看道理。如此若論子張辨駁子夏，實有病處。

子張原只闢拒字。

子張只不然子夏之拒，不不然子夏之與，故尊賢容衆，嘉善矜不能，雖平說，而意重容衆矜不能一邊。

大賢兼善說，不賢兼衆與不能說。

如之何之義有三受拒不暇無暇拒人一也人自遠我無勞我拒二也即令拒人人亦不恨三也今之立品非眞而好讀絕交論者亦曾於此一叅看否

子夏曰雖小道章

陳際泰文道術之分也有大道又有小道焉評小道是自古來所必有必需者非因道術分而有也文小道絕無可觀者固絕之使不得興小道絕有可觀者亦絕之使不並進評小道只指農圃醫卜百家衆技之屬故曰必有可觀君子不爲因是君子所志之道大一務於此則精神分而識趣陋是以致遠恐泥不爲只是君子自己不爲非絕之使人皆不爲也故朱子謂小道皆用於世而不可無者其始固皆聖人之作各有一事一物之理焉是以必有可觀今將小道盡情抹摋謂君子絕之使不興於

世是說做邪道左道，非小道也。或問黄勉齋云：小道安知非指楊墨佛老之類？曰：小道合聖人之道而小者也，異端違聖人之道而異者也。小者可施於近，異端不可以頃刻施彼之無父無君，又何待致遠而後不通哉？觀此條，則知是文之謬矣。致遠只講帝王治道，亦坐小見識。孔孟終身不行道，豈所致不遠耶。

子夏曰日知其所亡章

時說多以知能分上下界，非也。知字與無忘對，所無與所能對，未有者爲所無，既有者爲所能，所無中亦有知有能，所能中亦兼知兼能。朱子云：知與無忘檢校之謂，故知字非知行之知，能字亦非知能分說之能也。

知字與無忘對，非知能之知也。故朱子謂知與無忘檢校之謂，只是覺得未有底多則其好可知若謂日日知得幾何便與能字對矣。

知字與無忘字對不與能字對朱子謂知與無忘檢校之謂如此看方形容得好字出日新不失意包裹言下故列之圈外書理本自如此初無難解然嘗舉以語人都笑不信也

附日知其所亡二句文

推内求之心有無時不自驗者焉蓋所亡所能亦因人心為得失者耳日知而月無忘焉豈猶有優游之候歟今夫時積而日日積而月日月積而終身焉固無人不行乎其中也顧聖賢之日月嘗多而恒人之日月嘗少非獨少也為吾所得有之日月少也抑聖賢之日月過速而恒人之日月過遲非獨遲也為吾所不覺之日月遲也夫來者不相期而吾所需者不與之俱來去

者不相待而吾所留者忽與之俱去於是乎聖賢之視日月愈多而愈速此其心如將見之何則理之賦於生初者罔弗全也然必我生之後一一取而體之於身而此理始爲我歸則雖道成無乎不具非有加也雖天亶必多未明已爲滅也故不言有而言亡亡固不足諱也第既亡矣欲一一而體之則固日有其未得而必當得者焉是所亡也不寧惟是聖人之所亡在器數賢人之所亡在神明恒人之所亡在覩記所亡一也而其所亡不一矣其所亡不一而能知其所亡仍一也特無如昧昧者之不見一亡也又無如昧昧者之僅見一亡也不見一亡者拒於中僅見一亡者諉諸外也且亡亦何定之有我願自此奢焉則亡從生矣我願自此止焉則亡從息矣今夫人有嗜欲之物必謀之未至而後悟其亡也亦必積之愈多愈覺有歉焉而後悟

其亡也。不然者。數年從事。一朝或悟其無聞。寧獨非知其所亡者哉。惜也。吾不知數年之間。其所謂一朝者何限也。今果有人焉。如是曰知其所亡。知所亡則必爲其所能矣。然而未可恃也。何則。功之期於始業者罔弗力也。然必敬業以往。一一集而守之於中。而此功始爲我受。則雖博極羣理無餘量。未敢慶也。雖堅守成轍無餘謀。未敢少也。故又不慮亡而慮能。能亦不足多也。夫既能矣。欲一一而守之。則固月有其已得而又有繼得者焉。是所能也。不寧惟是。恒人之所能在服習。賢人之所能在艱鉅。聖人之所能在神奇。所能同也。而其所能不同矣。其所能不同。而欲無忘其所能。仍同也。特無如倀倀者之不執一能也。卒無如倀倀者之不保一能也。不執一能者圖未獲。不保一能者喪已成也。且能亦何幸之有。昔之所無。爲今之所有。則後之無者進矣。今之所有，復爲後之所無，則昔之無者又至矣。今夫人有藝事之末，必習成自然，而後信其能也，亦必釋茲在茲，左宜右有焉，而後信其能也。不然者，適時捷獲，畢生遂守茲弗失，寧獨非無忘其所能者哉。惜也吾不知畢生之內，其所謂適時者何許也。今果有人焉，又如是月無忘其所能。

子夏曰博學而篤志章

四件缺一不得。

心與仁交關處，致知與心與仁交關處，須分明。知與心，心與仁，界晝得分明，則貫通處纔的。若不曾分明，而但求合一，則一塲籠統矣。

須得朱子此未嘗有求仁意，因此得彼之義。

四件只說致知之事，而仁在其中。註中心不外馳二句，是講出所以在中之義。非子夏語中所有。若云治心求心。是要存心而如是非如是而心存。於理顛倒矣。蓋心字是四件與仁交接過渡處說在一邊。不得謂四件是存心。旣謬謂心存卽仁。亦非也。

心不外馳。與所存自熟。有兩義在。人但以心存混過。雖有存字。脫却下一句矣。不知心存非所存也。

未及力行爲仁。言爲仁尚欠一半工夫。非此四件絶然與仁無干。子夏忽然摸著鼻孔也。

知及之仁能守之。原是一事。不能守。雖得必失。然不知及。又守箇甚。知是此心之明。仁是心之純熟處。道理合一。故致知而仁在其中。未及力行而爲仁。但謂工夫尚少一半耳。非謂致知屬外而仁向內也。致知正是內裏事。惟與說將致知看成騖外。故於致知二字中。差排入一艮字。以便割去外面一切。却正是分內外爲二。不知離外之內。非眞內也。故謂知行之理一則可。若知行工夫。畢竟有二。畢竟知先行後。但知乃所以行。行處又生知。此所謂雙輪並進耳。

子夏曰百工居肆以成其事章

註中二說。一重在學字。一重在道字。玩白文以致二字。用力只在學字。故尹氏說次后。

註中二說相須。一重居肆爲學。一重成事致道。輕重讀來自見。講說有云。成字致字內。便包得後說。不煩蛇足。此不知二五之爲十耳。重講成致。即是後說。何云包也。前說是用功之專。後說是志道之盡。但聖賢教人於用功處較多。故前說爲急耳。

問學如何以致其道。曰學只是一。一故專。專故能至也。且如坐如尸。立如齋。只有一箇尸。一箇齋。專而事之。道安往矣。今有多讀書而益背道者。讀踞轉鼓琴。則吾踞轉亦可矣。跛倚臨祭。則吾跛倚亦可矣。是則讀書反生紛雜。學適以背道耳。然究言之。則終不是學也。故註雖云二義相須。而終是患在不學之意多。

若要摒當一切。非學不可得。

子夏曰君子有三變章

聖人豈常有變哉。然必如此作意剖析看來。活畫出一箇聖人全相。如孟子分别性命。朱子分别理氣。正惟拆得清楚。故合得渾成耳。

望之三句。若形容不出者然。

變在三句轉換處。不在各句分截處。

變在學者眼中。不在孔子意中。故其變都重望即聽言。不重儼然溫厲。然而儼然溫厲全體。聖人渾然不動安然不覺之妙自見。

儼然溫厲，逐層生出，却仍是囫圇不變聖人。

動容周旋中禮，盛德之至。張子十年學箇恭而安不成，正爲此也。然其徹上徹下工夫，只在一部小學，今人都不講此，一坐一立便已不是，慢易之心生於中，怠惰之容見於外，又安望其能中禮也。幼時不曾做得，筋骸肌膚，廢委日久，長來雖有意爲之，更覺費力，故朱子又有以敬補小學之說，纔能主敬，則此心在腔子裏，動止語默，必有可觀，但主敬到純熟時，便是恭而安境界也。

子夏曰君子信而後勞其民章

此言君子信於上下爲亟，非爲勞諫避厲謗之術也。當其未見信而事勢所至，君子亦必須勞諫，但君子始終以誠意感孚爲主，勞諫其從之者耳。

此信字謂誠意相孚浹合上下兩邊說。單貼一面不得。亦是平日前一節事。止在臨時商量作用不得。卽平時與民相信。不止在勞與君相信。不止在諫。將信字粘定勞諫不得。若謂要勞與諫而先信。卽是機權術數。亦如此說不得。

只是權用之意充滿胸中。信字根株早斷。

信謂上下交孚。不專指上以信動下也。信而後勞。謂平日交孚而後可以使之。非謂勞之以信也。

信不是信此勞之事。

信字卽在向來勞前勞後體恤固結。講來亦甚明愷。第不知第一次勞民作何擺布耳。須知信字所指。該括平日他事用心至誠孚浹處。無不是。不沾沾於勞上求信也。

金聲文 上不敢輕勞其民。所以善勞其民也。評 不用如此說。纔如此說便有病。竟入權術作用矣。

信而後諫。第在而後兩字著精神。寫來都是覬望鉤致之術耳。今人每主譎諷而咎犯顏。都是惜死詐忠心事流露。何曾眞求諫道乎。看得一信字確切。便別有身分。不同苟且。

須見信處眞有朴實本領。非有奇術也。

黃淳耀文 人臣盛飾入朝。而制於宫府之遥。隔於晉接之曠。則心事不可以指天而明。**評** 三代後君臣一倫幾廢。雖有如無。病源在此。

子游曰子夏之門人小子章

陳際泰文 天下之理。可分大小。不得已可分淺深。而終不得分本末。**評** 物有本末。但不得平截做兩件耳。**文** 本末之說。惟人之所命焉。而其事將有所移。何也。自大人言之。於大學見大節踐大義焉。如是者務本也。洒掃之類，可取而該也。自小子言之，於小學見小節踐小義焉。如是者務本也。齊治之類，可漸而達也。

評　卽可該可達而言，則本末分矣。且以見小節踐小義爲務本，却說不去。務本本字，與此本字又不同。本末二字，從木得名，本卽根也，末卽枝也。根之與枝，確然有分，但只是一木，不可竟作兩物看。程子後四條意只如此，非本末不可分也。故朱子於註後特辨末卽是本、學末而本便在此之非，正恐人誤解，失程子語意耳。今文正犯其所辨，猶以爲說本程子，眞癡人說夢也。末指小學儀節，本指正心誠意，亦以儀文事物對道理德性而言，非謂小子之事、大人之事皆本也。在小子，則洒掃應對進退原是末，而精義入神、貫通所以然便是本。在大人，則齊治平皆是末，而正心誠意以修身乃是本。故註但引誠正而不及齊治平。今以小子之洒掃應對進退亦算本而大人則以齊治平爲本則背反末爲本矣其謬却從務本二字生來務本之本對旁流外鶩而言此本末即就事理精粗形上形下者言不可混也

陳子龍文 聖人之道大而難名自聖人既沒而其弟子及世之學者或好其旨趣之宗或好其度數之節二者交譏而終莫之定至於數千百年其流益深而卒不能合者自然之勢聖人之所不得已也 評 此後世自立門戸分宗旨非從聖教來正學者之罪豈聖人流弊哉 文 子游之爲學也清虛簡直蓋近乎聖人之道也子夏之爲學也詳盡篤實蓋近乎聖人之教也 評 道教一也豈道主本而教主末哉祇自舉宗門教門大意宣較一番與言卜兩家說話毫無交涉聖人之道本末不相離子游譏子夏末則盡矣尚未窮其本子夏謂本末並貫除是聖人能然學者

須是先後有序。子游未嘗譏子夏之末爲非。而欲其專務本體。子夏亦未嘗謂子游之本入空虛。而必以末爲敎也。蓋兩家之所謂本末。固同是聖人之道。若大樽所云。則本末竟成兩樣道理矣。其所謂本。卽異學也。其所謂末。卽俗學也。異學俗學。都與聖學沒交涉。彼根源差謬。非從聖門之本末流散而成也。○聖人沒。遭戰國之亂。暴秦之灾。至敎已無存者。止子夏子貢子張之門人。流傳經說餘緖。然多假托傅會。不可考矣。至宋程朱諸子出。而聖道復明。本末具在。直接不傳之微言。非子夏等之所得與也。子游當時無所傳。亦無門人著述。豈得以淸虛冥悟之學誣之哉。

子夏聞之曰噫言游過矣節

此節白文君子之道九句。曲折最多。極難理會。朱子自謂於同安寓亦無事體貼出來註最宜玩味。畧加轉側不得。上三句只是體用一致。教不可錯意。若因先後二字。先著教未嘗無先後。便侵了下二句。再轉云道所當先後者先後之。而君子初無傳倦之心。便侵了焉可誣二句。葢序不可紊。是下六句意。此處不宜侵占也。

註中明指本末。則兩孰字卽言本末。是急應上抑末二句語。紛紛向君子之心受教人立說者皆誤也。

兩孰字卽指本末言。錯會向人身上。語意便易混難明。遂將道字看作心字。欲避下反侵下矣。孰字看得眞。則道字自實。

艾千子有始有卒。與聖人下學上達相照。評下學上達。又別是話頭。非有始有卒之謂。

子夏曰仕而優則學章

仕與學原非兩件。然理則一理，事有二事，但盡分則主一而兩者交爲用矣。

此題費周折，都爲上一句恐生語病耳。春秋時原有仕而不學一流，有學而不肯仕一流，子夏此論，葢爲救正而發。

先要晝開是兩項人，方先是各盡本分內事，一著交纏，便墮牽合之弊。

兩句文法雖同，須分別看乃佳。下句而字重，則字緩，與上句正相反。兩優字亦別，上優易，下優難。如此方見聖賢內重外輕，窮達一致之理。

只爲如今人開蒙上學頭一日立心便錯，讀書不過作好官耳。此錯直錯到老死曠劫，不但無人品事功，直無讀書種矣。無惑乎異端以讀書爲事理障也。

陳子龍文夫仕者既不學而不學之人又出而欲仕此天下之大懼也評看來眞好笑文一人居蓬戸之中不求聞達於世正使曠然不學亦復無傷於人評無不傷人之理和尚道士自肆山巷金溪姚江私傳書院然已生心害政豈必得時在位而後禍世哉文吾論仕之須學也若人飲食然雖優而不可去矣學之須仕也猶人擔荷然不優而不可爲矣云云評側重學字於理亦無礙且多切中後儒隱病之言於學者不爲無補第隱居求志行義達道聖賢於兩者不分粗細此太看得仕粗耳

曾子曰吾聞諸夫子人未有自致者也章

金聲文致之義大矣而亦有異焉其前必有所因其後必有所爲若乃非有因也非有爲也則蓋有所謂自致焉者評本義重致字如此重自字却隔一層而致字亦僅作用情用字看矣致字

卽孟子自盡盡字。孟子句原本此。非推與及人之謂致也。自者本心之眞。致者天理之極。二字分開不得。然自字猶易。致字爲難。聖賢教人却重在致字。只看親喪非大逆不道人。誰不哀其親者。此自字猶易也。至盡親喪之禮而致其哀這却是致之難。葢自字本心。致字本天也。喪致乎哀而止。然哀之分數不同。哀戚屬以至路人萬物。皆哀也。然不是哀之盡處。故曰必也親喪。若側重自字。則乍見孺子入井。又何嘗有因有爲。然却不可以此當自致也。此文亦只是得力於本心之學。這上面更不推求耳。

此句不是歎人情之薄僞。要之人理本如是。到親喪纔是盡。以下親親仁民愛物。從此一路推去。沒一件不是自心。却都靠這盡處起分數。便是一篇西銘道理。

曾子曰吾聞諸夫子孟莊子之孝也章

提出獻子之賢。方見不改之爲孝。非獻子之賢。則不改正有可商。非謂凡執政子孫必當不改。熙豐紹述。天子且不可。曹丕司馬昭蔡攸諸臣。豈得以不改爲孝乎。其他可能能守。指旁人後人之比儗莊子者。非謂莊子之能。且其他與不改。莊子並不分重輕取舍。夫子論渠孝行之中。以此爲最。人所尤難及耳。非謂莊子不以他能事親。而但專志於不改也。

孟氏使陽膚爲士師章

道箇上失其道四字。曾子胸中早有一副王者作爲救民要道在。無處設施。說來沒用。只好對士師講士師。對此時孟氏士師講此時孟氏士師話耳。要之道雖不行。此一點心却是隆汚不易

上失其道則雖情眞罪當要非民之過也上使之不得不然耳今旣不能復上之道而又不得不盡民之情思及此則哀矜勿喜有惻然心痛者矣

陳際泰文爲士師者索而得其情因索而得其致情之情卽不得虧主之法而曲宥之亦何心儆民之情而自功之也哉**評**不得虧主之法而曲宥此義正有商量近世假慈悲眞保祿位立視其死者却不在此例

殺人多者爲忠平反多者爲罪俗吏視祿位重則人命自輕求免一家哭不得不使一路哭豈必周興嗣來俊臣方爲屠伯乎于公之高大門閭王公之使相官職自信得過處只不爲俗吏耳詐忠巧宦俗吏之甚者可不三復於斯

子貢曰君子之過也章

過字須先看得好日月不得不食可知君子之過原與常人不同

故可見可仰葢其本心先迥然也

以交食比君子之過極精日月自行常度本無差失但所遇入交度而爲食不得不然耳所謂更亦食過卽復圓非更改其本體行度也君子之過其本體光明無疵亦如日月第爲所遇事勢之難或有不合常度者君子亦不得不然然又不自諱其過故人皆見之及其更也君子亦非於心體有悔厲變易也但處之得宜中權合道故人皆仰之四句中有許多義理若但取不諱其過大意便粗淺無當

顔子有不善未嘗不知知之未嘗復行可見改過由於知過彼貳過文過皆不知者也而不知又由於不爲己克己爲己克己則惟恐不聞其過矣君子之過易改緣其立心處便不同故其爲

過原微而反求又極虛明故見幾更早。

衞公孫朝問於子貢曰仲尼焉學章

此章有本文正義有轉語旁義有推論餘義。公孫問仲尼何所師學。子貢答以無所師學。本義也。答無所師學而及無非師學。旁義也。學者因此言可以見聖人之生知而無所不學如此。又餘義也。

一章要害在末二句。末二句要害在常師字。餘皆鱗甲也。

首節

人謂公孫即太宰黨人之見非也。太宰黨人驚其博耳。公孫是尋問其從授焉學。謂何所師學。故子貢答以焉不學。又斷以何常師。則公孫正問常師也。

子貢曰文武之道節

子貢正意，祇是天下無足當聖人之師，且學耳。文武云云，正是立說之妙。

評家謂此題論學非論道，學道俱講粗淺一邊，然何故論學非論道，何故學道俱講粗淺一邊，吃此一駁，未有不口塞矣。蓋通章但論孔子之師，故論學非論道，孔子本無師，文武之道以下數句，是子貢倒跌語，故學道俱講粗淺一邊也。

論者謂不宜重道字，宜重學字，似也。然吾見其不懂等耳。須知此學字，非力學之學，乃從學之學，即師字也。焉學是問何所師，文武云云，正子貢妙於立說，極言其無師耳。焉學焉不學，轉語甚巧，何常師句，乃直答之也。今要重學字，輒竭力推崇夫子之學如何，是僅以學字换却道字，於義何別乎。

人謂此章不宜重道字，宜重學字，似也。乃其所謂學者，謂夫子實是無所不學。如太宰黨人所稱者。如其言。則道字如何不宜重乎。只爲此章學字。是從學之學。非爲學之學。但看一箇焉字自明。焉學問何所所師。焉不學言無非師。焉學即常師。故畣言那有常師耳。學即師也。非夫子之學也。故道字不重者。只爲此道字指昭代典故。若云。除非此等。孔子也須問人耳。若學字看煞孔子身上。則道字亦相連而重矣。

或曰。看煞在學字。也是示聖人敏求。疑亦無惡於理。曰。此章是評論聖人。須見得聖人全體。全體見。則敏求意未嘗不在。自此章至陳亢。皆論者低看了孔子。而子貢辨之。是極推尊語。公孫問仲尼何師。子貢以爲夫子有師。則天下有高於孔子者矣。堯舜以來相承之道。非大小賢不賢之可分。孔子自得之。無師也。若夫文武之謨訓功烈禮樂文章。則人人皆其師矣。又豈得謂之師哉。此是子貢反跌文法，無師正意在言外。朱子特地將道字註出，正爲焉不學之學，非聖人全體之學。故文武之道，亦非聖人全體之道也。今若將學字說煞聖人本事，則道字之註反說不去。欲就註看低道字，則聖人之學止說做博聞廣記收羅纂輯一家，其低又出公孫所問下矣。故余以謂文武之道以下七句，宜虛看，不宜實講，學字宜就師字看，不宜作聖學實講。

此處文武離道字單稱不得，猶道字離文武單稱不得也。

惟道字粘定文武，故曰謨訓功烈禮樂文章；惟文武粘定此道字，故與堯舜禹湯無涉。饒雙峰陳定宇不識朱子之指，支離誤人，故余謂看大全須分別，其法只以本註爲主。

遵傳註莫患乎知其當然而不知其所以然，終於可遵可畔，無一定不易之理。此異端與訓詁同歸於無得也。如此章道字，獨註作謨訓功烈禮樂文章。人皆知之矣。然試問堯舜以來相傳之道。夫子獨不學乎。論道體不容分大小賢不賢矣。然道兼精粗上下。獨不可以之分大小賢不賢乎。文武之道。即堯舜之道。列聖道統傳文武。文武道統傳孔子。豈堯舜列聖之道皆止於謨烈禮文。而孔子之得統專在斯乎。抑列聖之道更有別傳乎。此陋儒定以爲疑者也。然則道之詁爲謨烈禮文。亦朱子之見如此而非不可易也。生薑樹上生也。只得依他說耳。以此爲遵畔乎不畔乎。蓋此章文武之道四字。全要低看。公孫問仲尼何師而爲仲尼。子貢謂仲尼無須師。無可師。列聖大道。天縱之所固有也。若仲尼要由師而得者。除非是典故名物之類。如文武之道。亦須問人。然則人人可爲仲尼之師。究竟何常師之有。文武之道。猶云國朝典故名物。四字拆開不得。如此看便分明。愈見朱註之不可易矣。今文先要擡高文武之道，大意已失，種種俗病，由此而生。雖硬差排幾箇謨訓功烈禮樂文章字面以妝點道字，曾何當於傳註哉。

賢不賢無大懸殊，大小總只在禮樂功烈典謨文章上說，賢不賢總只在職司傳守師承記誌上說。不可以大爲道德性命，以大爲道德性命，則賢不賢懸絶矣。

謂學不必有常師，亦非也。凡學必當有常師，但孔子無有耳。

附此章文

聖無所學，故無不學，即王道而益信其無師也。夫天下安有足爲孔子師者，無可師，斯無不學耳。即文武之道觀之，賢與不賢皆學之矣，豈皆孔子之師哉。嘗謂士師賢，賢師聖，師至聖人止矣。

聖無可師則反師衆人蓋衆人之學聖人者極其至而聖人之學衆人者盡其餘也何也聖人之道有統同者有散殊者其統同者雖生乎千世之下與千世之上之聖人若函丈間者此非學之所能幾也天也若其散殊者雖神靈天亶之聖人不得不由於學當其盛也以聖人學聖人在未分之時者也當其衰也以聖人學衆人在既分之後者也至既分之後則其爲學也倍難而聖人若以爲無難則人也而天矣周之聖人文武當其盛孔子當其衰文武以聖人學聖人其傳之也一家其議之也一堂故天下弟見有文武之道而不復見文武之學孔子以聖人學衆人其收之也甚勤其得之也甚博故天下共見有孔子之學而不能見孔子之師此公孫朝之所以疑也曰仲尼焉學夫仲尼則豈有所學而爲仲尼者哉仲尼而猶學也其惟文武之

道乎或曰仲尼而學文武之道則必得文武其人焉師之然後可則是文武必不可作仲尼將一無所學而道亦竟墜於地耶而非也道之統同者仲尼之所求必文武文武之所求亦必仲尼文武仲尼而外無一得而與也此不墜於地而亦不在人者也道之散殊者文武之所求不必仲尼仲尼之所求不必文武文武仲尼而外無一不得而與也此未墜於地而在人者也人之中有其賢者道之中有其大者禮樂刑政之屬王朝之不能守者列國之名卿時明其意故府之遺老或見其全賢者而後識其大與識大而後爲賢者與而總之賢者則識其大者而已人之中有其不賢者道之中有其小者名物度數之微有司之失其傳者一技之精良工猶守其法一器之用草野或辨其名不賢者而後識其小與識小而後爲不賢者與而總之不賢者

呂子評語卷二十二　論語

則識其小者而已賢者不賢者莫非人也大者小者莫非道也文武之道豈不至今存哉然而識大者學大識小者學小識大者不學小識小者不學大故賢者師賢不賢者師不賢賢者不師不賢不賢者不師賢文武之道其墜於地耶其不墜於地耶幾幾乎不可知也故曰未也惟我夫子於賢者得其大焉於不賢者得其小焉而後我周一代之典章燦然明備於萬世然則文武之道之不墜不賴有夫子之學夫子之無不學不又其有賢不賢之識哉乃究未嘗有賢者曰孔子吾之弟子也不賢者曰孔子吾之弟子也吾徒習見其事亦未嘗敢曰吾師亦嘗師之云者何也聖人之取於人者無不盡而人之裨於聖人者無可加也故以爲學豈惟文武蓋實學於賢不賢以爲師豈惟賢不賢蓋未嘗師於文武以爲學文武之道不足盡其學以爲師

賢不賢之識皆可以當其師夫子焉不學而亦何常師之有

叔孫武叔語大夫於朝曰子貢賢於仲尼章

首節

武叔意中是毁仲尼非贊子貢也若一味鋪張子貢則失主意矣

子服景伯以告子貢二節

此不是及肩數仞絜量高低但分箇易見難見耳若硬取賜與夫子比較便覿面千里只在窺見人身上著眼便爲得解

墻之高卑只以喻難見易見非以墻之高卑較聖賢分量也宗廟之美百官之富與室家之好都在宮裏分别不關墻事人講此二節無不以墻之尺寸爭聖賢分量誤也惟其宫有不同故墻有高卑之殊耳誤在宫墻二字混看須提出宫字與墻字拆説其理始明下文不得其門等語俱透而對付武叔訶詆其無知

意無不朗然矣

數仞非止說墻高也只說遮卻裏面耳正惟裏面如此所以外面如此

不得其門而入此不是較量入門只是說不見耳道个門便須有宗廟百官在道个入門便須有見宗廟百官在止在門內著想不在得入者身上著想直至得其門者句方說到得入者身上

陳子禽謂子貢曰子爲恭也章

夫子之不可及也節

不可及不可升不止爲庸人至賢知便到一間之顏子同聖之夷惠尹皆在仰觀之列

呂子評語正編卷二十二終

呂子評語正編卷二十三

論語堯曰第二十

堯日咨爾舜章

此章原無以中字統貫之義，自不通講章造之，迂陋者遵之以行文，後遂著爲不刊之典，故講章之毒爲最烈。

【黄淳耀文】中天以還，天下之聚散凡三變矣。欲知繼三王而起者，有盛隆可奏之機，當知冠百王而興者，有先後一揆之理。【評】是則有此理，可惜三代後不曾有行之者。【文】蓋帝王之所不及言者，史冊載之；史策之所不及載者，人心留之也。【評】此理畢竟殄滅不得。【文】神靈協應，智勇爭之而不能爭，論者終不敢謂符貺之所示。【評】符瑞非儒者之言，三代後無道之夸張，自秦人始也。讀此章，可知從來正統之說，朱子所謂不妨架漏千年者是也。綱目凡例所以發明有統無統大書細書或予或奪之義已盡之矣但自綱目以後又自有一番變局當自有一番變例惜朱子不及論此耳然能精熟綱目之文執凡例之義權之衡之量之度之其義亦可知也

周有大賚節

金聲文　周之未入商也豈無善人周豈能一一大發帑以爲恩哉評　周未入商則自富有一一之善人入商則富天下之善人豈以商財私周人哉文　至是而後有大賚之名也皆商家物但藉周手於周何與焉評　至此亦幷不是商物矣蓋湯武之有天下公也後世之取天下私也以私視則周爲周物商爲商物以公視則此非商物乃堯舜禹湯相傳之物幷非堯舜禹湯乃所謂天祿之天物也此一章正講帝王大中至公之道故凡從興亡感慨

發論者、卽成大錯、文當其時。爲商謀者、急自散財於戡黎觀兵之日。則善良蒙休、固自可以一時惠澤、留天命而却義兵。評十子云、亦未必能挽回、但說得好聽。維斗云、亦後世急著、皆非也。亦以後世眼孔看古聖人、自然信不及耳。後世取天下者以詐力。守天下者亦以詐力。故兵臨城下。而講收拾人心之術、毋無濟於事。以其力竭也。然尚有挽回者、若湯武之征誅、以德不以力。紂果能散財任賢、未有不可挽回之理。非如後世詐力相敵便有不可中止之勢也。但紂必不能爲、亦自古必無之事耳。

謹權量節

謹權量等。是王者從天命民心起見。爲撥亂反治之本。不得專主易姓收拾人心立說。將聖人都看做後世權詐心術也。使武王生於商室。其行政亦須如此。豈必開國有此規模耶。余最不喜新天子及收拾人心之說。

四方句。謂四方之政由是無不次第舉行。是就上三句推廣言之。不是三者正而政自然奉行也。

四方政行。固不但行上三項。然亦就上項推廣至盡耳。蓋商失其政。雖政在四方。而廢阻不行者多矣。武王謹之審之脩之。於是四方廢阻不行之政。皆一一無所不舉行焉。行字原指四方之政。非謂四方服從而奉事武王也。

權量三事。固即四方之政。然四方之政。却三事括不盡。故上三句舉其大凡。下一句包羅一切。猶云如此等類皆舉行也。若俗解將政行另講。做奉行順化者固非。然泥定四方之政。只行此三事。遂將末句略過。亦未爲得也

行焉不是流行。言政無不舉耳。

四方之政行焉。不是張皇之詞。

講此節者。不是誣罔武王於鼎革之際。用收拾人心權術。即是侈張奉行新政之速。以頌其勳業之盛大。失論語載以終篇之旨。須知武王兢兢於四方之政。乃帝王相傳以來道統心法。如是羅文止文謂四方之政行。而武乃始無過於百姓。得指歸矣。

興滅國節

興滅繼絶。而天下歸心。是天理人心相感通。一定之義。

興滅國繼絶世舉逸民。武王只知理合如此而爲之。天下之民亦只爲其理合如此而歸之。其相感通。皆天理也。若武王爲要天下歸心。又惟恐其不歸。而曲體以要結之。便都是私心權術。不可語帝王之道矣。

極可鄙者。專主改革立論。謂惟恐天下懷舊。而以此收拾人心。如莽操之徵聘封爵作用。純是篡賊肺腸。豈聖王心事乎。

此節最患以後世取天下私心。揣摩三代聖人情事。自行篡逼。而曰舜禹之事。吾知之矣。後世讀書談道者。大約在這肺腸上裝飾耳。遂敢於誣謗聖人而不顧。蓋其本心先失也。

天下之民歸心焉。須識出聖人作用處。原是一乾父坤母。

四方上下。往古來今。只是此心此理相見。

帝王經營處置天下。未嘗不在人情物理之內。此古今之所同也。只是起念原頭一公一私處。三代與後世迥然不同。故聖人相傳一中字。會論結以寬信敏公。自堯舜至湯武。一也。或曰謂武王無利天下之心。吾終不信。不知此一點信不及之心。正是三代後隱微深痼之疾。中根已久。故自難拔。無怪其然。要識三代帝王處置天下原頭。只看一篇西銘自得。

所重民食喪祭節

陳際泰文異端之入也。乘其虛氣。衣食以全其生。喪祭以崇其本。即邪說何自投其耳目之隙。而操其福利之權。**評**迂而無理。佛教之入中國。皆在漢唐富盛之時。非食喪祭不足而致也。因理義之教衰。人心皆自私自利。佛遂乘人心之虛而入耳。

寬則得衆節

陳子龍文帝王者。善審天下人情之所在。而有以致之。**評**義亦無他。只如此來便成私心權術。而寬信敏公之本皆僞妄矣。

子張問於孔子曰何如斯可以從政矣章

子張曰何謂惠而不費節

後世人主。無非自私自利心腸。即有限田勸農輕賦節用者。也只是喻於自利。未嘗眞實爲民起念也。此便是漢唐與三代判然必不可合處。便是三代之道。漢唐以後必不能行處。故因民之所利而利之。若先從因字著想在民字前一層講作用。便落漢唐甲裏。卽使黃金與土同價。要非三代之所謂利也。須先將民之所利四字。看得親切。直向盤古鴻荒。看到三代聖人心事一片。因而利之四字。方見天開地闢功用。

若說君子自然無爲。不是闒茸。便是黃老淸淨家法矣。幾忘却章首有政字在因字利之字。正見君子經畧處。田疇樹畜。士女蒸嘗。纔是王政之利絶大本領。

因民之利。時文止說得後賢理財政事。不則索性跳過。到上古無爲去。須是三代聖人之政之美。是孔子胸中平成手段。方不辜負會論結末主意。

擇只是減塑法。

擇只是於可勞之事。刪之又刪。至於不可刪者。乃眞可勞之事也若謂不可遽勞。却是待字義。非擇矣。然充其說亦自通。因字是有一分之利。便不失却一分。擇字是省得一箇人。便不多遣一箇人。然亦尚是口頭應付語。郡守縣令。終日坐衙。而東作西成。全然不曉。更說甚所利。利之差一隷人勾當一事。便擾害不中窾。更說甚可勞。勞之也。

陳際泰文 取民者。美政之所不能已也。欲之既仁。得之又仁。此而謂貪。必無求於民乃可。**評** 添一取字。則欲字便落功利。便非仁矣。**楊子常** 朱子治己治人一理之說。亦自見到。若聞此必不入改註矣。**評** 朱子謂仁是我所固有。而我得之。何貪之有。若是外物。欲之則爲貪。門人問於問政及之何也。曰治己治人。其理一也。正因門人之問淺陋。將人與政分作精粗內外看。故云耳。豈謂治人便是取民哉。帝王仁天下。從精一執中至時雍咸若。皆仁也。漢武帝云。吾欲云云。汲黯曰。陛下内多欲而外施仁義。奈何欲效唐虞三代之治乎。此卽所謂欲而貪也。只爲他内多欲故雖欲效唐虞三代之治。都成其爲貪。不算欲仁也。帝王仁政教養漸摩。禮樂刑政。何一非仁。豈止取民貨財爲政乎。若止以取民講欲。正朱子所謂欲外物矣。其根本已爲貪。何仁之有哉作者既墮此病。評者復從而附和之。反有譏訶朱子之詞。殆不自知其不通。而胡説叛道。學者當深以爲戒也。

此仁字當在神化廣大處言。

無敢慢與儼然人畏。人但知對驕猛。便寫作兩截矣。須是只說泰威之美。

衆寡小大。只是一驕便見。

無敢慢，而後衆寡小大之分各正，非抹煞衆寡小大也。三無字一樣，不得前兩無字虚，後無字實，後無字統上兩無字。泰與不驕，兩面説，原只圓得一箇。

而不驕三字，正説泰之美，原從泰字生出。無衆寡三句，人看來止講得不驕，不知句句是泰字中道理境象。

金聲文有輕天下之心者，不願其身爲梏，故怠荒之朝，以慢爲樂。**評**不但朝政、學術、人品皆壞在此箇根苗。

正衣冠，尊瞻視，不徒在形色上求。

陳際泰文云云。**評**他説天下另有一種威而不猛者，必無此理。他人纔威便犯猛，纔不猛便無威，此外更無妙術。必君子正尊人畏，方可當此，但所謂正尊，正有工夫在耳。且此是平説從政之美，未便到恭己垂裳、無爲自化處。

子曰不知命章

首節

天即理也。命即天理之當然也。知理之當然。一切生死禍福成敗利鈍。一齊放下。面前只有我所當爲之事在。更有何商量夾帶。故可以爲君子。佛氏以因果報應勸人。袁黃竊其旨。造爲功過格。謂足以改命。乃所謂不知命也。

命字深求者多入莊周瞿曇邪路。淺見則又落三命通會星平會海。及袁黃功過感應等鄙魔。世人說知命。大約不出此境。

陳子龍文 是非者。君子與小人分焉者也。而禍福者。君子與小人共焉者也。評 二語透徹。足破羣惑。文 命既莫能易。我何用詳其莫易乎。但通其大略。而知其不必憂也。命雖至不通。我安可同其不通乎。但識其無據。而知其不足論也。評 此却是知有不盡。

疑團自存。我之當爲君子。命之固然也。爲君子而有死生禍福之不同。亦命之適然。不可辭也。信命不及。則氣有不直。力有不足。而道有不盡者矣。故無以爲君子。知命者。知其莫能易。至不通之皆命所當然也。若姑置不論。通其大略。便是栲栳大疑團。正是不知命耳。

同一進退。而知命之進退又别。

命無定而知有定。知命故能立命。

章世純文棄命者無主。恃命太重者無志。評知命正須辨此二弊。

不知言節

知言在當下。而功在平時。

呂子評語正編卷二十三終

呂子評語正編卷二十四

楚郘後學雙亭氏車鼎豐編次

孟子梁惠王上

孟子見梁惠王章

孔子多說仁。孟子提出義字。正爲戰國功利之說淪浹人心。與今日講禪悅。講良知。講經濟者相似。推其極。只一自私自利之害。纔說利。便不義。不義便不仁。此是古今人獸邪正之關也。

利之根源。原從仁中生出。凡貪嗜繫戀之私。皆仁之過惡也。告子以食色爲性。故曰仁內義外。釋氏之慈悲普度生死事大老氏之長生。內外權術家之事功經濟。皆自以爲仁。而不知有義。然後可以成仁。不知義。則其所爲仁皆利也。非仁也。孟子於孔門得仁字之傳。其平生得力在體貼出一義字。爲七篇宗旨。此章首尾仁義全提。而中單舉義字。正此理也。以仁字闢利爲從治。以義字闢利爲正治。此是古今學術關頭。

首三節

歸有光文云云。評文之本領甚大。如仁義之原出於天。仁義之固有徵於情。其學本於孔子。其道極於堯舜。利之惑人。未嘗無小小得利。而禍害更大。王霸理欲之分。正孟子全書好辨之故。此等處不是小小見識。他人說王道。便不著天德。講心性。便不合治功矣。

此是孟子一生出處學問大關係。若止作一篇國策遊說文字。先犯不見諸侯條例。爲孟子罪人矣。

王曰何以利吾國二節

陳際泰文仁義者。借以利天下之具也。而亦人主利一身之具。評爲利而言仁義。則失其大旨矣。借字尤可怪。是以爲外鑠也【文】善利天下。與善利一身者。視天下之所爭而謹祕之云云。【評】仁義固自利。然以此立說。則立心原從利起。其爲仁義皆利。做來只成五霸假之。仁義之眞源絕矣。故必先除却言利之邪心。後方轉出仁義本自利來。其說乃無弊。如大學亦必說破外本內末財散民聚本旨。後方轉出以義爲利以財發身之理。若此作說來。却從利上計較出仁義之便益。非孟子之道也。

陳卧子謂先王制度爲一人獨据其利不得而設。以此分殺其害。如此說。則先王純從利字計較出來。仁義之敎皆成假飾。而利反爲本旨。此正功利之說。與無善惡言性之淵源。如何認賊作子。此等皆大害道之論。不可不知。

未有仁而遺其親者也節

不遺親後君。此是從士庶人看。要到士庶人不遺親後君。須從王始。王曰仁義而已矣。大夫曰仁義而已矣。乃至士庶人曰仁義而已矣。而後見不遺親後君之效。故仁義二字一頓。其中煞有次第工夫。次第景象在。

仁義從王至庶人。仁義之效從庶人至王。

上文要撇斷利字。見利之不利。此却要講究利字。見不利之利。非言利者所比。

上節言利之不利。以應王何必曰句。此節言仁義之利。以應亦有仁義句。不是泛說感應。仁義二字。是言人主躬行實得而無求利之心。當頓跌得重。不是空說道理。

不遺親後君。見仁義不但利。并能去言利之不利。其利無比。

王亦曰仁義而已矣節

陳子龍文言仁義猶愈于言利也。孟子知惠王非行仁義者。亦曰庶幾言之而已。評仁義非實行不可得。孟子所至。惟望人主行之耳。豈徒言之已哉。章中六箇曰字極有意。惠王開口便說个利字。其心浸淫于利者深矣。孟子先攻其邪心。非但止其勿言也。仁義之實在政。孟子開口便欲行王政。於齊於梁於滕於宋。無不然者。若僅曰言之而已。則言利何害。言仁義何益哉。

孟子見梁惠王王立於沼上章

首節

顧鴻鴈麋鹿。顧字正從不欲顧不敢顧中看出。曰字緊接顧字來。顧之正將以有言也。賢者亦有句。正是顧字神情。王之諱。王之愧。俱從此中看出。呆說他玩物喪志。失之遠矣。

孟子曰賢者而後樂此節

賢者二字。接口鄭重。而後樂此。從梁王心窩中作轉語。宛宛曲曲。當時諷誘深情。與好勇貨色等用處一例。

詩云經始靈臺節

通節意只要趕出末二句耳。文王以民力爲臺爲沼。當重發以爲意。跌起而字一轉。著力都在此處民歡樂之。乃是未盡語。直趕到麀鹿魚鼈句方住。

梁惠王曰寡人之於國也章

首節

河東凶亦然。亦然二字。是梁王屢驗良方。簡便討策。若重新將河内措置覆述一遍。便不是梁王口角矣。

不違農時節

時在農。不違責在君。穀自本足。盡心只在不違耳。

樽節愛養之源在君心。法制未備。先清君心。自是至理。

當法制未備時。即樽節愛養。亦未有政令規條。但人君清心寡欲以開其源。不爲民物之害。則天地自然之利始出。然後可議法制耳。

典言始即資生資始意。言王道盡于此也。下節不過廣上意耳。養生送死。一部周禮盡之。如以此節爲始事。下節爲終事。雞豚狗彘。始不當畜耶。評此論不然。一部周禮。豳居允荒時。尚未有此精詳也。雞豚狗彘。始固已畜。然看五母雞二母彘。即是文王養老之政。豈文王前不曾畜耶。即五母二母纖悉精詳處。正是王道盡頭。若任人家多畜者侵利。不畜少畜者少養。便不是王道矣。故謂王道之成。究不離始事。加詳則可。謂王道盡於此則不可。

或謂三者是民生日用至大至急之事。王道不離乎此。不違不入卽法制中農政及虞衡之令典。非止法制未備事也。始字卽萬物資始始字之義。統貫王道。正宜重講。不知三者雖重。然出天地自然。雖無王者。民生亦自能取給。不違不入。固亦是法制。然其教易施。雖無王者。如霸者富强之政。亦能及此。王者之妙。全在井田學較等法制。霸者富强。無其心。不得其道。故不能爲。卽天地亦各有分限而不能爲。惟王者參贊化育。上下與天地同流。乃能爲之。此之謂王道。故此三者雖極重大。然只可謂王道之始也。

不是行王政後。不消此三節。亦不是此三節中無王政。蓋法制備後。此三節道理已無所不盡。不必更說。在法制未備時。此三節爲至急。隨時隨地可行。若無此。則下面王政亦無從施設矣。須看註中天地自然四字。見儒者經世原頭。與功利作用家同行異本。

王政只在自然中幹補耳。下面王道之成。也只在這上面加精詳。

五畝之宅節

上文不違以時不入。不是無王政。但就天地自然上節宣。雖功利之治亦能及之。若此節則直是王者自爲制造。非天地之所能爲。中庸所謂盡人物之性而參贊化育者也。然究非王者鑿撰也。只就上節不到處。曲成輔相。若無王者。則天地亦無可如何耳。看後世漢唐宋以來。非無賢君治世。然只在上節中運用。到王政便不能行。陋儒反謂井田封建學校之制。必不能復古也只爲世間無參天地之人。胸中并無此見識榜樣。輒道漢唐以下所爲。便是王政。豈不謬哉。

宅牆餘地。欲盡其利。故必有樹。凡木可樹。惟重本務。故樹必桑。鑿定樹桑。此是王政本務。若止說盡地利。則凡木皆可樹矣。

孟子一生經濟實用。盡在農政。分田制祿。爲仁政根本。

孟子時民困已極。故其告君論政。只重在制產足民。而教學明倫雖定說到。亦只舉大略。其全書皆然。不獨此節也。

謹庠序之教二句。論者重在謹申二字。是也。然謹申之實。在教義二字。孟子時王教衰絕。雖立庠序。而道德難一。故教須謹。庠序中孰不教孝弟。然其義未易明信。故義須申。申者反覆丁寧。使紬繹其指歸之所在也。時文脫漏義字。止說申孝弟。疎矣。

當井制成時。家塾黨庠州序國學。一時都定。到井法壞。連學制亦壞。故游士橫。異端出。孟子下箇謹字。不特見庠序久廢。即有庠。序。教術已亂。亦難爲理。如孟子勸滕行王政。而許行之流即至此可驗也。

狗彘食人食節

養民制法之道。上文已説盡。此直打破後壁。抉出不盡心眞情。令無躲閃處耳。無罪歲中。若補勸行仁正意。便成支離叠架。

梁惠王曰寡人願安承教章

仲尼曰始作俑者節

歸有光文 禮之作。至中古而備。亦至中古而壞。方其衣薪舉纍之初。掩骼埋胔而已。葬埋不已。而至于用器。用器不已。而至于爲俑。是則世變之巧。繁文日勝。有以深發聖人不忍之心。而取其見惡之實矣。**評** 然則聖人將殫殘禮法。返之太古以爲治耶。聖人之惡。單就不仁上起見。不爲憎機巧。而追返太樸。亦單就俑而言。不推論喪禮原始。以葬埋明器爲世變繁文也。此是老莊家言晉人得之以亂大道者，不可入聖賢文字。

梁惠王曰晉國天下莫强焉章

首節

及寡人之身，身字只作時字意，猶諺云到我手裏也。東敗于齊三段，只寫得一恥字耳，要見得可恥之事不一而足，四顧皆是。

王欲施仁政于民節

省薄二字，正對陷溺其民者，講救民急政，惠王亦陷溺之屬也。

陳際泰文云云。艾千子：省刑薄斂，當時救急之政，故特言之耳。勸教勤學，禮賢任能，王者大道理也。罪躬責己，弔死問孤，則霸者亦有之，救急之政，比王者大道理先一著，粗一著，比霸者所有，則又專似句踐輩耳。評：此二句便是王者徹上徹下徹始徹終本事，如何只輕置，别尋補許多條目，總坐看得此二句粗淺，以勸教罪躬等作用爲精深也。不知此等作用正粗淺，豈特罪躬責己弔死問孤爲霸者事，卽勸教勤學禮賢任能，亦不當王者大道理。千子謂省薄爲當時救急之政，也是一流見識耳。

數赦非盛世之典，捐租亦黄老之治。數赦養奸，必有重法，捐租難繼，必有横征。省之薄之，只是得其平耳。

暇日卽從上省薄耕耨看出，别無暇日。壯者卽是省薄耕耨之壯者，别無壯者。修孝弟忠信卽是壯者之孝弟忠信，别無孝弟忠信，須說得聖賢經濟平平地。

其孝弟忠信也，特修之耳。

事父兄事長上，到此始知事，可知向來事不是事。

爲要注到制梃撻秦楚，節節逼露此意，此竟是文種商鞅生聚訓

練之策脫却仁政字母矣故最忌有國策氣

孟子見梁襄王章

歸有光文大賢三答時君之問不外乎天下之大勢與得天下之大機也云云**評**是理不是勢是本不是機**艾千子**此文畢竟像高光不似唐虞三代以對戰國時君言耳**評**所以不定與嗜殺之弊對戰國時言可也將定一不嗜殺事理爲戰國以後之言豈孟子之旨乎或曰定于一句只好虛就勢上說以留下不嗜殺地不然先侵占說盡梁襄不須問矣曰不侵占只要不說破所以定一之故其定一之規模氣象三代與秦漢後煞是不同今止說得秦漢後話耳或曰只論勢則秦漢以後之定一孟子之言皆驗若但論理則聖賢之說有不驗矣曰聖賢之說正不必一一求驗然通盤算來畢竟驗一部孟子正要挽回萬世帝

王定一之心之道。非爲後世作符讖也。定要求說驗。不得不撞高秦漢以後。反不難貶聖人之道以就之。此陳同甫之謬。足以疑惑萬世。朱子所以力爭也。

三代以前。但有治亂。無分合。分合之事。始于周末。治亂以德移。分合必由力併。孟子謂天下之生久矣。一治一亂。此猶從德言。若周以後天下之爲治亂。止是一分一合。皆以力不以德。雖合一之時。亦與三代之治不同。故但可云分合。不可云治亂也。然其分也必亂。亂必至大殺戮而後有强國。有强國而後能混一。至其混一之所歸。則亦必就其中之能愛民不嗜殺者得焉。是雖尚力之中。終未嘗不以德收也。第德非三代之德。故治亦無三代之治耳。孟子立七國之時。早已知必有秦漢之事。只不嗜殺人者能一之一句。直斷盡漢唐宋以下。但難安頓者。如暴秦之混一。似與德全背。然須知秦之暴。止爲漢得天下地。

對曰天下莫不與也節

則苗浡然興之矣則字極快遲不得。矣字極信疑不得。之字極有力。懈不得。

齊宣王問曰齊桓晉文之事章

此是七篇尊王黜霸。開卷第一義。後來以齊王猶反手。願學孔子。不見諸侯。言必稱堯舜。舍我其誰。名實未加而去之。皆已包舉言下。

孟子對曰仲尼之徒節

【趙衍文】古之聖賢。將以建天下之事功。必先正其學術。【評】秦漢以下。無人道此語。【文】仲尼之道。所以綿延于富强功利之餘。尚存什一于千百者。以其徒之守道者堅而衞道者力也。【評】其記仲尼之徒四字。是對齊宣開口第一句。今日得聞此言。亦是孟子之力。

正義立誠。是聖門升堂學問。聖賢之學。不是纔義便了。而桓文并是利。聖賢之學。不是纔誠便了。而桓文并是假。推此利與假之心。不至于弑父與君不止。此仲尼之徒所以無道桓文也。若不講出無道根由。只是虛氣白强。幾不一折而反爲桓文所壓倒乎。余嘗謂近世良知之學。說玄說妙。及其敗露。總不脱利假二字。然世且尊奉其書。偶有指摘之者。則如聞父母之名。掩耳唯恐不速。何也。只緣偌大世界。不曾見箇眞程朱之徒。

仲尼許桓文。其徒無道桓文之事。正要從此辨駁出所以然之故來。方許讀書具眼。今人縱有想及此意者。亦只做得陪客翻頭其所以然之故。仍舊不解。如此人縱有好議論在日前。亦如無有吾未如之何也已矣。

餘干先生云：聖人不忍生民塗炭，故取霸者之功。聖門明脩己治人之道，故羞稱之。其論亦正。然愚竊以爲羞稱霸者，正不忍生民塗炭也；取霸者之功，亦非有外于脩己治人之道也。言豈一端，各有所當。論語爲門人辨駁管仲失君臣大義，故舉其功言；又當別論耳，是就一人身上說，非以霸功爲足學也。故仲尼之時，其徒原無道桓文之事者，非至孟子始黜之。看曾西數語可見。若春秋與桓文，亦是彼善於此。孔子正爲他非義，故借他行事作春秋，以正三綱九法耳。齊宣所問桓文之事，只是問他富强權詐之術，亦并不是仲尼之所與者矣。故論學術，則孔子先不道桓文之事；若論人，則孟子亦必諒管仲之功。孔孟之尊王黜霸本一，未嘗有因時爲救之分也。

春秋時道桓文，尚論其功，如一匡九合，猶就其假仁義處言之。至戰國策士所言，則直取其貪殘詭詐之術，又桓文之一變矣。故曰五霸之罪人。齊宣所問，乃戰國之桓文，非春秋之桓文也。看一事字，則所指爲富强功利之粗迹可知。即孔子之與其功，與孟子之黜其罪，宗旨分明脗合矣。

曰若寡人者可以保民乎哉節

齊王平生原無仁聞，此事亦是孟子借誘法門。

見牛之心，在齊王只是澌滅未盡，偶然流露耳。

曰有之節

歸有光文云云。**評**為此題者，不過從不忍推衍帝王事業，極言其功用之盛而止，安能于此心體用幾微及推行理一分殊與日用隨時發見之妙，無不精徹如此。此先生深于西銘之學，故能會天德王道爲一。非淺識所可窺也。○是心足王。何等濶遠。先生却反說到齊家治國修身之教。直看得九州非大。陋巷非小。立人達人。處處是足王事業。平平常常。切切實實。人皆可爲堯舜。堯舜事功。只如浮雲。方見聖學之真。

黃淳耀文 設言齊民之疑王爲愛。**許** 有是事。便有是言。情理之至。不必謂之設也。**文** 百姓生于齊。長于齊。鬬雞走狗而濶達自若者。天性然也。一旦見王之此舉而駭之。他國不易牛。吾國易牛。則訛言四聞。亦其宜矣。抑百姓日見王。日聞王。擊鮮炰魚而斬殺自若者。平日事也。一旦見王之此舉而疑之。殺人不問。以牛代殺。牛則獨以羊代。則物論回惑。無足怪矣。**評** 龔與故友張佩葱閱是文。極贊其生新風雅。余謂後二比尤佳。而次比更妙。佩葱問故。余曰。齊王本無仁心仁術。平時暴殄之行。百姓所孚信則舍牛而疑其貪吝。乃必然之理。前一比見王政衰而民風媮。故議論輕薄。此過在百姓。尚隔一層。次比見無仁政及民之實。雖有仁心而不感。仍是王心自取。又發得親切。佩蔥後看或問。謂此義朱子果云爾。因相與歎賞。理眞則文自高不可以掩襲得也。

王曰然誠有百姓者節

凡人辨不得。翻成冷笑。恨不得。翻成緩語。此正甚于辨之恨之也。

曰王無異於百姓之以王爲愛也節

我非愛其財二句。是齊王不自知尸氣。可見世間人心日在道理中起滅。却只坐不知瞥過。

曰無傷也節

見牛未見羊也。不是孟子代齊王飾說解嘲。亦不是格非歸正。如好色好貨之類。此正孟子善于指點開導處。滿腔子惻隱之心。一端上全身盡露。見牛未見羊。體用具足。不分兩層。朱子所謂體無限量。用無終窮。擴充得去。有甚盡時。孟子說到此處。直是痛癢相觸。所以下節云云。若有一毫機權作用。隔著千里矣。

只一未字中。有多少道理事業在。下文推恩仁政。皆包裹許。

君子之於禽獸也一段。是要引齊王不忍之心。向百姓上用。故反就禽獸指出。若謂推此以愛百姓。則道理倒了。卽成慈悲平等之謬。

金聲文 有所忍以全其不忍。豈道也哉。亦曰君子之於禽獸則然矣。**評** 是道也。不獨禽獸。但用忍不忍之術不同耳。之於二字不落空。便有理一分殊一篇西銘道理在此層次間。

王說曰詩云他人有心節

詩之所謂他人者。他人也。齊宣之所謂他人者。即齊宣也。

夫我乃行之。上與他人字予字呼應。下與吾字夫子字呼應。我字醒。則上下俱動。別處夫字。是解說出來字眼。此處夫字。是解說不出口氣。我字愈親切。愈解說不出。行之愈分明。愈解說不出。

老吾老節

老吾老起。語氣直到善推其所爲句方住。此處著未得醒問齊王語。一著此意。則侵了今恩足以三句地步。而下文詩云一段反隔斷矣。

自吾老吾幼以及人老人幼。理一分殊。有同有異。中間推行漸次。皆有實事實象。

天下可運于掌句。但言治天下之易。不是言天下治之效。

舉斯斯字。指不忍之心。所以老老幼幼者。老吾老幼吾幼處。便是

舉加非謂舉吾老吾幼者而加之人老人幼也親疎遠近總在彼字內看其理乃盡

人但曉御于家邦是加諸彼境界不解刑寡妻至兄弟便是加也寡妻兄弟家邦各自有道絕不相同却只是此理更無兩般其自刑而至而御却又自有序

舉加雖直截便當然其中即有次序只一加字內已含善推之義加字如何入次序看上文刑至御次序已在

纔說箇舉加便有實事在有實事便有次第等級在引之許多絡索收來只是這些子此所謂仁也

玩而已語勢是從寡妻兄弟家邦反指轉斯心來見其極易極近以歆動其舉加未便是鋪張推廣也

舉斯加彼即起下文推字

言舉斯心加諸彼而已。故推恩云云。自此以上。但切指出心字。自此以下。反覆盡說推恩。此正其轉紐處也。

一推字中情事無窮。

加字輕。推字重。加字籠統說得盡。推字漸次說不盡。故下又添箇善字。善字從彼字生來。蓋吾老幼人老幼。寡妻兄弟家邦。百姓禽獸皆一彼字包之。則其中等殺次第已具。足以保三字中。有親親仁民愛物層級實際在。不是一念圓覺普度衆生也。

正于分處見理一。推行之妙。此便是西銘之所以然。

理一處。是善推之本。分殊處。是善推之盡。

艾千子 推字有次第淺深。**評** 要發善字。不是講推字。次第淺深乃所謂善也。齊王恩足以及禽獸。不是不能推。而功不至于百姓。此倒行逆施。正坐不善耳。善字從本達末。中間節節有本分實際。

權然後知輕重節

物之輕重長短。即在于物。心之輕重長短。即在于心。不能度時。心亦一物。此庸人所以異于聖賢也。能度時。度心者即心。此凡人所以同於聖賢也。

本然之權度。正是凡民所同。聖人能度。而庸人不能耳。

謂心無權度固非。謂心即權度亦非。即此是本天本心之異。

今王發政施仁節

仕耕商旅五段。多張大天下。挑剔使欲以。取王莫能禦句。不知發政施仁。止是齊國中事。必齊國有其實而天下嚮風。而發施之本。又必在齊宣舉心加彼。老老幼幼。推恩有序。步步縮向裏來。方見上文指歸實際。到此一收結。下文另起。到盡反其本處。又一總收結也。

是故明君制民之產節

明君明字與吾惛句。機鋒相值。又與仁人體用相通。知周萬物。乃足以成仁。此至理也。

必使二字。直貫到然後驅而之善句。方轉。

然後二字不僅照上文。有末節在。驅善不是民自善。有末節庠序之教在。

王欲行之節

此節是起下文。不是結前文。前反本指發政施仁。此節指下節。乃發政施仁之本也。

吕子評語卷二十四終

呂子評語正編卷二十五

孟子梁惠王下

莊暴見孟子曰暴見於王章

此章宗旨原不在樂。

通章結穴在一王字。王字跟著民字來。民字又跟著獨人少衆字來。故全章之關要。都在可得聞與一節。

今王鼓樂於此兩節。是極言同樂不同樂之效。然孟子機鋒入處正在可得聞與一節也。

曰可得聞與節

兩問自是必然之理。不如此應不得。孟子故布勢以逼醒齊王。

歸有光文 大賢與時君論樂。而使之自得其情也。評 是孟子用處即是樂理用處。

今王鼓樂於此二節

此兩節孟子描畫出兩種圖形。歆動齊君耳。與民同樂。不與民同樂。自在平日有實政在。

齊宣王問曰文王之囿章

臣始至於境節

【金聲文】今也令遠方之人。但一入其國中。而遲遲吾行。已有不寒而慄者。【評】問禁後入。入國之常。然後敢入。是孟子自述其詳慎。非先有所畏而然也。禁之可畏。在殺其麋鹿二句。此尚是未聞禁條前語。未應先責齊暴也。

齊宣王問曰交鄰國有道乎章

當時講交鄰。原不是好意。直力不能并吞。而又畏人蠶食。故爲此商量權術耳。孟子以樂天畏天告之。已教以安天下之民。不從鄰國爾我起見矣。故宣王大其言。而以好勇爲辭。則已直露其貪殘攻取之心。故孟子又借大勇曲引歸於本旨。曰安天下之民。則仍是樂天者保天下之說。宣王之好勇與問交鄰。始終原只一意。孟子答安天下之民與保天下。亦始終原只一意。故好勇以下仍混纏交鄰者。固非。謂別是一項事者。亦非也。

後半孟子借好勇語引齊君行仁。安天下之民。原從樂天者保天下來。

好勇以下數節。與好貨好色同例。非眞勸其用勇。勸其不事血氣威武。而以安天下爲志也。

世儒謂封建必不可行者。只是私心。自秦以後。天下之大患。坐廢封建故也。向使封建不廢。則天下之國星羅碁布。各戰其地。卽有尾大跋扈之禍。亦楚弓楚得耳。自古豈有不亡之國邪。自封建不行，則大藩重鎮，尚足以屏翰王家。宋藝祖以杯酒釋兵權，就是暴秦一團私心，自以爲子孫萬世無患。孰知靖康德祐，子孫屠醢殆盡，率由兵弱之弊。誰生厲階？又將孰咎邪？故吾嘗以爲欲正萬世之利害，非封建不可。然苟非樂天保天下之主，無一毫査滓於胸中，則封建亦必不能復行也。

以大事小者節

略無一毫私心，方是樂天。

征苗戡黎，正是樂天保天下。

今王亦一怒而安天下之民節

要指在安民，不在怒也。

亦字不徒作禱頌，有激發意，有歆誘意，有把截旁岐，有開陳實際。

齊宣王見孟子於雪宫章

孟子晏子。總是借遊觀引君施仁耳。不是勸遊觀也。

孟子隨事納忠。如好色好貨皆是。須知其經綸大用不在此。

樂民之樂者節

有上之憂樂有民之憂樂有上憂樂民之憂樂有民憂樂上之憂樂。必上先憂樂民。而後民憂樂上。究竟只重上以民爲憂樂。

樂字本不同。正要分明。

四樂字各有義民之樂指富養其樂指遊觀。樂民樂有仁政在樂其樂是媚茲之應。

樂其樂自有實際。

亦字正在不同處得。

人開口便皺煞同樂。越說越不親切。不思民樂君樂事理迥別。如何混同得來。惟君民各得其樂故同。亦惟民之樂須君得則君之樂亦從民得，故同。究之君樂只在民樂中，故同。

人止泛說憂樂同民者，謬也。樂民樂、憂民憂，是即有王政。樂其樂、憂其憂，是王化之應。其實民之憂樂與其憂樂各不同也。故上四句是分說。樂以天下、憂以天下，謂政成化洽，上下各得其憂樂，便是王者氣象。此是一總說，亦非混一憂樂也。大意只責重樂民憂民耳。

上四句分互看，樂以天下二句合併看，不是複述語。

註中總承上四句，則憂樂兼君民說，專主一邊者非也。

樂以天下、憂以天下兩句是過脈語，總承上四句以起下文，故以天下三字中兼君民言。君民相憂樂，必上感而下應，故以字又側重君言。總之其義已盡上文四句，不是別增意思，亦不是上文氣象尚小，而此又推極天下之大也。

以字語勢急。直接上起下。過脈甚緊。

天下只在民字中大言之。不是民字外推言之。

以字文法。若云不以一身而以天下耳。樂民之樂憂民之憂。只一字包兩層。

此是過接語。以天下即是上四句。非民字又推遠一層說天下也。

評家謂說到天下。方與下王字相關。反支離矣。

過脈語也。又與疊上急遞者不類。有天下兩字須分明也。天下便照下王字。却只是上民字。分兩層說不得。又不可做成樂天下憂天下。玩一以字。則上下咸在其中。而語意仍攝在上。

樂字指君樂。以天下三字指君民同樂。

樂以天下憂以天下。止就上文推想。不得別作爐竈。固然。又須知上文是上下交說。此二句却止就上一邊看。

畢竟重樂民憂民邊說。

晏子對曰善哉問也節

巡狩述職省耕省斂是先王觀之名。巡所守述所職補不足助不給是先王觀之事。先王而亦可以謂之觀者。以其名而言也。觀而仍別之以先王者。以其事而言也。

陳際泰文 天子適諸侯固亦行乎報禮而爲之諱之以自狩爲文曰非下交也。巡狩也則天子尊。**評** 只一箇諱字大士以爲妙用。不知其爲後世譎智非王者大用也。**文** 天子適諸侯固亦兼乎察事而爲之諱之以出狩爲名曰非廉變也。巡狩也則諸侯安。**評** 直是胡說。報禮之云雖鄙俚猶有此小道理。若廉察諸侯之變則竟以盜賊心事看帝王矣。奚其可。千子云帝王大典大制都被秀才說壞。可歎也。此言大有關係。學者戒之。

又陳文古者諸侯常有不可動之勢，而天子或有不自安之理，故五年十二年，必有以察之。評此皆自柳子厚蘇子由妄論來，三苗防風，何不可動之有。

春省耕而補不足，秋省斂而助不給，因論遊觀及此，見王者一舉動亦無不勤恤民隱如是，非謂仁政主乎此，亦非板定常年條例也。若仁政則自有經制富教大法，深宫大廷至治，固不止春秋區區矣。

省耕斂是恐其失時，補助不足不給，又是耕斂中一節，有兩層義，人只貪發得下一層，不道删却而字一折。

看上文從天子説來，下面以夏諺爲諸侯度語，結春秋二句在天子説，爲是。蓋晏子答景公，此先王觀語，其志願規模原大。孟子引以證畜樂，以天下未有不王意，亦不是小小事，爲不必因齊宣及景公。黏煞諸侯講也。

熊伯龍文云云。**評**起既云天子自行畿甸。諸侯自行國中。則分省行補助。其法亦多。鄉大夫邑宰。及後世郡縣長。皆可行矣。至後何又專責天子之難行邪。且儀衛繁重。不可輕出。士滿費繁。難言補助。獨不可簡其儀衛。節其冗費。以澤民乎。後儒論事。大約多此。如井田封建。不可復之類。以爲明於古今之變。通達國體時務。不知皆叔孫希世之術。孟子所謂逢長者。不可以不辨也。

後世因游幸而有免租賜酺。復家者。雖非仁政。亦省之善也。

陳子龍文苟能惠加於民。則雖大其苑囿。高其宮室。其民但知太平之廣樂。而不非其上。故有君荒而國治者。患不及民也。**評**後世諂媚之說。無是理。君荒國治。亦倖免耳。豈可爲訓。文人要文字好聽。不覺害道。

惟君所行也節

惟字兩邊說。是逼法。不是活法。活法正是逼法。不行此則行彼。道理分別如此。只看君所行何如。此處却是他人著力不得。此句逼搜極狠。非謂但憑君做也。

景公說節

此只是因事納忠。卽在遊觀上歆動出恤民之道。

人臣因事效忠。有回天之力。須合大義。見實功。若後世出遊之廟。避暑之宮。亦似補救。而實則逢長。所謂又從爲之辭。非格非之道也。伊川折柳之諫。今人以爲不得規諷之法。此正今人諂媚肺腸自己流露耳。晏子回天在興發補不足。不爲景公粉飾觀名也。

孟子畀管晏。景公亦非行仁之主。不過借其事引之耳。始字中具見斟酌若竟以興發補不足當王政觀老大顢頇矣。其詩曰云云不是美其樂就其樂章中揭出以美晏子耳。畜君者好君也只如此說住不更透轉正意但指晏子忠愛隨事納規之妙而孟子言下情思含蓄無窮。孟子引此公案下更不添一語其勉君行仁政固是正意而欲齊宣納諫如流奮發有爲意尤隱然切至。此已不是晏子畜君是孟子畜君矣。

齊宣王問曰人皆謂我毁明堂章

孟子對曰夫明堂者節

夫明堂者王者之堂也王者二字是責難語非張大語王者不獨指天子諸侯能行王政者便是看下文引文王治岐爲證其旨自明。

義重王者。不重堂。

孟子開口便喝出王者之堂行王政。下面却止說治岐。文王未嘗坐明堂。然所行却卽是王政。此正孟子鼓舞齊君意。

王曰王政可得聞與節

因明堂開陳王政。宜引武王周公制作之盛。與成康治化之隆。忽然提箇文王治岐爲榜樣。正是孟子善導齊王處。下面公劉古公都是此法。

鼓舞齊行王政。不引武周典制全盛爲法。而但述文王治岐之政。非謂齊不得行帝制。亦非謂文王之政又善於武周也。一見諸侯本當行王政。卽文王可師。二見文王艱難草創時。尚必須此。況今日典故明備。三見王政原是救時撥亂之上策。雖弱小危急。惟此可以圖興。看孟子籌滕宋亦必以此。非太平迂論也。

明堂王者之政。當以武周所制爲法。而特舉文王治岐之政。爲諸侯行王政言也。人以孟子勸齊梁圖王爲無王。不知此等處聖賢煞分明。専爲圖王而行仁義。即是霸術。其行仁義之本已失。若行仁義而王。却是天理上事。自堯舜禹湯武以來。禪伐不同。其義一也。

文王發政施仁必先斯四者。須知文王不是單憫惜此四者而獨加厚也。爲此四者尤窮。不及待仁政之行。仁政制度周詳。一時亦未能遽及四者。故曰必先。

發政施仁。固非小惠之孚已也。只先之耳。

發政施仁。所該甚廣。將此句分清。則先字躍然透露。引詩止証四者宜先。與文王無與也。

哿矣二句。原非文王之詩。

纔說發政施仁，便寫得總大體，舉大綱，於鰥寡孤獨，廓然不見痛痒相關處矣。纔說得先斯四者，便寫得下車泣囚、出郊埋骼瑣細煦嫗，於發政施仁之全，不見包括矣。此却是打作兩截也。能於發政施仁中，寫出四者必當先之故來，方覺恫瘝在身，而全體畢具，是一件事，始信澤及枯骨，確是三分服一伎倆也。小儒纖纖小言詹詹，誠不足以語此。

說到此等處，似乎煦煦小恩，不知這纔是王者仁政盡頭盡頭，宜乎在後，却爲此四種後不得，稍後卽無及矣。緣他是分田制產養老慈幼之政所不能逮也。施仁必先，方見王者用心，必使天地間無一物不得其所。至此直是以天自居。他如桓文之治齊晉，越之復國，秦之興，其初亦無不以撫循生聚爲事，然却是要用其民而然，則當其施恩善政之時，純是自私自利之心矣。看孟子舉文王至此。不過爲天地萬物區處一箇停當。未嘗於這上面又有箇自己用處在。此朱子與陳同甫辨漢唐之治不可以當三代。只爲這一點心天懸地隔耳。伊川臨死語學者曰道著用便不是。此天德王道淵源盡頭也。

王曰善哉言乎二節

好勇好貨好色之說。孟子正隨事攻其邪心。引之於正耳。非曰不能禁之使不爲。而姑曲爲之說也。君心者王政之根本。有以好勇及貨色之心而可以行王政者也。文武豈眞好勇。公劉亶父豈眞好貨色者邪。若謂識時不能禁而操以爲資。則是枉道從彼也。是謂吾君不能也。後來苟且功利之見。明是枉己逢長。反借孟子之言爲牌面。而譏程朱爲不得事君之道。病皆坐此。不可不正之。

孟子謂齊宣王曰所謂故國者章

首節

發端在世臣。大旨却在進賢之始。

曰國君進賢節

如不得已。只形容一箇愼字。其所以愼者。正爲難識也。知人帝且難之。疇咨試可。無非是愼。愼便是識之之道。此外別無知人法也。

如不得已。只是愼字形容語。就心上說。不就事上說也。

如不得已。本無法制。只是敬愼之心耳。

卑踰尊疏踰戚。孟子原通論古今進退之常理。若專就戰國傾軋之事言。便非本義。

左右皆曰賢節

未可不是全然不聽也不是疑且虛心不遽信耳
左右諸大夫不是全不是只是歸重國人耳未可亦非槩不聽止
聽國人也可知未可中有多少權衡作用在

金聲文若復國人之言竟與前者乖也則竟以不可付之吾亦弗之察矣此匪獨慎吾之用鄭重名器以俟可登之賢抑亦慎吾之察貴惜心思以俟可稽之人**評**此意好即居敬而行簡之道

章世純文他日禍福我與國人實共受之彼豈肯以虛譽借哉**評**如此則竟問國人可矣何用多問左右諸大夫哉**文**始也明知左右諸大夫之多私云云**評**如此則觸處皆成陰界矣此節總極言其詳慎乃所謂如不得已耳非謂問人多便可信其不差也兩未可也不是多疑只是虛心體訪不遽專信貴近正詳慎之至耳若云明知左右大夫之多私此李伯紀謂孝宗之疑生

闇也。肘腋皆猜忌，豈可與共國事哉。左右諸大夫國人之言皆合矣，猶必自察，故曰如不得已。

又章文操用人之柄，法當以明爲公。如不能明，即當以公爲明。**評**必無是理。凡選賢才，衡文字，皆以明爲主。明即公也，未聞以公爲明者也。明則當，當即公。徒責其公，不過無私弊絶請托，然而賢否未必當，則舉措顛倒。其心雖公，而於天理之當然，真不公矣。余少時見考試案發，論者以爲某某真孤寒，果公。或其案多溫飽者，即譁以爲不公。余笑謂今日不是賑貧，賑貧而舉報皆孤寒，乃爲公耳。考試當論文字之優劣，豈孤寒必通而溫飽必僞也。假令顔淵與子貢同試，則淵居前爲公。若子貢與原思較，則思居前爲不公矣。此雖戲語，實至理也。

如此然後可以爲民父母節

如此二字。若注看用舍刑殺。只講得父母職分。不講得父母眞實義。但注看一慎字。發明如不得已緣由。則父母之本心大用俱出。

泛拈尊親頌辭。不苐失愼重語意。并不是此章父母二字。竟接上文三段推出父母之義。方深合陳氏總結三節意。亦是論進賢而及父母。不混作論父母而以進賢當之也。

孟子謂齊宣王曰爲巨室章

孟子教齊王行王政。而齊王反欲孟子爲功利。以是齟齬而道不行。此孟子去齊之本也。章中所指正爲是非泛論用人當任能不當任不能也。

首節

幼學壯行。分明兩件。却說是一件。無他之字同也。

兩之字自有所指在。今一讀得幾首熟爛時文。便思富貴利達。此亦幼學壯行邪。須問幼而學之。是學箇甚。壯而欲行之。是行箇甚。

今有璞玉於此節

愛國當甚於愛玉。今反不如愛玉。怎見其不如。只在一教字較出。

齊人伐燕取之章

首節

不說諸侯多謀救燕。而曰謀伐寡人。是齊王膽落語。意中極恨諸侯。却沒處埋怨。極悔前舉。却尚自崛強。事已決裂。詞尚支吾。正皆是齊王膽落聲色態狀也。

若說諸侯謀救燕。則齊王意中。亦思及置君反燕矣。齊王只見諸侯私心。言此只與寡人爲難耳。滿肚皮仍是戀惜燕國不舍在。

王速出令節

孟子此策。原是正著。卽天下之兵不動。亦義當如此。只是大非齊王之所欲。故就利害上發論耳。從功利引到正誼。方是孟子方略。不然與策士何異。且其策懦退。反出策士下矣。

鄒與魯閧章

孟子對曰凶年饑歲節

郭溶文云云。**評**秀才時讀此等文。未有不義形於色者。及膺一命。綰半通。又以爲仕宦非此不可。何也。可知莫以告三字。是千古做官衣鉢。自奸雄以至庸鄙。皆包括此中。可惜有國者未之思耳。

滕文公問曰滕小國也章

首節

開於齊楚句。只就地勢言。卽令齊楚按甲不動。已屬可患。并未言齊楚交困我也。

事齊乎事楚乎。若只在齊楚較量。尚有法則出來。須見得不事不可。事亦不可。專事不可。兼事尤不可。或事而他國仇之。或事而本國卽侮之。四路把截。無可伸縮置算。纔是兩乎字神情。

孟子對曰是謀非吾所能及也節

鑿池築城不必另尋賦帑。只將事齊事楚者爲之足矣。此是緊撇上兩事字。孟子生平朴實頭學問。卽當朴實頭計策。

滕文公問曰齊人將築薛章

首節

將築薛將字。半屬齊。半屬滕。在齊有謀意。在滕有疑意。有謀恐也有疑恐也。

苟爲善節

時移勢變創垂中事正自不同爲可繼總歸一善字行仁義去功利此善之實也但盡分內不求意外而道自包舉此爲善可繼與後世必王之實也何句收入裏來方見得孟子內聖外王本領

爲善而後世必王是言其理而命或未然君子亦止盡其當爲之事孔明但知漢賊不兩立王業不偏安鞠躬盡瘁死而後已不逆睹成敗利鈍此其所以有儒者氣象也

只管自一邊正是天德王道之極却不是黃老之以退爲進

陳際泰文 國家承赫聲濯靈之烈其鋒其勢而皆未可乘 **評** 如此說便不爲亦是好心 **文** 欲以流離播遷之餘希冀非望有以知君子不爲也 **評** 此金仁山之說也然太王規模已自不同 **文** 欲

以憂勤惕厲之身驟用非常又有以知君子不爲也評須知能憂勤惕厲便是用非常之人

黃淳耀文善莫大乎復井田明學校云云評方見爲善實際善字不還他下落則王莽漸臺斗柄與梁武佛寺說經也不過一樣無聊之計矣井田學校自是旋乾轉坤大用不是迂闊聽死商量也

滕文公問曰滕小國也竭力以事大國章

首節

屬其耆老而告之此正太王光明俊偉與後世庸主舉動不同其辭正而不詭壯而不悲有斷决而無依戀從之者如歸市雖平日固結之深亦由當下辭氣間有以感動之也

太王邑岐固是萬全之策非孟浪爲孤注一擲也

去邠前如何籌畫。踰梁時如何約束。邑岐後如何經營。事出萬全方是太王之遷耳。滕之遷得遷不得。只要此際自問何如太王。若謂孟子故作此難。要滕國效死。又不是。

或曰世守也節

死守是孟子本論。不是更思别策餘理。文公初謀事齊楚。孟子即以效死勿去告之。此是正策。到此又商不得免之局。是文公以與民死守之説爲不然。故孟子告以太王之事。而後仍以死守爲策。謂舍此别無妙法。然遷之説勢不可行。則但有效死爲主耳。看上章已引太王。而末云如彼何哉。彊爲善而已。其義已見。故遷避之説。乃别策餘理。不當以此節説在後。遂反作遷避之變計也。

錢禧文能守而後能去。能棄其世而後能大其世。非大聖人作用不能【評】道著用便不是，況作用乎。【文】封建之新，與驅除並起，變通之時，資以成事，勢不能不酬。【評】此便是漢唐作用，非三代封建之道矣。說來都是私心，於私心上講道理，正後世儒術誤天下耳。【文】世以相承，有常盛也，則以能保爲守；有中替也，則以能創爲守。【評】守字有義例，有作爲，以創爲守，太王是也。

君請擇於斯二者節

【唐順之文】云云【評】論理論事勢，孟子自有一定之則，到人主才德力量所至，豈孟子之所能彊？開陳善道，使之自取，要之孟子意中固未嘗不以第一等作爲望滕君也。君字提重，擇字放活，正得深意。結末繳轉能爲太王不能爲太王，兩平中自見歸重。所謂歸重者，非但歸重太王之見遷地也，歸重在仁人也三句耳。此是孟子一生本領，中具旋乾轉坤手段，莫作腐儒迂闊難行

語輕看

可遷則遷，可守則守。必有一番經濟實學在，此正是齊王反手絕大本領，可笑鄙儒每讀是章，必謂列國碁布，遷必不能，若謂孟子妄設是一策耳。夫岳戈之閒，猶有棄地，一成一旅，尚可以爲，只坐鄙儒眼孔小耳。

魯平公將出章

首節

要看他日君出句，是臧倉開口處，凡小人設辭之工，其聲音笑貌俱在開口處。

於君出上加他日二字，遂若成律例然，從來豎寺之沮撓把持其主者，率如是術矣。

將見孟子見字，只做了世情畫體面，是對臧倉口氣。

俞嘉言文一事之制。必有重輕。言及君之與士。而重輕斯無定格。何也。君與士總匹夫耳。道在上。則匹夫也而君之。否則君一匹夫矣。道在下。則匹夫也而士之。士又寧以匹夫貶矣。然不堪爲嬖人道也。**評**至言也。庸理也。然今人皆駭聽矣。駭聽者傖之徒也。

禮義由賢者出。說得賢者一無足取。只有禮義。禮義已極迂腐不堪。但賢者尚賴有此耳。不是認眞講禮義。只是借端責備賢者。亦不是辭嚴義正責備賢者。是輕侮譏笑責備賢者

近人惡說是非二字。凡有論是非者。必以假道學三字詆之。嗚呼。自宋以來。以此三字加人者。君子乎。小人乎。何勿思也。

道學非不美之名。而天下每以譏訶腐儒。是自别於道學之外也曰吾惡其假耳。假誠可惡。不知於眞不道學者何如。道學小有

玼釁，則爭摘詆之，不道學者雖通體悖惡無足道，曰：彼固未嘗道學也。道學之害如此，不過欲相率而歸於眞不道學，斯無譏矣。此說亦自良知家始，古未之聞也。臧倉衣鉢流傳徧天下，道學者正當於此精進耳。

須知平公本無好賢之誠，故倉言得入。只諾字何等快捷。

凡昏庸之於嬖人，始而愛昵，愛之至爲信服，信之至爲畏懼，而嬖人所以蠱惑箝制之法，亦盡此矣。公曰諾，只一字中，有愛昵，有信服，有畏懼，將平公臧倉平日情狀渾身托出。

樂正子見孟子曰克告於君節

行者自行，止者自止，更有甚或也。然行之則行，止之則止，便自有箇或在。識得此意，破覺世人許多觖望感激，俱不直一笑耳。只是孟子之行，須與人之行不同，孟子之止，却與人之止不同，這箇又要人喫緊著眼。又不可一齊抹倒也。

黃淳耀文 自古讒邪蔽明，忠信見疑，往往激而呼天。大聖賢則不然。其用我者彼國之福，其不用我者彼國之恥，天何與焉。**評** 莫非天也。**文** 至歷九州而相君，求一當而不得，則天意曉然，而君子亦不復使庸主執其咎矣。**評** 豈待是哉？到此纔曉然，則君子之知亦淺矣。聖賢知天在一向，到此際明白說與不知者耳。道不行，究皇皇，正是知天處，不是曉得天不欲便罷休。若英雄豪傑歎天意，却正不知天在。文中見識，只到英雄豪傑耳。

作此種題須體貼聖賢胸次。孟子既知天，安用尤臧氏？此程子所以無憾於族子邢七也。故不特叫罵不是，尖酸亦不是，尖酸之與叫罵同出於憤恨也。

申繸文 云云。**評** 牽連臧氏譜系，子孫不肖，辱及先人，大堪絕倒。以此知人不自立身。而造譜以上攀古賢。通譜以旁援今貴。皆小人枉自勞苦之事。落得爲古賢之所惡。今貴之所薄耳。

呂子評語正編卷二十五終

呂子評語正編卷二十六

孟子公孫丑上

公孫丑問曰夫子當路於齊章

功利之惡，浸淫人心。孟子以後，千載猶然。學士大夫於此不曾分明，安得有學術事功乎。陳同父以漢文帝、唐太宗接統三代，而朱子力辨之，正爲此也。

孔子曰德之流行節

陳際泰文云云。評：孔子此言，自不關時勢，說單說德之行速如此。孟子前既言時勢之易，此引孔子之言，又見德行本易，故下文總結謂事半功倍，方兼時勢說。見不必有文王之德而王可反手也。必須撇開時勢，不粘爲是，第是作所講德行處，但知作用功利，於孔孟所言德之流行，尚隔一壁耳。

上文言時勢之易王。此言德本易王。兩兩平列。到下文當今之時。時也。萬乘之國。勢也。行仁政。德也。此三句方合德與時勢言。故此題要照時勢。又要離時勢。不照時勢。則無關會。不知孟子何故忽插此閒話。不離時勢。若云有時勢必須德。即侵下節疆域矣。

上節之下。孔子曰之上。須有一段意議在。孟子文字未下時。已到筆先。既下語。却留言外。突下孔子曰三字。正有理會。

正講時勢。忽入此節。人以爲突也。多從空說起。不知此正辨文王百年後與與齊王反手異同處。德字即從文王之德德字生來。此孟子文章線脉也。文王無時無勢。然以百里起。正見德之速處。若齊之時勢。即德不必如文。而王尤易矣。下文事半功倍。對文王言也。故此節只引証得一箇速字。

此正對文王之德講速字正對百年纔之文無時勢故難齊有時勢故易然易固是速難亦是速緣德本極速也

公孫原問夫子當路於齊孟子答云以齊王猶反手孰以之孟子以之也因公孫疑文王之難故論及時勢之易時勢就齊言德字却就孟子言孔孟之德得百里而君皆能朝諸侯有天下如文王然不論時勢也齊宜何德但猶足用爲善能任孟子亦可以王然終不能盡孟子之量故須乘時勢爲之此孟子所以戀戀於齊也要之聖賢以行吾道救濟天下爲事或爲君或爲輔相其德則一而所以行此德畢竟不同故孟子言時言勢也只爲當路于齊立説耳此一節却是孟子全身自任處引孔子之言煞有微意

當今之時節

事半功倍。只是一箇易字。正對針是以難也難字。古人正指文王。是通章總結王齊之易與辨文王之難兩件事理合一處。若泛論古今事功。不著關目矣。

公孫丑問曰夫子加齊之卿相章

首節

動心不動心。便是王霸之分。小儒未解。

失聲破釜。見色豆羹。固動也。許由之玩世。子方之驕人。亦動也。古人謂被酒而狂。與醉而益矜愼者。均爲酒所動耳。

四十以前有工夫。四十以往亦有工夫。四十以前。規模基趾已定。四十以往。打磨鍜鍊愈精。

北宮黝之養勇也二節

兩人只做箇話頭過遞。下面子夏曾子。尚未是地頭。況黝舍乎。眼光一滯。全身陷泥淖矣。

孟施舍似曾子節

孟施舍似曾子北宫黝似子夏。論語句。似應立舍黝爲主。而援卜曾擬之。然孟子原爲論已之不動心。因公孫丑借孟賁爲言。故孟子亦借黝舍之養勇。以引入養氣之説。一步步打到自身上。養勇亦以守約爲上。故二子中已是北宫陪舍。借黝舍陪出曾子子夏。却又是子夏陪曾子。孟子之學源本曾子。故説曾子。正陪出自已。一路脱卸到曾子一住。此二句雖是評品黝舍。却正爲過渡。出曾子子夏。空中形影。聲颺。是孟子文章神化處。

昔者曾子謂子襄節

此知言養氣源流公案也。見得曾子全身。方見孟子綱宗。後半章推尊孔子作結。乃一瓣香從上法乳也。記。剳正在此節。若泛作對副黝舍觀覸面千里矣。

金聲文勇士之術。或志必勝。或操無懼。學者則不然。學者不能無不勝之時。不能無用懼之地。而要有自然必勝無懼之具。非爲勉强無奈何之計。假一術以定其心者也。**評**聖學正要打穿這後壁。原不在此處立脚。異端四路把截。只是奈何他不下耳。

孟施舍之守氣節

此兩不如。原是並列而分別出次第。非初以孟施舍爲至而後又抑之也。

兩箇守約。迥不相同。只換一箇氣字。而曾子之約自見。

曰敢問夫子之不動心節

歸有光文自夫道術不明。而世之人妄欲有以立言於天下。如告子之徒者。而內外之學雜矣。**評**只爲這病根深入士夫骨髓。故此一宗至今繁衍。

金聲文 求得舍失。必應之機。則當其不得。總未有可頑然置弗求者也。**評** 兩箇勿求。總不是學。無不求之理。提破綱宗極明。**文** 不得於心。是從前粗疎之病。正於此處受驗也。**評** 不得正從向來勿求來。**文** 不得於言。是異日窘迫之苦。實從此處伏根也。**評** 不知言便生心害政。豈止窘迫哉。**文** 學問已注力於求心。云云 **評** 但說求心。便不是知言養氣。皆心也。不得於言。不知言也。言在外而知言却在心。勿求於心。謂不復求知耳。今人看不可之意。却與孟子不合。孟子意正欲求明其言之理於心。今人說求心。止是明心見性之意。與言更不相涉。不知離言而求心。正是告子宗旨。與孟子背馳處。如何反倒入他拳窠去。此不但不知孟子。并不知告子之言也。看告子勿求下兩箇於字。原緊帖上句言勿求心之助於氣勿求言之理於心故曰於非謂不得於心勿求氣不得於言勿求心也學者須明辨之勿求於心不辨理也孟子知言正辨理也非重言語也

陳子龍文異端之學與吾儒者之道蓋終古而不合也而議者必欲强附會之甚非矣【評】後來講學誰免此弊今且反以客爲主雖大樽亦云爾【文】凡人雖云心之可同而不免於迹之本異【評】程子云迹從何來可知迹異者心本異也【文】異端者將一無所求於天地萬物而惟我心之知故可獨存其本若我儒方將有事於天下而豈可徒守其至虛之心故不得不治其末是以論心者必兼論氣也【評】此論極似是而非他豈得謂知心而存本聖學豈單爲經世而然耶如此說則孟子養氣之道反爲功利之宗矣自家本領全然不懂直看得儒者恁粗淺【文】告子之所

謂心者高妙而潔清使其終身爲山林寂寞之流可也若復不免於應世則心亦何所恃而不動耶【評】他寂寞處便失其本心不待應世也蓋其治心者非也【錢吉士】大率道德之言趨最上一乘非不高妙然豈能至於高妙乎故學吾儒者多君子儒而學佛者不皆佛【徐闇公】觀於佛氏之言旣不執有亦不執無告子之學所謂冥頑乃禪宗之所呵謂之外道若非想非非想者耶然總之不可以用世【王玠右】異端實有精奇之處可以自樂若竟斥其無當安能服之【評】看當年一時名士作者評者皆是此一副議論已皈依禿丁位下乞命矣國安得不亡世安得不亂耶此與王何嵇阮之壞晉同爲千古之鑑秀才家正不可視爲空言無妨亂道也如此文所言將謂異端專能治心而不可應世聖學專爲應世而治氣其治心則與彼同妙推高異學之

治心。猶可言也。說壞聖人之治心治氣。不可言也。夫惟聖人爲專能治心耳。聖人之治心。以格致誠正修爲治。使心合乎一。而齊治平之道自出其中。此所謂卽其心而存其本而末無不該。合內外之道也。異端之不可用世。正爲不知心。不能存其本。故末不可通。如其本是。豈有絕末之理。若但謂其不能應世。彼且謂神通普度。以帝王身宰官身將軍女子身。皆可說法。非頑空無作用矣。謝顯道歷舉佛說與儒同處。伊川子曰。本領不是。一齊差卻。秀才自不曉得聖人本領。妄謂吾儒之勝異端。只在能治家國天下。故勢不能冲淡寂寞。以求最上之高妙。是以本讓異端。而自踞于末。以求勝其不爲魔鬼所侮者幾何。夫治心應世體用一原。如其言則已判而爲二。判而爲二。則所謂應世者。已不關本體。已自流於功利。則儒者之道已遠出二氏下矣。安得不㱃依乞命哉。

陸龍其文自記時說謂告子守其空虛無用之心不管外面之差失因目爲禪定之學其寔非也告子乃是欲守其心以爲應事之本蓋近日姚江之學耳然既不能知言養氣則其所守之心亦何能以應事故猶自覺有不得處雖有不得彼終固守其心絶不從言與氣上照管殆其久也則亦不自覺有不得而冥然悍然而已以冥然悍然之心而應事則又爲王介甫之執拗矣故告子者始乎陽明終乎介甫者也大抵陽明天資高故但守其心亦能應事告子天資不如陽明則遂爲介甫之執拗矣介甫不知治其心而執拗者也告子徒治其心而至於執拗者也然則學陽明者其弊必至於執拗乎是又不然如告子天資剛强故成執拗若天資柔弱者則又爲委靡矣故爲陽明之學强

者必至於拘弱者必至於靡然陽明之徒亦認告子爲老莊禪定之學謂告子不得於心勿求於氣如種樹者專守其本根不求其枝葉若孟子言志至氣次是謂志之所至氣必從焉則如養其本根而枝葉自茂與告子之勿求者異矣噫孰知陽明之所以言孟子者乃正告子之所以爲告子也歟【評】百餘年以來邪說橫流生心害政釀成生民之禍眞范甯所謂波蕩後生使搢紳翻然改轍至今爲患其罪深於桀紂者雖前輩講學先生亦嘗心疑之然皆包羅和會而不敢直指其爲非是以其障益深而其禍益烈讀此文自記爲之驚歎深幸此理之在天下終不得而磨滅亦世運陽生之一機也至謂陽明天資高但守其心亦能應事即朱子謂禪家行得好自是其資質爲人好非禪之力意然如朱子所稱必富鄭公呂正獻陳忠肅趙淸獻諸公

乃可謂之行得好耳按陽明所爲皆苟且僥倖不誠無物吾未見其能應事也觀其通近侍結中朝攘奪下功縱兵肆掠家門乖舛尤甚皆載在實錄可攷而知也實錄稱其性警敏善機械能以學術自文深中其隱矣或曰子何言之激也曰是則是非則非無渾融無矯激陽明答羅整菴書直指朱子爲洪水猛獸比之爲楊墨楊墨之與孟子不可以包羅和會者也使其果是則朱子盡非亦不可兩立也凡論佛者曰我不佞佛亦不闢佛此必深於佞佛者也曰我不入君子黨亦不入小人黨此必深於媢小人者也故凡謂朱陸無異同及陽明之於朱子有合一處者皆異端之徒陰陽惑亂之術不可不辨

夫志氣之帥也六句自翻斷上文可字意側在氣邊然語語與志字並下不但側重不得并互發不得若側重互發則公孫不必

疑問。孟子不須重答矣。只兩兩平下。用註中幾箇虚字斡旋其閒。便見每上一句是承上不可是賓。每下一句是駁上可字是主。

夫志以下六句。平列無疑。疑闗在至次二字。孟子輕下原平。公孫重讀覺仄耳。孟子平中之仄在氣。而公孫所疑之仄却在志。其錯綜處在此。却預爲清疏不得。

持志中。便攝入知言一節工夫。

既曰志至焉節

孟子氣次句接口而來。公孫丑氣次句略帶而出。此是公孫丑思量不通根由。既曰二字。是公孫丑思量不通口氣。

公孫之疑。不在重氣一邊。而疑在至次字。以爲既分至次。則自有輕重矣。

志固爲至，氣即爲次。丑只不曉得固字即字耳。

志壹則動氣二句，道理本位。畢竟氣輕，答問語意，却側重氣説兩句，若不平講，則語意不盡。平講而不側重下句，猶未盡語意也。兩壹字境象不同，其爲動固不同。

敢問夫子惡乎長節

到不得而後求，已是補救，未著。況勿求乎。知言養氣，是不得前一步工夫。與告子之所謂求本自不同。告子只强制於臨時，孟子惟培養於平日。此自然不至於不得，而心之所由不動也。

不動心未嘗無守約涵養，本然之功。然必知言養氣，内外交培而後全。

知言則知之明，養氣則行之勇。知明處，當心自然不動，聖賢工夫總不外知行。知先行後，序必如此。若謂知行合一，不分先後，則孟子此二句難免支離。且良知二字。發自孟子。而孟子自言其知。却貼言字。言者人言也。即讀書窮理之說也。孟子既知有良知。乃反舍其內而求之外。何耶。及言養氣。則又云集義。集者事事積聚之謂。若統乎良知。則良知即義。又何用集。若以良知集義。則義又在外耶。

養氣本於知言。即大學知止而定靜安慮得自到。集大成之力因巧異。是也。孟子淵源曾子以學孔子。嫡脈在此。

兩我字對定告子。

其爲氣也至大至剛節

此及下節。孟子寔得如此。此所謂難言也。非孟子善養。千古誰能道出。

至大至剛。是現成體段。却須於養後見得。

歸有光文　自天地之正氣流行於造化發育之時，而凝會於體質完成之日，則吾之體即天地之塞也。評　原只是天地東西，故還他天地一氣。文　天地之覆載，固極於無際，是氣之充塞，寔與之同流。蓋因其所固有，故取之而自足；不強其所本無，故擴之而自充也。評　到此方信得本來自足，人人不欠，全在善養者回想得之，所以曰難言也。

至大至剛，亦是虛空擬議；即塞乎天地，亦是虛空氣象。須工夫到得此地，纔得此箇消息。即未能身造其境，也須相去一二級，見得聖人體段，便知此語不虛。不然，便活畫出一箇浩然模樣，畢竟影響難信，故孟子曰難言也。此節止說本來體段，何須說到直養工夫？豈不直養，人原無此氣乎？非也。人人有此氣，因不能善養，則日就銷縮，自不得見，故信不及，必借直養無害者身上纔信得此事眞實。正孟子善言難言之法。

此節只説箇浩然體段。不及工夫。只消云至大至剛塞乎天地之間足矣。只爲人人有此氣。卻不能直養無害。此箇體段不曾見便説與他。也信不及。故特下以直養而無害句。見曾做工夫了。纔見得這箇體段。直養無害四字。也是現成話。不是説工夫。

章世純文云云。評塞天地間。也不是空殼子話。天地間無非此氣流行瀰滿。更無空闕處。天人一也。更不分别。只是人不能直養。自家不能完全此氣。與天地不相親切。只自家一箇身子。動多格礙。何處見此箇氣象來。果能以直養無害。則天地間氣。即我之氣。位天地育萬物。亦復流行瀰滿。更無空闕處。所謂塞也。朱子云。富貴貧賤威武不能淫移屈之類。皆低。不可以語此。此是何等體段。卻只説做加人奪物制勝之具。已最粗鄙可笑。忽又說到輕天地細萬物，又何其誕妄。蓋惟異端不知天，故多侮小天地以自大，其實淺陋無有也。

天地之間，氣雜而人純，故人能塞天地。氣之本來與究竟，一天地耳，而其所塞處，卻在天地之間。若離卻之間，泛說氣盈天地，直是寬皮大話。樂記云，一動一靜者，天地之間也。看世間許多事物道理，皆聖賢之氣爲之貞幹充周，上蟠下際，故能參贊而立爲三也。

其爲氣也配義與道節

上節是氣之本來體段，此節是氣之養成功用，界限元自不同。人因首句文法無異，便看得兩氣字無分別。

上節言本然體段如此，此節言養成之用如此，界分極清。人作直養二句，便占下文，作配義道，又懸空與上文無別。

此節氣字，指養成浩然之氣，故能配義與道，非謂凡人血氣之氣也。故下文又云是集義所生者，下是字，便是此無是之是字。

此節是養成後於處事應物上說，正見用處。

義道都在身心内事爲上看，則配字自精。下文餒字亦有分曉矣。

配是一滚出來，要只是一氣耳。

至大至剛，只說氣，不可賛道義。

配義與道，此是說養成之氣，義道有此氣，纔能行著出來。若義道生氣之功，又在下文。故配字倒互不得。

配字在空中紐揑，則氣配義道與義道配氣，有何說不去處？須是體貼到日用事業上，方見是氣配義道，倒亂不得。如今人也曉得是義道，而不能行，或得半而中間消沮，或雖行而意象衰颯，皆不能養成此氣故也。故朱子於此節氣字指功用，而上節氣字指體段。

徐爲儀有謂氣須合於義道者。無義道則氣餒。若云無氣則義道餒。便說不去。然如此則下節又爲贅。大全嘗引諸說已辨之。義道固不可云餒。當是氣餒。蓋無是浩然之氣。則血氣易盡。所以不能配義道而餒。然說約又有以爲非氣餒乃體餒者。說正可參。要之皆非配義集義混一之說耳。評餒字即指義道餒。有甚說不去。此說肆於袁黄。黄宗禪而叛註。冥義外之學。故云云耳。若集註之意。則以氣與義道同爲吾身心以内所固有。但氣不浩然。則吾之義道亦不能行。即行亦不能盡。乃所謂餒也。故配字朱子以李延平一滾出來解之。黄爲禪學。看得義道便是外邊事。空空然在天地間。如何會餒。故云說不去耳。今既知氣配義道之爲是。又曲爲兩騎之說。得非所知仍有未知者耶。

義是吾心之裁制，道乃天下之共理，義之盡頭統體處便是道，義與氣最親切，舍卻義，氣亦無從配道，舍卻義，道亦不能生氣，故下文但言集義，與字最宜玩。

是集義所生者節

義襲不必定是虛僞，只一二事偶合眞義，而不能積久，則他行必多不慊於心，浩然之氣無從生而餒矣。看下行有不慊句，註云所行一有不合於義，則不慊，乃指他事，非卽指合義之事也。如此看，乃見下文必有事焉三句工夫正在積久處。

特外之耳，便不是義。

【金聲文】天下必無離義之心，【評】有。【文】襲之者外之也，外之而以氣必由義，則遂外求焉。【評】外之則不求矣，外求者內之也。【自記】告子外義，卻不是襲義，久告子之外義與襲義者之外義正是相反之病只是同一外耳。艾千子外義是釋氏有悍然不顧一切皆因緣根塵於性無與之意，襲義是桓文假仁假義之意。正希深於佛學，故於告子外義不能不一回護也。評襲義卽是外義，惟以爲外，故可襲耳。外義者必襲義，如異學旣以讀書窮理爲騖外，及其立說，又必襲力行立大者、主靜、體天理、知止、致良知、愼獨諸經傳之言以行之，故未有不先外而後襲者也。但其中有淺深高卑之不同，其高且深者，笑外而襲者之僞飾，索性以不襲爲外，然究竟不能不襲。如大善知識視一切皆幻妄，而上堂受戒、拈香喫菜時，又極精於世法。他極怪者外，到底離外不得。蓋外邊義理，原無一不是裏邊的，有外求者正非外義，外義者必不外求。姚江以事物上求至善爲義外，正坐此病。正希爲彼學，故應作是解；千子亦從而兩視之，恐亦不免鶻突也。

此是推求出告子不求氣病根，非辨義内外也。看我故曰三字，胸中别有告子一篇書在。

必有事焉而勿正節

首四字是三句總綱，勿正即根緊有事説，而字一轉，是找足語，非平舉也。故而字中雖有層次，而無轉折。心勿忘二句，又從首句中説如此而猶未也，則又但當如此看。註中其或未充四字，則二句上確有一轉折。俗眼迷離，輒將三勿字排頭平看，不第界限糊塗，即心字煞無安頓處。

黄淳耀文 氣之未充有二，一曰忘，一曰助長。**評** 勿忘助是治未充之法，不是因忘助而未充也。

三勿舊作三平説，極粗，其中卻有相因而及之理，故多一直看去，不分層次，只是心字無著落，遂有連正字讀者，然畢竟三平説來。正與助長卻復混難清。自集註擘作兩截看。忘恰與有事對。助長恰與正對。加入其或未充一轉。枝葉相當。心字轉紐分明。而三者相因次第。又未嘗不具。道理到的當處。自然落槽鬬筍。必有事焉而勿正心勿忘勿助長也。此三句前輩亦殊混過。勿字作三平看者多。看下文註云。舍之不耘。忘其所有事。揠而助長。正之不得而妄有作爲。則勿忘即對有事。勿助即對勿正。仍就上句申入一步耳。若作三平說。則勿正與勿助不幾複疊乎。或又作三者相因反覆之說。朱子云。不可萌一期待之心。待之不得。則必出於私意有所作爲。又云有事勿忘。是論集義工夫。勿正勿助。是論氣之本體上添一件物事不得。由是觀之。即有相因意。亦是有事與忘相因。正與助長相因。若正與忘。忘與助。未嘗有相因之說也。

三勿字作三平講者固屬謬解，即分上下兩截，而兩截看來仍是一樣者亦非也。上句有事是正，勿正是轉，味必字而字可見。下兩句勿忘句是張，勿助長句是翕，味註但當不可字可見。

孟子爲告子强制其心，不能免正助之病，故下文直言助長。有事勿忘是前之直養，勿正勿助是前之無害，故節末非徒無益而又害之，害字前後相關。

予助苗長矣，題神只在一矣字。矣者決詞也，了詞也，速詞也。苗長無疑決矣，一日苗長速矣，歲功已畢了矣。惟決則倉箱在望，喜極。惟速則獨得之秘，矜極。惟了則只消坐享，逸極。

何謂知言節

詖淫邪遁，非窮理者不能辨也。義外之學，正不解此。

養氣工夫，孟子言之詳矣。惟知言工夫，至今人不曾講著。

陳際泰文自古異端之流禍以言語爲端以政事爲委要之皆有得於心爲之評後世學者正被此意惑誤耳異端無心得無力行亦不足以成異端不足以惑君卿士大夫但其所得所行非聖人本天之道未有不害政事毒生民者也看其門下堂堂是何人物惜昧聖道爲其本心之説所惑溺耳文性之所偏與性之所全其各肖於所天云云評此不是偏全是邪正之分若偏全則害亦小矣文異端之教即幸而不得志也其禍尚小不幸而得志也其禍遂大評此説不然楊墨佛老陸王皆未嘗得志其禍最烈申商韓李得志其禍尚小耳劉伯宗申商韓李之説不幸而見用故害於政事之禍如此其亟也楊墨幸而不得志故害於言而已不及政事也其幸而不得志害不及政事者孟子闢之辨之之力也故夫知言之功不淺小也評老莊未嘗得

志而害晉佛氏未嘗用世而害漢唐以後世界。異端之害政事。不必其人見用也。嘉隆以後學士大夫無不惑於邪說。至以其說入文字。卽大士亦其一也。觀者喜其新奇耳。然不覺已生於其心矣。塗炭陸沉。非其明驗耶。故伯宗謂幸不得志害於言而已不及政事。此猶未明孟子之言者也。

曰惡是何言也節

學不厭四句。過渡語也。直趕到旣聖矣住。不厭智之事。不倦仁之事。非卽以不厭不倦盡仁智也。以其不厭知其智。以其不倦知其仁。也字語氣當如此看。

惟知故不厭。惟仁故不倦也。不厭不倦是一事。智仁是全體。

學不厭三字。在孔子極說得淺易。從淺易追求其所以然到盡頭。纔見箇智字。正得子貢知足知聖之妙。若先喝破孔子是智而以學不厭裝湊之便索然矣。

陳際泰文學亦世人所淡泊之端而彼不厭者必未嘗以爲淡泊也評故謂儒門淡泊者只是粗心欠聰明耳文不厭於世事爲愚不厭於道德爲智評此種極多於世故井井語及學問便頭痛便是下愚。

曰伯夷伊尹何如節

可以仕則仕四句道理本如是聖人恰如是道得聖人分量出方見四句所以然。

四可以即天道之本然見權度之精智之事也四則字乃時中之大用見神明變化之妙聖之事也此四句須一氣併讀乃得。

曰然則有同與節

數節皆孔子爲主此節卻以夷尹爲賓中主。

黄淳耀文商末之大勢，不歸于武，必歸于夷。夏季之遺燼，不收于湯，必收于尹。評此疑未必然。朝諸侯有天下，只論其理，能不論時勢也。文古者得天下以道，而其次則有以德者矣。評道德不可分上次，此老莊之謬也。

兩段合來，纔看得聖人身分盡。然自俗眼觀之，難在上半段；不信也在上半段。自智者觀之，卻難在下半段；并信得上半段過也在下半段。後人疑程朱做不來，先打孔孟疑心起，直看得下半段是腐儒家當耳。

宰我曰以予觀于夫子節

此下三節只實証一「畀」字耳，無甚深義。

子我眼孔高，舌根妙，直是道得盡。然無無證據語，令人信不及，天下秀才胸中，也只作尊崇過頭話看耳。

子貢曰見其禮而知其政節

四箇其字。明明虛指百王。與孔子分賓主。如何遐家反說包有孔子在內。孔子安得有禮樂與政。且子貢與孔子。又何消禮樂而知耶。此種俗解。令人夾七夾八。胡纏繆旨。反拋荒正義。惑亂後學不小。

章世純文 禮定於先。而政奉而行之於其後。**評** 若是則當云見其政而知其禮矣。緣他誤看了政字。此政字是全體。猶云功業也。非政令之謂也。

有若曰豈惟民哉節

出乎其類拔乎其萃二句。俗解頗多。有謂上句是說羣聖人。下句是說孔子者。其荒謬固不足辨。又有謂兩句俱就孔子講者。則是羣聖人與凡人。如霄壤之隔者。反比而同之。而羣聖人之於孔子。未達一間者反謂不可同日語也。何不均之甚耶。蓋此兩句皆就凡爲聖人者而言。言聖人之生固有異於凡人耳。

三節總答所以異於夷尹之問。而引三子之言以證之。都對古今聖人比較。與凡民無與。有若要說得品級分明。故將衆人與羣聖先簟起一層耳。出類二句。總說古今聖人。末句纔說孔子更盛如古今聖人。出類二句。人看來一樣。則複衍無別。於是造爲一句指羣聖一句指孔子之說。尤爲杜撰。不知雖一樣指羣聖而義原不同。類指庸衆。萃指大賢以下。此解從來混過。

盛字原是與聖人較量。不指及羣生。

唐順之文　雖其盡性踐形。不加於羣聖也。而其立言垂訓以爲萬世盡性踐形者之準則。則非羣聖之可與矣。**評**　孔子之盛於羣聖者不止此。孔子盛於羣聖。其道德體段原自不同。看集大成

章可見人必欲從事功衡量於是單推高其立言垂訓以當之卻看小了孔子也總是於聖人眞實分量信不及疑孔孟疑程朱都只自已眼孔低小耳

孟子曰以力假仁者霸章

王易而霸難五霸七國枉費許多氣力畢竟成何事業事半功倍王齊反手此是孟子獨闢之論此章本旨也

首節

以德行仁節所謂以不忍人之心行不忍人之政直自裏面做出凡念慮之微及事爲之著纔有幾微不停當處則雖有作爲亦如無有此朱子告君必以誠正而論漢高祖唐太宗不無暗合三代之時然全體只在利欲上謂陳龍川追㸃功利之鐵以成道義之金不惟費却閒心力無補於旣往正恐礙卻正知見有

害於方來。此天德王道之正宗。亦古今聖賢扶救人極之同心也。

以德中體用具足。

以行都有實際。

以德行仁。是一滾出來。有不忍之心。斯有不忍之政。火然泉達。原非兩層。兩層看。便著假矣。

王字是辨別語。不是張大功效語。

不待有寔際在。

待大是有所憑籍。大亦何害。只是待字不好耳。待字只是力量不濟。

以力服人者節

心悅誠服。是人服。非服人。

但說心服猶覺籠統加一悅字又加而字一轉方見王者服人有不知其然而然之妙服字氣象便不同人多以囫圇講失之如七十句固証悅服之誠卻正見不待大之盡頭處

說到孔子大旨正爲不待大左証到極頭耳

全旨只証王不待大不大到孔子而極眼目須淸出

說王說霸忽然插入孔子作比方甚是不倫此正是孟子文章妙處只要發明王不待大之理行仁之德至孔子而極力之不大亦至孔子而極百里七十里尚有力可待孔子則倂無待矣以此看王者悅服之理更親切分明可信

此之謂也繳以德服人不指服孔子句并不粘湯文至武王更閒客矣

孟子曰仁則榮章

如惡之節

大旨爲惡辱者轉計。故下文曰未雨。曰侮予。曰自求禍。刻刻在危亡立脚。從此看及是時三字。是何意象。若泛作眞閒暇說。筋弛神懈矣。

詩云迨天之未陰雨節

徐春溶文云云**評**從天字民字講出道字。握古今治亂之要。此儒者論道本領處。及時。畏天也。修明政刑。敬民也。

今國家閒暇節

上閒暇是明盛之閒暇。其閒暇可幸。下閒暇是叢脞之閒暇。其閒暇可危。字樣雖同。景象自别。

孟子曰尊賢使能章

戰國時諸政弊壞已極。孟子就其最大者斟酌以行仁政耳。仁政固不只此也。然王者規模大段已具。

前五節只說感應之情理如此。願者未即實事也。其勢側重下信能行至無敵而王。方是實效。

前五節只空說箇王政感應如此。引動能行感者未有實事應者亦止在人情向慕邊看。

首節

須是王者之尊賢使能。此中自有學問本領。不同羣雄雜霸作用。人止道得風雲會合之盛。與巖穴招致之情。只是窮秀才妄想出身事。與章意無著也。須理會朝廷所以需汝曹者何。汝曹所欲得效用於職業者何。則妄想俗情頓盡。下文都在度内矣。所謂賢能。固非當時憑軾結靷之流也。所謂尊使。固非當時黄金百鎰錦繡千純之謂也。孟子此言。亦正指當日厚幣招賢者而言耳。今日代孟子作文，而其所目者猶然憑軾結靷之流，其所注意不過百鎰千純之寔而已。嗚乎！不亦難乎？亦由其胸中所謂賢能者無此榜樣，所謂尊使者無此見識，如何操觚時平地生得此榜樣見識出來。

天下之士皆悅而願立於其朝，正所謂聲氣之同，彈冠相慶，并非市馬骨意也。

黃淳耀文　夫懸位以爲招，而天下不勸者，爲其盡人可以得之也。**評**　亂朝未嘗不用人，古今通犯此弊。**文**　嘗觀天下之士望人主之色而不前者，有故焉。其共謀議者，近習嬖人；其操爵賞者，大臣廷吏。則逆知其身之難進，而因以不進明高。**評**　後世黷亂之源，非先生身親之不能痛徹如是。神廟以來，朝政天下事悉禀承於宦官，而施行聽之吏胥，士大夫拱手其間，自竊遷擢而已。

如門戶勝負人皆以爲士大夫爭黨不知皆宦官之黨爭勝負而士大夫從之耳讀此令我追歎

三代教養造就法備而化久故人材迥異戰國時此道已壞猝不能待故孟子但言用人之法蓋人材無時蔑有但用之得宜亦足以濟後世求賢圖治不過向此中補苴布擺耳孟子卻便講井田學校正爲後來教養地也

市廛而不征節

章世純文 不征而商已沐休矣況或併去其廛乎**評** 原是兩法不應併說**文** 商之逐廢居也利倍羨于農其詭時也亦倍詘于農然農有水旱年有凶歉則先王有捐租減稅之議以寬之通之于商其壅滯折閱與農略同獨不可以推捐減之意乎則但可議法云云**評** 恐不盡然然則所謂法但當施于折本之商如勤

情不可定盈縮不可算君焉得瑣屑而法之〔文〕有廛之科而商與農其法均有不征之恩而商與農其惠均寬農而遺商商之所不平於農也〔評〕也不平不得農商均乃大不平耳〔文〕先王之道平民之道也〔評〕恐不得平看先王畢竟貴農而惡逐末待之不得均平也均平則不均平矣故但市有廛而民居六區初無所徵也市商多則行廛若市商少則其地多空勢難用廛故但法而不廛此是兩樣活變爲用之例非一併同行者故張子下兩箇或字可見此作竟與惠農均平看太過矣

廛無夫里之布節

三征各有義指例難通用罪不重科將先生設立夫布與廛之法原頭講透情理自然明通剴至

孟子曰人皆有不忍人之心章

先王有不忍人之心節

全章指示性情體用，勉人擴充，此節不是鋪排事功，正借聖人做箇極頭樣子，以爲擴充之的，將堯舜事業都消納在太虚中來，方見此是上一節註脚，下五節總冒，不然打成兩橛矣。

此節原只指點全理，非稱量事功。

因先王之政，見凡人之心之盡，不是因凡人之心，推出先王之政之異。

以行二句，即是斯有中事，此急疊語，非層次語也，但斯字指聖人過化存神不可知之妙，而以行二句，即就其中見聖人實地施設處，却正是下面擴充用力之方。

以行二句，正好與離婁章參看，心與政本一物也，未有政時，先有心在，既有政後，心即寓焉，以字如火之附薪，行字如舟之載物。

只體貼二字之義便已得其不可偏廢之理在此章又偏注政一邊蓋下文專講擴充也

雖心政互舉章意原重論心然此二句所重却在行政一邊蓋此行政字即後文擴充保四海者是也人因下文不復言政遂謂宜重在心不知下文四節只申解得首節人皆有之意而末節乃應此節正指點人去擴充則此二句重行政是孟子立言本旨

陸燦文 凡後世之政未有不託于不忍之名者也而所不能託者其心故夫苟政行而民不服仁政行而民亦不服先已失其所起之本耳**評**說透漢唐以來賢主不可語三代病痛漢唐極盛之治人終不心服畢竟喚鐵作銀不得只爭得這些子

以行二字便見火然泉達意思

以行中正有事在便是擴充張本

以行二字卽包下擴充義先王不待擴充自然行之衆人必待擴充方能行得此三句是聖人與衆人交接處孟子就上文指出示人疊語最急

先王有心斯有政便是現成擴充盡處後人擴充亦須到此方得

先王亦有擴充但不同耳

問此二句根上文說先王乎另推開說凡人乎曰看語勢自然根先王說然已兼得凡人在內蓋申言其理也問先王亦須擴充乎曰既竭心思焉繼之以不忍人之政竭與繼便是擴充只是出來較自然耳總是擴充聖人以下其分數不同却儘多

以行是著力字看後擴而充之火然泉達是甚氣象豈是泛然便能行須著乾旋坤轉雷厲風行始得或曰此二句指先王說是

安而行，後擴充是勉而行，此處不宜說得著力。吾謂二句也不曾粘煞在先王身上，只論現成道理如此耳，原兼安勉在內。用功有難易，分量有盡未盡，其爲行則一也。但此二句指現成說下，擴充則就此中指引人下手，究竟擴充只是行也。

充到盡頭，便是先王之以之行。

凡言三代不可復者，皆從私心上商量耳。自秦幷天下以後，以自私自利之心，行自私自利之政，歷代因之，後儒商商量量，只從他私利心上要裝折出不忍人之政來，如何裝折得好？不得已反說井田、封建、學校、選舉之必不可復。此正叔孫通希世度務之學，雜就禮儀，皆逢迎漢高之所欲，豈三代王朝之禮哉！王者之興，制度文爲必取之儒者，儒者先自將不忍人之心連根劖絶，又復何望乎？

陳熊耳文心爲先王自主之心。政爲先王自有之政。惟剛以相濟云云。評下擴充二字。火然泉達皆有剛烈意思在。七國之君。肥甘輕煖。從乳褓中生活。不肎留心愛養。固是由懦字祟根。卽秦皇漢武殺人如楷。至於仁義道德。畏如毒藥。亦是犯虛怯症。非有餘症也。太末蟲無所不泊。獨不能援火燄之上。仁道難舉。亦復如是。思之三歎。此典言評也。所見頗高。須知所以虛怯不能充。可知有許多病痛在。汲長孺曰。陛下內多欲而外施仁義。奈何欲效唐虞三代之治乎。此言切中三代以下病根。故欲行三代之政。須先正三代之心。正三代之心。先須去私欲。私欲非剛烈不能去。故仁政亦非剛烈不能行也。

惻隱之心節

此節與公都子章語同而意別。彼是從用而指其體以證固有。此卻欲人識其體用而充廣之。故加一端字。便有一充字對待。內之所有。須推而出之。使盡其量。正見重在行不忍人之政意。端字便有擴充在。

莊子曰。彼亦一是非。此亦一是非。然畢竟有一定之是非在。蓋莊子只知是非之生於心。而不知所以是非者之由於智。是卽本天本心之分。今人憎人說道理也。只怕是非二字。然究竟磨滅不得。是非之心。是天命中智之端。但說是端。須擴充始得。若不擴充則如石火電光。其不牿亡於旦晝者幾希。

是非從天出者一定。從心出者萬變而未有已也。如陳王以程朱爲非。亦是從心斷來。然程朱之道。久而不爲所澌滅。此天之一定者也。

凡有四端於我者節

知皆擴而充之矣知字郎貼在擴充然達上講不是知一件擴充又是一件也。知字極重朱子謂不能擴充者正爲不知都只是冷過了。

孟子曰矢人豈不仁於函人哉章

孔子曰里仁爲美節

羅文止本是不仁知曰焉得智聖賢之言儘可三思評能擇矣然後問其仁不仁彼尚未知仁何暇遽論仁耶

孟子曰子路人告之以有過則喜章

此章只是形容善量無窮不是較量三人品第也。

禹聞善言則拜節

下之大處只從此渾化其迹非於禹之聖有加也。

大舜有大焉節

第一句緊接上文說，有大正在比較上看。看大舜有大焉，特下斷語一句，而禹聞善言上，未嘗有較量之詞，則由禹地位雖別，孟子意原平列，總要楔出樂善極處耳，有大焉句自應平對由禹說。

黄淳耀文 公之而不私，究竟非舜之能公之也，蓋善之量自如是其浩蕩焉耳。**評** 正是舜能公之，巧說不得，人能弘道，非道弘人，與人同自是舜與人同，舍從樂取自是舜舍從樂取，與人爲善自是舜與人爲善，善之量固自大，然非舜何以見其大，若謂非舜能公之，是即不增不減不垢不淨不生不滅諸佛衆生同在大圓覺智，非聖賢所謂善與人同也，於自家道理不曾講究親切，而喜爲高言巧說，文人每墮此病。**文** 後世多欲如漢武而曰吾欲云云，雜霸如唐太宗而曰行仁義，既效斯皆岐人已二之矣。陳亮乃欲使金銀銅鐵併歸一冶，何哉。評或問公每謂陶菴爲永嘉之學，今觀此文大結議同甫得毋有未然耶。曰：請看其上句云斯皆岐人已而二之，便見其貶同甫矣。漢武帝唐太宗之仁義，非仁義也。今但云岐人已而二之，則其看漢唐之善，即唐虞三代之善，第用處不同。此便是同甫金銀銅鐵一冶之義。陶菴特不自知耳，而反訶同甫，亦猶王伯安之詆禪也。

陳際泰文天下之善，與天下取之，與天下用之，而與天下忘之。云云。評與人同，舍己從人，正言其取善，非謂其忘也。即忘亦忘人己之見，豈忘善哉。但以渾忘意籠統架空，乃二氏之說，非孟子道理也。即下文與人爲善，與字乃從取字推出，以盡莫大之說，究竟大舜只得一箇樂取耳。

取諸人以爲善節

此節就道理推論不是事實若呆粘舜意中作用失之遠矣。

取諸人二句過遞語也上句接上下句起下。

取與二義總洗發善與人同起下莫大繳上節大字。

取諸人以爲善是與人爲善者也下句只在上句中推論一步作兩層看不得兩層則體用分夾入機權作用矣。

取字生出與字來與字只在取字內分清有兩層歸併止一層。

上句只在舜身上想下句在人身上想便得兩層處上句在舜想到人下句在人想到舜便得一層處。

舜只是自爲善耳因爲而有取取之愈廣所及益遠即取爲與是極意形容取善之妙非較量功效爲大小也須句句是孟子推論舜胸中著絲毫不得。

孟子曰伯夷非其君不事章

首節

非其君不事。要活畫出一清字來。卽要於清字中活畫出一隘字來。若只寫得伯夷逃麟遁鳳。遂成一口外頑民。是何道理。

孟子曰伯夷隘節

清和隘不恭。固並行不掩也。

韓菼文不怨古人之隙。正欲别認古人之眞。評正是孟子闡微之旨。

以夷惠爲牌面者。後人之隘不恭也。以隘不恭爲牌面者。夷惠之自爲夷惠也。然則其源仍出之夷與惠耳。然孔子又曰伯夷不念舊惡。孟子曰柳下惠不以三公易其介。學者爲參案以觀之可也。

須識得隘不恭之外。自有夷惠在。夷隘惠不恭外。更自有不隘之夷不不恭之惠在自不消爲夷惠斡旋而當時學術後世流弊自能不爽銖黍矣。

金聲文惠非眞有玩弄一世之心也依依之情宛與無知之嬰孩共出入而無心曠蕩之懷如共無情之鹿豕入其羣而不亂此惠之以不恭成其聖也非此不恭則俛俯以就人所謂同流合汚者亦此也惠猶得以成其聖也哉**自記**一肚皮輕薄如何說得聖人如此才說得有些身分若今世所說不恭何待君子始不由耶**評**看自記自以爲聖人身分矣不知止到得莊列境界與聖人仍無涉也但看得似莊列一轉勢必仍入隘耳渠所謂一肚皮輕薄更放下與低人比較所指又是詭時鄉愿一流故宜其以莊列爲聖人也大凡禪門欺壓止求勝卑汙詐僞一層不知遮上面不是者正多孟子所指不恭乃聖之和之偏處其

辨甚微。正希却將來做柳下本領看。故越深求越差去耳。

呂子評語正編卷二十六終